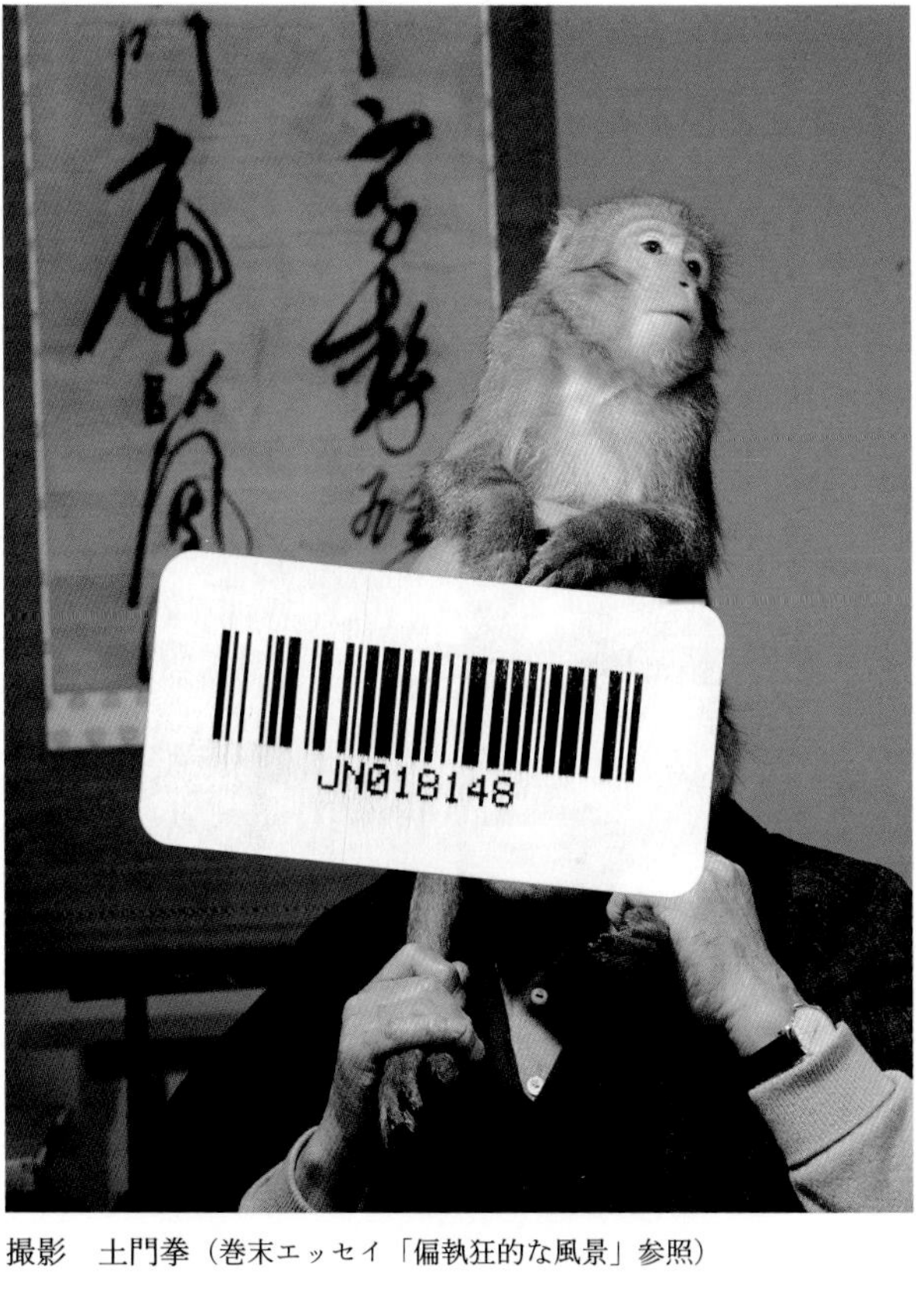

撮影　土門拳（巻末エッセイ「偏執狂的な風景」参照）

中公文庫

愛　猿　記

子母澤寛

中央公論新社

目次

愛猿記

愛猿記

一

とにかく物凄い猛猿だという。如何《いか》にも、私の庭へ運び込まれたのを見たらびっくりした。上が林檎《りんご》箱位、その中に蜜柑《みかん》箱位のが入って二重になっていて、これに金網を張り、上箱は鉄棒の格子。そして内には赤ン坊位の羆《ひぐま》色をした猿が、首輪の鎖をやっと四、五寸も延ばして小さな方の箱底へ殆《ほと》んど打ちつけられたように、身動きどころか顔も碌《ろく》に動かせない事にしてある。猿は上目遣いの恰好《かっこう》でこっちを見ていた。

「ひどい事をして置くね。これじゃあ余《あん》り可哀そうだ」

「危ないんでねえ」

連れて来た友人は今、東銀座で三井工業という土建屋さんをやっているが、こんな事をいってへらへら笑う。

そもそもこの猿というものは何処《どこ》かのこうした物を売る家にいたのを或る大病院の院長

さんが買って帰って、幾日も経たない中に忽《たちま》ち檻《おり》を破って、近くにいた夫人へ飛びついてその横頬へ深い疵《きず》をつけて終《しま》った。夫人は鏡台へ向う度にヒステリーが起って本物の気違いのように手当り次第の物をもって箱の中の猿を突きまくる。或る時などは焼火箸でついたという。

夫人の気持も尤《もっと》もだ。院長さんも或る時その狂乱の有様を見て、びっくりして、いっそ猿を解剖して何《な》にかの役に立てよう、そうすれば夫人の気持も納まるし、猿としても満更《まんざら》無駄な死方でもないだろうと、まあ斯《こ》ういう事になった。

ところがですよ。実際さあ解剖をするという段になったら、早くもそれを感づいたか、解剖台へのせてしばりつけるどころか、手もつけられたもんじゃあない。咬《か》みつく、暴れる。キッキッと天地の引っくり返るような声で絶叫する。

二

どうにも斯うにも困っているのを、その病院の薬局長が、

「これでは余り可哀そうな気がしますから私にいただけませんか。何んとか養って見たいと思いますが」

と頼んだ。院長だって別にこれを殺したいという訳ではないから、よしというので薬局長に呉れた。

薬局長は年配の人で、その晩家へつれて帰って、奥さんへいろいろこの猛猿救命の話などをしていると、どういう隙《すき》を見つけたものか突然鎖を切って箱を抜け出し、あッという間に路をへだてた向側の蕎麦《そば》屋へ飛込んでいった。芝の大門附近。

その時分の蕎麦屋は大きなゆで釜の横などに棚を拵《こしら》え、これへせいろや丼《どんぶり》を山のように重ね積んであったもので、猿はここへ飛込むや否や、この丼をがらがらと引っかき廻し滅茶苦茶にして終った。家の人達が何にをどうする隙もなかったという。

それでも荒し放題に荒してから、猿はやっとつかまったが、弱ったのは薬局長さんのところで、蕎麦屋から莫大な損害を請求されて、一晩も置かない中に猿を追出す事になった。

この人の親類で獣医をやっている者がある。早速ここへ電話をかけて、実は斯う斯うだ、早速何んとかして呉れというと、獣医は、猿なら結構だ、自分の家の前へつないで置けばいい広告になる、すぐ貰《もら》いに行くからという。この人、これ程の猛猿とは知る由もない。猿は獣医の家へ来た。しかし往来へ繋《つな》いでおいて広告どころか、先ず家へ入るや否や若い妻女に飛びついて顔へ爪痕《つめあと》をつけ、その辺のものを手当り次第に打ちこわした。猛猿とは知らぬから箱にも入れてなかったのだろう。

この大騒ぎに引きつづいて、近所の子供を咬んだり、隣りの家の勝手へ飛込んで、さんざんな事をしたり、いやもう手がつけられないので、遂に獣を扱う事に馴《な》れたこの獣医の手によって、先きに書いたような檻の中へ入れられて終ったのである。

三

戦争中だったように記憶してますが、どちらが飼っていたのか、西銀座のAワン、のちの文藝春秋の前辺りに、物凄く怖いずいぶん大きな猿が箱に入って歩道に出されていた事がある。

真っ黒い猿で、通る人達を大きな眼でにらみつけ、時々、白い牙《きば》を出しておどかす。しかし私が通りがかりに声をかけて箱の前へしゃがんだら、鉄棒の方へ寄って来て、青い腹をこっちへ出して、仰向いて見せた。私は手を入れて指先でこの腹を静かにかいてやったら、ウオッウオッといって喜んだ事がある。あの猿を御存知だった人は、私が今書いている所謂《いわゆる》猛猿の大きさは大体あれと同じ位だったと思っていただけばいい。

この獣医の友人が先きの私の友人で、

「どうです、こうこういう次第で、あ奴もほとほと閉口して終ってる。あなたは動物狂だから一つ貰《もら》って見ませんか。若し手に負えなければ私が殺して終いますから」

という。

「よし、貰おう」

私は斯ういって潔く引受けたのは、日頃Aワンの前の猿の事やら、上野動物園へ行って狼《おおかみ》の檻《おり》の前で口笛を吹いたら、尾をふって寄って来て、わたしの手をなめたというような自慢をしている手前も少しはあるが、何んとなくその猿を飼って見たかったからでもある。

斯くして私の庭へ運び込まれたのだが、その時の私のいでたちなるものを見ていただきたかった。スキー帽をかぶり、眼鏡をかけ、その眼だけを出し、革のジャンパーで軍手。何処から猿にかみつかれても平気という、いやもう戦さに行くような恰好だったんですよ。

猿の箱の前へ行ってしゃがんだ。

「おうおう可哀そうになあ。そんな事をされていたんじゃあ、暴れたくもなるなあ。よしよし、今開けてやるぞ」

箱の周りを家内をはじめ大勢でぐるりと取巻いてはいるが、一人残らず逃げ腰である。

「大丈夫ですか」

と家内が心配する。

「大丈夫とも」

四

私は金槌《かなづち》をもって来て貰って、他人手《ひとで》を借りず、自分でこちこちと箱の前側をはずし、更に内箱もこわした。猿は背中が丸くなる程に箱底へ打ちつけられている。私は顎《あご》の下近くの鎖を左手ににぎって四辺《あたり》を見た。自分は斯くも武装しているから大丈夫だが、外の人達はひょっとするとひどい目を見るかも知れない。

しかし、箱を出た猿は実に物の見事にみんなを裏切ったのである。というのは、いきなり、しゃがんでいる私の股《また》の間に入って来て、背中を私に押しつけるようにして、同じようにしゃがんできょとんとみんなの方を見ているのである。

「おう、そうか、そうか、いい子だ、いい子だ」

声をかけると、猿は今度は、くるりと私の方へ向いてウウウウ——と頻《しき》りに何にか物をいうのである。口を尖《とが》らせるように突出し、細かい深い皺《しわ》が沢山出来て、まるで自分の歯をかくしでもするような恰好で頻りに語る。

「おう、そうかそうか、よしよし」

私は頭を撫《な》でてやる。猿は暫《しばら》くの間、四辺を見回しては語り、語ってはまた見回す。

「妙だねえ」

先ず友人がこう唸《うな》った。

「猛猿なんて事はないではありませんか」

と家内も首をかしげる。

「おう、そうかそうか。お前は何にが好きだ。バナナか人蔘《にんじん》か」

私は眼鏡をはずし、それから帽子をぬぎ、手袋をとって、猿の顔を撫でてやり乍《なが》ら、

「お前、猛猿だって本当か」

私がこの猿を抱こうとした時だった。猿はいきなり、ぱッと飛上り、私が鎖をしめる隙もなく私の肩へ乗って終ったものである。その早い事、早い事――。肩へのって、両手で私の頭へしがみつく。

私が動悸《どき》ッとしたばかりでなく、みんなも思わずあッと声を出した。お互にどうなることかと思ったのだ。家内などは後で、ぞうーっとして物が見えなくなったといった程である。

私は手を上げて猿の顔へさわり乍ら、

「よし、よし。お前もう大丈夫だよ、お前を苛《いじ》める奴はいないから、安心して何んでも好きな事をやっていいよ」

立ち上る。どっしりと重味を感ずる程の大猿である。

五

人間にしても、動物にしても、不思議な縁というものがある。この猿と私とは斯くしてそれから楽しい日々を送る事になった。

私は先ず猿を物置の窓のところへつないだ。高さ三尺位、長さ六尺位。それから間もなく窓の外に幅二尺位の猿の日向ぼっこの出来るような突出しを作った。窓は格子があるが、猿を結ぶ鎖は十尺位にも延ばし、猿が登りたければ屋根の上にも行けるようにし、内側には、いい塩梅《あんばい》に天井の方に棚がある、ここへ、箱へ藁《わら》を敷いて上げて置いて、猿の寝床《ねどこ》を拵えた。

人蔘やバナナ林檎は元より、凡《およ》そ猿の食べるようないろんなものを用意したが、やっぱり御飯のお握《にぎ》りへ少しばかり味噌をつけたものを一番よろこぶように思った。

とにかくその日が真っ暗になる迄、猿と一緒にいて私は細かな観察をした。というのは、いつ、どういう事で評判の猛猿にならないとも限らない。自由ではあるが逃げられないような設備をいろいろ考えたかったからでもある。

次の日。雑誌の人が見えた。原稿をお渡しする約束だったのである。こうこういう次第で実は一枚も出来ていない、もう一日待って下さいと謝まって、いろいろ話していると、

「猿飼いの名人がね、栃木の奥から出て来て今業平《なりひら》橋の側の安宿に泊ってますよ。そこへ行っていろいろきいて見たらまた何にかいい事があるかも知れないではないですか」

という。〆《しめ》たッ。私は間もなくお酒の瓶をぶら下げて、その人を訪ねて行った。

でっぷりとした片目の、色の黒いもう五十幾つという年配である。

六

元よりここはこの猿飼いの名人さんの定宿で、毎年毎年栃木から出て来て三月《みつき》も四月も泊っているのだという。

ひどく煤《すす》ぼけた六畳位の部屋で、向って左側が格子のついた硝子窓、突当りの壁際に簡単な金網を張った猿を入れる空っぽの箱が二つ。それから窓際へ新しい莚《むしろ》が敷いてあって、ここに私の猿よりもっと大きな牡《おす》猿が一匹出しッ放してある。その横に行李《こうり》と夜具が積んであった。

この人は栃木の山奥に住んでいてはじめは猟師だったんだが、三十すぎてから猿を捕えてはこれに芸を仕込む事が面白くなって、今では、栃木方面の猿の事では元締のようなもので、年がら年中、荒猿を捕えて、これを一人前の芸人にして、お正月だの何んだのの節季になると沢山東京へ連れて出て来る。多い年は三十四もつれて来たという。

これが東京を中心の稼ぎ場にしている猿廻しにちゃんと連絡がついていて、そら栃木のおやじが出て来たぞといってこの定宿へ押かけて来て、一日いくらというお金で猿を借りて行って、街辻々で綱渡りだの何んだの芸をさせてお金を稼ぐ。

私もはじめて知ったんですが、街へ来る猿廻しというものは、勿論自分の猿を持っている人もいるが、多くはこの元締から借りて来るんだそうです。これこれの芸の出来る猿は一日いくら、これこれより出来ないものはいくらという風に値段がある。芸を多く知っている猿は、それだけ多く稼げるから勿論斯うあるべきだ。

だから一番いい方法は少々纏《まと》まったお金を出して、芸のいい利巧な猿をこの栃木の元締から買取って、その後、心をこめて可愛がってやれば永い間には段々芸も覚えるし、商売の割もいいのだが、多くはそのお金の工面がつかない人達だから一日いくらのものを借りに行く。

七

競争で朝早く定宿へ行っていい猿を借りる。売る場合は別だが、貸すのは猿廻し達の公平を保つという意味で不文律で早い者勝ちになっているから、昨日借りた猿を、今日もまた借りに行くというには、この競争をしなくてはならない。朝寝をしたり怠けていると、毎日毎日違った猿をつれて商売に出かけなくてはならない事になる。こうなると馴染《なじみ》の客がつかないから自然収入もよくないという話をその元締がしていた。

さて私が、実はこれこれで猛猿を手に入れたので、いろいろ教えていただきたいといったら、ひどくぶっきら棒で、じろりと光った片目で私を見詰め乍ら、

「猿あ犬や猫たあ違うんだよ」

といった。

「それあそうでしょうなあ」

私はこ奴《いつ》一癖も二癖もある変人だなと思ったから、少し黙って、格子の前の方にいる大猿を見ていたら、どうした事だ、その猿がちょこちょこと私の前へやって来た。

「おう、そうか。よしよし。キャラメルでも買って来てやればよかったね」

と、私もその猿の方へ行って頭を撫でてやった。私は余っ程鈍感だから余りこういう動物は怖くはない。

ところがどうです。その真っ黒い純粋の日本の大猿は、ウオウオウオと例の口を尖《とが》らせて私へ話しかけるようにしながら、ころりとそこへ転がって、あの青い綺麗な腹を出して見せたものだ。

「はっはっ。掻《か》けというのか」

私は人さし指で静かに腹を掻いてやると、それがまたくるりと起き上って、今度は私の胡坐《あぐら》の中へ飛込んで来たのである。

元締がじろりと見た。そして首をふり乍ら、

「こ奴《いつ》あ不思議だ」

という。

きいて見ると、この猿中々の猛猿で一寸普通の猿廻しでは使いこなせない。使いこなせないどころか、うっかり側へ寄ってひどい目に逢《あ》った奴がいくらもある。だから、これはいつも借手がなくて、あぶれてこうして宿にいるのだという話だ。

「そ奴がお前さんに話しかけてる。お前さん不思議な人だね」

「そうですかねえ」

「こ奴に好きがられるようなら立派に猿廻しでも飯が喰える。よし、教えてやりやしょ

う」

といって元締は、

「猿はね、いくら今、斯うしてお前さんになついていたって決して油断をしちゃあならねえんだよ。何しろ獣だ。いつふいっと気が変るかも知れない。理屈も何にもねえんだし、遠慮もねえ。変ると途端に今迄親のようにしていたものが、今度は忽ち親の敵《かたき》に向うように咬みついて来るか、引っかくかわからないもんだ。それでね。一番先きに、どうしたってこ奴には叶《かな》わねえ、この親方に咬みついたって駄目だという事を思い知らせて置かなくちゃあならねえ」

「へーえ。それにはどうすればいいんですか」

八

「猿の急所はね、首ねっこだ。ここだ、ここだよ」

と自分の首ねっこを指の太い大きな手でぴしゃぴしゃ叩いて、

「対手《あいて》にここを咬まれると、それで敗けだ。すぐに降参をするもんだ」

「へーえ」

「だから、油断を見て、お前さん、いきなり、その猛猿て奴の首ねっこへ大きく口を開いて咬みつくんだ。力一ぱいにな。どんなにあの首の皮を咬み切ろうッたって破れやしねえから、本当に力一ぱいにやるのさ。それあ猿だって痛てえから、あばれるさ。引っかきもするさ。が、ものの五分もやってると、もう降参だよ。お前さんならたぶん大丈夫だろう」

口がほぐれると、その元締は大変いい人で、さあだんだん話がはずんで来る。面白い。

「だがね、猿の覚える芸なんて凡そ定っているもんだ。お前さん、それ位だから猿の芸当もいろいろ見たろうが、これあ珍らしいッてものあ余りねえだろう。これあね、いろいろ猿を仕込んで見るとわかるんだが、こ奴らの覚える筋ってものがあるんだね、その筋をはずれた物はいくら骨を折って教えたって駄目だ。例えばね、こういう身軽な奴だから、とんぼ返りをやらせようとしたり、逆立ちをやらせようとしたってとてもとても容易な事じゃあ覚えねえ。いやいや容易にも何にも、おれはまだ一度もこ奴を覚えさせた事あねえんだよ。どうだねその猿を」

と元締は私の胡坐の中にいる猿を指さして、

「只でお前さんにやるから、逆立ちを仕込んで見ねえか」

「いやあ、そ奴《いつ》あとても」

とにかくその日は一応の話をして、翌日またやって来ますよというんで別れて帰った。

その夜、書かなくては〆切に間に合わなくなる原稿がある。書く気はあるんだが、今きいてきた猿の事で頭の中が一ぱいで原稿どころの騒ぎじゃあない。

九

早速、猿を物置から座敷へつれて来た。そして、はじめにキャラメルをやって油断をさせて置き、左手首へつないである鎖をぐいぐい巻きつけておいて、間髪を容れず、この天下の猛猿の首へこの私が大きく口一ぱいに開けて咬みついた。その決心をする瞬間、あの元締の顔がちらっと私の頭へ閃《ひらめ》きましたね。左の目が見えないでしょう。あの人、猿の首を咬む時に、隙を見られて目の玉を潰されて終ったんじゃあないか。

本当をいうと、ぶるっと来ましたよ。小説を書く流儀で行くと背筋に冷たいものが走ったという奴ですね。猿はきやッきやッと唯ならぬ悲鳴を上げて身悶《みもだ》えしましたよ。全く意表を突いて攻撃された。何しろ人間はいんちきですからね。先きに甘手を見せて、さんざ頭を撫でたり、腹をさすったり、キャラメルをやったりしておいてから不意に真珠湾と来たからびっくりするにも何にも、流石《さすが》の猛猿も手の施しようがない。私はきりきりきり歯を動かして、凡そ三分もやってましたかな。それが三十分にも一時間にも及ぶ程に長く感じた。それに猿の首はそれあ臭いにも何にも、とてもそんなに長くはこっちが持たない。

しかしその歯を放す時に、猿がどういう事をするかという事は、用心深く先きに元締からきいてある。猿がこういう風にしたら斯《こ》う、こういう風にしたら斯うという。私は内心、勿論私の猿の私にとって一番いい状態になる事を望んでいたのだが、天は私に最上の喜びを与えた。

猿は、ふり向くと、ウオウオとひどく優しい調子で語り乍ら、ぴったり私に抱きついたものである。この時、猿はどういう風に感じていたのか。私にはわからない。私ばかりじゃあない、皆さんにもおわかりにはならんでしょう。

私は何んだか涙が出て来た。その時の表情が余りにも痛々しくてそしてまた余りにも可愛らしくて、どんなに抱いてやっても私の気持を対手に通ずる事は出来ない。

妙なものでこういう出来事のために、猿に対するわたしの気持に親愛の情が深くなった。実に不思議な気持である。

その夜から私の猿は先ず物置を出て座敷の私の寝床《ねどこ》の中で一緒にねる事になった。猿の首輪についた細い鎖を私の手首へしっかりと結びつけてねたが、猿はすぐ私の枕と顔を並べて、小さないびきを立てたものである。

世に狸寝入《たぬきねいり》という言葉がある。があれは狸ばかりではない。犬などは眠っているか覚めているかよくわからないが、それでも眠っていて起されると、眠いなあという表情をしている。そしてすぐまたねて終う。

ところが猿はこの狸寝入をやるのである。すやすやいびきを立て、こっちが油断をしているといろんな事をやる。眼を閉じて知らぬ顔をしていると、先ずそうーっと私の枕の横をなめ出した。

十

少しの間枕の端を舐《な》めていると今度はそうーっと私の手を舐め出した。軟らかい小さな舌で、怖いものにでもさわるようにちょろちょろと舐めている。私ははじめは私が本当に眠っているかどうかを試しているのだろうと思って知らぬ顔をしていたが、眼がさめているのに眠ったふりなどをしていては可哀そうな気がして、猿の方へ向きかえると、静かに頭を撫でてやった。

猿はまた暫く猿寝入をしていたが、今度はまたそうーっと私の顔へ自分の顔を寄せて来て、私の頰をちょろりと舐めたものである。私は実はこれからこの猿がどんな事をやり出すかと思って内心は警戒怠らず、

「ああ、よしよし」

同じ事を何度もいったりしている中に、気は張っていたのだが、その中にもう真夜中、ついうっかりと眠って終った。

この夜は用心のために枕元のスタンドをつけ放しにして部屋の内を明るくしておいた。出しぬけに、

「大変ですよ大変ですよ」

家内の叫ぶ声にびっくりして眼をさました。

「ご覧なさいよ、猿ちゃんがこんな事をして終いましたよ」

床を並べてねる家内は、はじめから猿をこの座敷へ入れる事は気味悪るがっていたものだから、夜中にふと眼をさました途端に、様子や如何にと四辺を見たものでありましょうな、尤な事です。

「どうした」

飛起きる私を、猿はそこへ坐って両手を両股の間にだらりと下げて、例の、頻りに口をもぐもぐさせて見ている。

その場の光景は、私の掛けている蒲団《ふとん》の上皮の一部は、これ以上にはどうにも出来ないという程に見事に引破られ、破ったという許《ばか》りでなく、それをまた丁寧に小さく糸のように引裂いたり、丸めたりしてあり、綿は雪の如くにちぎれちぎれに四辺一面に抛《ほお》りつけてある。しかもですよ。その間に丁度熟した葡萄《ぶどう》――あれより少し小さい位のまるまるとした堅い糞《ふん》が数え切れない程に散らばり、そちこちにおしっこの跡も歴然としている。

「はっはっ。やりやがったな」

私は笑って終った。

「笑い事じゃあございませんよ」

「こ奴は退屈がり屋なんだね。こっちがねちまったもんだから退屈凌《しの》ぎにこんな事をやったんだなあ」

「でも眠らずに猿の対手をしてはいられませんでしょう」

「うむ」

「だから寝間へ連れて来るのは止めましょう」

「うむ」

猿がこんなにいたずらをするとは夢にも思ってはなかったので私も実は閉口した。

それから物置へつれて行ってしばりつけて、

「このいたずら者奴《め》、ここでねてろ」

とか何とか捨科白《すてぜりふ》よろしく母屋へ引返して来ようとすると、猿はホウホウホウと如何にも悲しい声で私の後を追い、しかも私が物置から出ると、キャッ、キャッと悲鳴を上げて、力一ぱい羽目板を叩くのです。

置いて行っては忌《い》やだといって駄々をこねている。私は懐中電灯をそっちへ照らすと、猿は顔をこっちへ向けたままいっそう羽目板を叩く。掌《てのひら》を反らせて実に一生懸命叩くのです。

「仕様のない奴だな」

私は思い切って、寝間へ戻って来たが、耳を澄ませると、ホウホウという如何にも淋しそうな猿の声と、羽目板を叩く微《かす》かな音とがそれからも聞こえている。

十一

「どうせこんなにやられて終ったんだ。今夜一と晩だけここへ置いてやるか」

家内の様子を見てこういうと、

「いけませんよ。あれは甘えてるんでしょうから、明日も夜になったらこっちへ来たいといって騒ぎますよ」「そうかなあ」「夜具はこのままボロを着ていればいいでしょうけど、こう糞をされては」「うむ、だが糞は余り臭くないじゃあないか、妙にころころしていて扱い易いね」「冗談ではございませんよ」

　私と猿との生活においては、軟らかな糞というものを見た事がない。いつも葡萄のようにころころしていて一つずつ箸でつまんでひょいと投げればそれでいい。

「おれは猿の元締のおっさんからきいて来たんだ。詰りだな、猿の糞やおしっこは感情を現わすんだそうだ。うれしいといってぽとり、悲しいといってしゃあ。腹が立ってぽとり、おかしいといってはしゃあという具合でね。だからね、猿廻しが街へ商売に出て来る前には、必らず鞭《むち》でもってさんざ猿をぶつのだそうだ。猿こそいい災難で、何にをしやがるんだといって大いに怒ってね。ほら感情が高ぶるから自然そのままに、ぽとり、しゃあとやる。これを猿廻しの方の術語で絞るというのだそうだ」「まあ」「そうしなければ、玄関へ上って芸をしながら、何にかハッと思うと、ぽとりしゃあをやるからお客にもう二度とは御免を喰って終う。そのために全然空っぽになる迄絞るんだそうだ」「可哀そうですね」

こんな話をしながらその辺を一応片づけてねたんだが、猿が物置でまだホウホウ言ったり、キャッキャッと大声を立てたりして羽目板を叩くのが止まない。

もう夜具もここ迄破られてはどうしようもないから、家内の寝床は隣室へ移し、私はまた物置から猿を連戻して来て、この一夜、猿の糞とおしっこの中でねて終った。まだ夜の白々明けに眼をさまして見たこの一室の惨憺《さんたん》さは全く筆紙に尽し難いというのはこの事で、大損害はそこの小床《こどこ》にかけてあった徂徠《そらい》先生の小切れの茶幅を半分ちぎられて、くしゃくしゃに咬まれて終った事である。

唯不思議なのは、私の手首に結んだ鎖を如何に延ばしても、私のからだが猿に引っ張られて移動しない限り、その手が幅《ふく》までは届く筈《はず》がないのですよ。ずうーっと後までこの不思議はとけなかったが、何あにわかって見ると実におろかしき私の計算違いです。猿は手だけで引っかいたりつかんだりするものと計算するからの事で、猿はそういう場合には足が手と同じ役をする。首を鎖でつながれていても、うしろ向きになって、ぐうーっと足を延ばしてやる。これが手を延ばすより長くなるのは当り前だ。

この夜は勿論これでやったのだが、後《の》ちに、昼間物置につながれていて門内へ引込んだ電灯会社の集金人さんの自転車を引っくり返し、それについていた鞄《かばん》を破ってお金をつかみ出してくちゃくちゃに咬んで私が弁償するような事件を起したり、門の内側についている郵便受から新聞や手紙をつかみ出して、完膚なき迄にやっつけたのもこの足の活動である。そこ迄は、はじめは、一寸気がつかない。

閑話休題《それはさておき》。

事茲《ここ》に到っては私も原稿を書くどころの騒ぎじゃあありません。誠に申訳次第も無い事ですが――。家内には文句を言われる、倅《せがれ》共には笑われるという訳で、こっちも自棄《やけ》にむきになって、その夜からこの猿の訓練に取りかかったものですよ。

よく元締に教えて貰って来た――というのは猿を教え込むには、第一夜中、人が寝静まって、四辺がしーんとしてからでなくてはいけない。猿と自分とたったふたり切りで、あわてず怒らず、一つ教えたら何百回何千回、覚える迄それを繰返す。いくら覚えなくても対手が猿なんだから、腹を立てたら駄目だ。とっくりと得心《とくしん》の行くように、何万回でもくり返す、その間、外の人が見ていてはいけない。その話の時に元締がこう云《い》いましたよ。

「猿はね、昔から立てたら百両といったもんだ。猿が立って、三歩でも四歩でも歩るきだしたら、ただそれだけでも値打もんだよ」

それが出来たら、これ、またそれが出来たらこれという話で、その第一夜です。

家内は隣室へ退避したし、全く猿と二人だけで、私は糞まみれ、おしっこまみれになる覚悟で、シャツに半ズボンという恰好、はじめ片手に倅の乗馬の鞭を借りたが、猿はどうもこれに気をとられて、何にかというとそっちへ眼を向ける、はらはらしてる。思い切っ

てこれを廊下へ投げ出し、

「ほらよ、立った立った」

やり出した。もう十一時半をすぎている。狂気の沙汰と笑わば笑えというところです。

「ほらよ。立った立った」

十二

二十回もやったろうか。ところがどうです。お立会《たちあい》。はっはっ。思いがけなくもその猿が出しぬけにひょこりと立って、私の静かに引っ張る鎖につれて、右へ左へ、自由自在に歩るき出したもんですよ。両手をだらりと下げてこれを少し左右にふらふらふるような恰好の屁ッぴり腰の歩るき方、その可愛いったらありません。

「おう、うまいうまい。お前は大した利巧な奴だ。うまいぞ、うまいぞ」

私は猿を抱いて、頬ずりしてやっていると、猿はぱっと私の手をぬけて、思いもかけず、肩の上へのって、両手で私の頭から額を抱くようにした。丁度あの初対面の時のようにね。片方の手は半分私の眼へかかる。私は軽ろく鎖を引いて、

「よしよし、もう下りろ下りろ」

猿は私の胡坐の中へ戻って来た。

私は隣室の家内へ、

「おい、猿が立って歩るいたぞ。おい、大した猿だぞ」

こう声をかけたら、

「そうですか」

と返事をした。

「これあお前、猛猿どころか、日本一の名猿だぞ」

といって、ふと気がついた。家内はまだ眠っていなかったのかなと。

次の朝飯に、

「わたしは今夜から当分、子供達の方へねます」

という。「どうしてだ」といったら、

「同じ事を何百遍も何千回もくり返すのが耳についてとてもとても――それにね、ああいう同じ言葉をあんなにきいていると本当に気味悪くなりますよ」

だとさ。何んだかお化け扱いをされたような気がしたが、先ずその夜からはもう四辺に遠慮はいらない。自分のからだの続く限り猿を仕込もうという決心で、昼の間は猿を物置へつないで、こっちもねている。多分猿も本当にねてるのだろう。大変静かだというから。懇意な雑誌の記者氏が来て「馬鹿な事をされては困りますよ」というが「いや何、すぐに書きますよ書きますよ」といって、やっぱり書かない。実際に馬鹿々々しくて小説なんて嘘《うそ》みたような事を書いてなんぞいられるもんじゃあないんです。

お終いにはとうとう、みんなを怒らせて「嘘つき直次郎」なんて綽名《あだな》をつけられた。その一寸前に、こういう題の小説を「オール讀物」へ書いたからである。

この直次郎、その夜、猿を立たせて歩るかせて見たら、昨夜と同じに全くうまい。百両どころか千両の値打がある。だが五分とはやっていれない。猿というものは骨格上元来がそういうものだそうだ。後ちに上野動物園の古賀園長さんにきいて見たらやっぱりそう云っていました。

それから元締に教えられた通り「邯鄲《かんたん》は夢の枕」。ころりとねころんで手枕をする芸当。例の盧生が呂翁の枕をかりてうたたねをし人間の一生の夢を見たというあれです。この時に眼を開いて四辺をきょろきょろ見る奴と、眼を閉じる奴では一寸元締からの借賃が違う。これをやり出した。

「はいっ、ほら、かいかいかんたんはゆめのまくら、、、、ほら、かいかいかんたんは夢の枕とござーい」とね。一度恰好をつけて、腕を枕にさせて二、三度もやって、さてまた、かいかいかんたんは夢の枕とやりましたらね、どうです、私の猿は声に応じてころりと横になり手枕をして、眼をぱちぱちして私を見ている。

これを毎夜やっている。「爺《じい》さん婆《ばあ》さん寺詣《てらまい》り」で、立ち上って、片手をうしろへ廻して歩く。

「見えない、見えない、何んにも見えない」で、両手で自分の眼をふさぐ。が、これは指の間からちらちらとこっちを見ている。

　私は威張りましたね。

「どうだ、元締がおれは猿廻しになっても飯が喰えるといったが正にその通りだ。こんな短い間にこれだけの芸を仕込んだという事は大したものだろう」

　みんなも流石に感心した。新聞社の人も雑誌社の人も一応は私に見せられて中には唸《うな》った人もいる。肥《ふと》った私が、

「ほら、邯鄲は夢の枕とござーい」

などとやっているところはなかなかどうして好い図でしょうが――。

十三

　それ迄一度もそんな事はなかったが、ある晩私が風呂へ入っていると、突然猿が例のホウホウをやり出した。猿のいる物置の窓と、湯殿の窓とが少しはなれて斜めに向い合っている。

　私は浴槽へ立ったまま窓硝子を開けて、顔を見せ、

「どうしたのだ」

と声をかけた。風呂場の灯で猿の方もよく見える。

「ほら見ろ、裸だろう、今、風呂へ入っているんだからな。上ったらまた連れて来てやる。

待ってろ、待ってろ」

とか何んとかいって、窓をしめたはいいんだが、それと同時に、猿はキャッキャッと叫び出し、力一ぱいに羽目板を叩き、ガリガリその辺を噛《か》んでいるような音がし出した。私はまた窓を開けた。

「これ。静かにしてろ」

そういうと猿は暫くおとなしくなって、じっとしていたが、窓をしめると忽ちにしてまたその騒ぎを始める。

と同時に、何にかガシャッというような音がしたなと思うと、それが何んであるか考えている暇なんぞなく、猿が突如猛然と湯殿の窓へ飛びついて来たのが、はっきり見えた。格子も何にもない昔風の建物で、四尺に六尺、硝子戸二枚の窓だから、猿はこの窓へ飛びついた。壊そうというのか、開けようというのか、とにかくびっくりして終った。

「こらッ！」

思わず大声で怒鳴りましたね。即ち、これが猛猿の猛猿たるところで、私の猿は、並大抵の鎖なんか、切ろうと思えば何時でも切れる力があるらしいんだ。さあ、こっちは素っ裸だ、窓の外には赤ん坊程の猿がすり硝子越しに猛然とやっている。

考えたが、私は大あわてに浴槽を飛出して電光石火に先ず猿股をはきましたね。危険物を敵に露出していてはどうにも戦にならない。これでよしと取ってかえすと、

「こら、どうしたのだ」
そういって、窓を開けました。

十四

この結果が一体どうなったと思いますか、血だらけになって、ぶっ倒れる私などを想像していただいては困りますよ。猿はですね。私の胸の正面から飛びついて両手を肩へかけてすっかりお母さんに抱かれた赤ん坊のようになったものです。しかし、後で見たら方々へ浅い爪痕《つめあと》はついてましたがね。鎖は首から一尺位のところで、ぷっつりと千切《ちぎ》れていましたよ。

「おれは今、風呂へ入っているのだからおとなしくしてろよ」

敷板へ下ろして頭をなでてやると、ウオウオと、如何にも満足したようにその辺を小さな舌で舐めたりなんかしている。

私はまだ洗ってもいないし、といってやっぱり猿股はとれない。仕方がないから猿股をつけたままで浴槽へつかったと思召《おぼしめ》せ。首まで浸ると同時に、又もや猿はぱっと不意にこの浴槽へ飛込んで来たものです。

「あッ」

一時は驚ろいたが、猿だって、稀《まれ》には湯へ入っていい気持になりたいような事もあるのだろう。

「おう、よしよし。何あんだお前も風呂へ入りたかったのか」

私は気持がみんなわかったような気がして猿を抱いてやっぱり首の辺りまで湯に浸してやった。猿は例の深い皺《しわ》を口はしから頰の辺までよせて口をもぐもぐしながら、時々、私を舐めたり、こわごわに湯を舐めたりしている。

「どうだ、いい気持だろう」

云い乍ら、ひょいと見るといやもう湯の中は大変な事だ。葡萄形の丸い糞が、もう五つも六つも私の前に浮んでいる。従っておしっこも充分にこの浴槽の中でやったろう。飛出してみたところでもう追っつかないし、そのまま観念して猿と一緒にあたたまって、それから流場《ながしば》へ出て、今度は石鹸《せっけん》で猿のからだを綺麗に洗ってやりました。毛が美しくなって、水色の肌がすき通るようで、こういう猿の本体を私もこの時にはじめて見た。綺麗なもんです。

こんな騒ぎは元より家の者達も気がついたから、丁度有り合せた犬の新しい鎖を持って来て猿をしばり直し、乾いた雑巾ですっかりふいてやる。猿は私のする通りにおとなしくさせていた。

十五

この時は、猿も風呂が好きだという事を発見しただけで、何にしろ鎖を切って来たのだから、私が猿股のまま猿と風呂へ入った事も、糞の事も有耶無耶《うやむや》になって、一度その湯を落して、またすっかり浴槽を洗って、わかし直して家族の者が入ったが、風邪位ひいていたって一夜でも風呂へ入らずにはいられない私なので、それ迄も毎晩見ていたろうにこの夜に限ってどうして猿が、あんな事をしたか。こうなると奴らもやっぱりうっかりしてる事があると見えますね。

それからはもう毎晩大変です。ほったらかして置くとまた何にをしでかすかわからないので、私は必らず猿と一緒に入る事に定めました。しかし家族は「お父さんは猿と入るなら一番後にしてくれ」と猛烈な反対も然《さ》る事で、私としても、あの糞とおしっこは堪《たま》らない。

考えた揚句が洗濯盥《だらい》に湯をくんで鎖をシャワーの柱へ結びつけ、浴槽の方へは来られないようにしてここで遊ばせて置く事にした。私も馴れてもう猿股はつけなくなったし、猿も私がからだを洗う時はすぐ傍へ行ってやるからその盥で満足して、盥のふちにこう枕をするような恰好で首をかけ、或る時は顎をのせて、じっと私の方を見ている事もある。腹を上にして、ウオウオ云い乍ら喜んでいる。

私はこの湯の中でまた芸を一つ仕込んだ。立って、こう小手をかざして「見えた見えた富士山《ふじさん》が見えた」という。先きに「見えない見えない、何んにも見えない」と同系の物だから覚えるだろうと思ってやったら、やっぱり間もなく覚えました。

こう書いていると全然猿を甘やかして、少しのしつけもしないように思われるかも知れないが、決してそんな訳じゃあない。ある時は鞭でぶったり、力任せに殴ったり、それあもうひどい目に逢わせる事もあるんですが、どういうものか、この猿は、たとえどんな事をされても一度も私に対して反抗的なものを見せた事はないのです。

みんな不思議だという。私はいやこれが即ち栃木の元締から教えられた首根っこへぱッと咬みついたあの為めなんだよと云いました。本当にそうだろうと思いますな。

そうそう「すみません」といって、両手をついて、丁寧にお辞儀をする芸当も教えました。猿にして見れば別に何にも心から謝まったり詫《わ》びたりしてる訳ではない。そのスミマセンという調子に応じてお辞儀をするだけの事なのでしょうが、人間の方では詫びをされたような気になって、

「おお、いい子だいい子だ、利巧だね」

とか何んとかいって喜ぶ。

その中に私はふっとおかしな事を発見した。

十六

私が、

「どうして――」

というと同時に、猿がぺこりとお辞儀をして、この「すみません」をやる事である。「どうして」と「すみません」は言葉の上では少しも似たところがないのだが、猿はこれをやる。おかしいなと思って、全然、猿がぼんやりしている時にこっちがそっぽを向いて、小さな声で、

「どうして――」

というと、猿はさっと「すみません」をやるのである。

だんだん考えて見ると理由はあった。どうして――という時は「どうしてこんな事をした」とか「どうしてこの猿は」とか必らず何にか悪い事をした（人間の方から見て）自分に不利な時で、その時はきっと殴られるかぶたれるかする。猿にしては一番忌やな一番怖い言葉がこれなのである。それにしても、唯一つの芸として仕込まれただけで、意味も何にもわからないだろう「すみません」を、この「どうして」に応じてやったのか、私はその時にはわからなかった。

とにかくみんなそれと知って、猿のところへ行っては、小さな声で「どうして――」と

いって脅かす。猿にして見れば何んにも悪い事なんぞしやしないが、次に来るものが来られては堪らないからすぐにお辞儀をする。これも私の猿の一つの芸当になって終った。

その頃私のところは小さな洋館の二階建が別棟になっていて、部屋が四つ。階下に別に六畳位の広いところがあって、これへ玄関がついている。私は二階の四畳位のところを仕事部屋にし、三つは三人の倅達が一つ宛《ずつ》占拠していました。

私は仕事部屋に入る時はいつも猿をつれて行った。あの浴場襲撃以来この猿にとって鎖はまるで木綿糸と同じ位のものである事を知っているので、その時分にはもう家の中では自由に放し飼にしたり、時によっては、弓の弦を鎖代りにしたりしていた。放しておいても滅多に外《ほか》へは行かない。私の後をひょこひょことついて来るだけである。

何にしろ毎晩風呂へ入るのでからだは綺麗だし、私が仕事をしている間、猿は私の胡坐の中に埋まって、すやすや眠っていたり、時には脛《すね》の辺りを舐めたりしておとなしく遊んでいる。私も息ぬきには、軟らかい猿の鼻をつまんだり腹を掻いてやったりして、仕事場の何時間かは退屈をしなかった。

十七

ある時仕事をしていて、その合間合間にいつものように猿の鼻をつまんだりしても、猿は今日は余程睡《ねむ》いらしく実に正体なく眠っている。猿の鼻は骨がないから触ると軟らかで、ほんの指先でつまめるだけよりない実に可愛いものである。鼻の可愛さと、あの舌の可愛さは、犬だって、まして猫などは遠く猿には及ばない。

猿は胡坐の中に眠っているし、窓から見える空は青いし、いい気持で三十枚程の原稿が出来上って、これを机の上へおいて、私はほっとした気持で不浄へたった。猿が余りよく眠っているから、これを起こしては可哀そうだとそうーっとこっちが身をのけて、膝かけの小布団の中へねせて、階下へ下りて行った。

それから用を達してまた上がって来る迄十五分とはかからなかったろう。不浄の中で、ふと原稿に書入れたいものを思い出して、性《せ》ッかちだから小急ぎだったのだ。

が扉を開けると共に、私は思わず、反《そ》っちまったね。どうです、まるで睡眠剤でものんだようにあんなにぐっすり眠りこけていた猿は机の上で、私がたった今、書き終えた原稿を、無茶苦茶に咬み破り、その辺へ散らかした上に、机の上は糞とおしっこで大変なさわぎになっているのである。しかも当人は、どうだ、いい事をしたろうという顔つきで、私を見ると口元をもぐもぐさせて褒めてでも貰いたいような様子なのである。

「こらッ、こ奴！」

私が怒鳴りつけると、猿ははじめて自分のした乱暴が悪るい事だったのかと気がついたのか、それとも私の怒鳴り声が怖いのか、忽ちキャッキャッと悲鳴を上げてそこを逃げようとする。扉も窓も閉まっているから逃げられやしない。

そう諦めると今度は隅っこの本箱の前へ小さくなって、こうお腹の上に両手を合せて観念して終ったようだ。

十八

そんな事よりこっちは大変だ。もう一時間もしたら、ぎりぎりの〆切に迫ったその原稿をとりに来られる。どうしようもない。こっちも覚悟をした。

「どうして、お前は——」

さあ恐るべきどうしてが出た。言葉と同時に、猿は畳へ手をついて、頻りに「ごめんなさい」をやっている。たった今迄、いやッという目に逢わせてやろうと思ったんだが、この恰好を見ると、もういけませんよ。私にすれば大切な原稿だが、猿にして見れば唯の紙だ、それが綺麗に三十枚も積んである、一つやって見たくもなるかも知れない。

「仕様のない奴だ」

とにかく雑誌の人が見えたら、この破れたものを見せて斯々《かくかく》の始末と詫びなくてはならない。机へ坐って、原稿を集めると、おしっこのべちゃべちゃのもあり、糞のついたのもあり、勿論見る影もなく破れたのもある。猿はまた私の膝へぴょこんとのって、ふり向いて私の顔を見乍らウオーウオーと口をとがらせて話しかけている。

とうとう雑誌は休載になった。しかし、この時以来、私は如何に猿寝入《さるねいり》をしていても油断をしなくなった。ある時、また同じような状態で原稿が出来上った事がある。私は不浄へ立つふりをして、扉を開けて外へ出て途端に鍵穴から覗《のぞ》いて見た。猿は早くもむくむくと首をもたげ、あっという間に机の上へ飛上った。

私があわてて扉を開けると、猿はびっくりして、ぱっとその原稿を机の上へ抛り出し、何んにもしませんよというような顔つきをして、こう顎を突出して、ちょこちょこちょこちょこそこを掻いている。このからだを掻く時の猿の様子は、猿の可愛い表情の一つでしてね。腹を掻く時などは、下から上へ、指先を撥《は》ねるような恰好で小さな動作を実に急がわしく繰返す。どうしたって笑わずにはいられない。第一掻くといっても猿は爪先きを使う事は出来ない、指先きのふくらみでやるから面白いのだ。

十九

板の上へ縫針を一本落して置く。

「それを拾ってくれ」

という。猿は拾おうとするが、爪先きが利かない。ふくらみでつかもうというのだから、とても出来ることじゃあないんだ。

それでも、こっちが拾え拾えというから四、五遍位はやるが、とても駄目だ。怒っちまいましてね。掌で、この針を掃くようにして飛ばして終う。その時何にかのはずみで、針がちくりとでもさそうものなら、夢中になって、このつかめもしない針に挑戦する。どんなにこれが愉快か、猿をお飼いになって見られるとわかります。

前に述べた階下の六畳に冬は石炭のストーブを焚《た》いた。こうすると、階段伝いに二階も暖くなるし、階下は元よりだというので、こういう事にしたが、よくこのストーブを囲んで倅達と話し合った。猿も一緒である。

ある時、夕飯を知らせて来たので、猿だけをこのストーブの側に残し、四方の扉を〆切ってみんな廊下伝いの母屋へ行った。何にしろ猿は無類の淋しがり屋だ、留守の間に何にかやるな、しかし扉は閉めてあるし、ストーブは熱いし、何にをやりたくても何にも出来ない筈だと思い乍ら、食事を済ましてそこへ戻って来ると、猿はさっきのストーブの横につくねんとしている。見ると、石炭入れから石炭を十ばかり、そこら辺へ抛り出してあるだけだ。

「ほう、この程度のいたずらは猿にしては珍らしいな。ああ、いい子だ、いい子だ」

と倅達と一緒に猿をほめて頭を撫でてやったりして、やがて私は二階の自分の部屋へ上って行って、思わず、

「おい、やったよ」

と階下へ叫んだ。倅達が駈上って来る。当の猿は私についてすぐうしろからひょこひょこと来ていたがこの気配に驚ろいて私の肩へ飛乗ると、一体何にが始まったんだというよ

うにしている。

二十

階段を上ったところに本棚があって五十冊程入っている。猿はこれを一冊残らず引っ張り出して表紙を千切り、頁を破り、それを処狭しと抛り出して置いたのである。

私達が母屋へ行った途端にここへ上がって大乱暴を働らき、そのままストーブの処へ引返して知らぬ顔をしていたのだ。石炭を十や二十抛り出したどころの騒ぎじゃあない。

「こら、お前、どうして」

声に応じて、猿は肩の上でぺこぺことお辞儀をしているのである。

それから何日目かに、みんなで食事をしている時に、三番目の倅が食べようとしていた生玉子を、いきなり、横からぱっと引ったくった事件が起きた。

「こ奴め」

倅は拳《こぶし》をふり上げた。猿はキャッキャッと二、三度そんな声を出したが、その時はすでに私の胡坐の中へ飛込んで来て終っていた。

「こ奴、玉子を食べる物と知ってるのはおかしいな」

「何んだか知らずに引ったくったんで御座いますよ」

と家内がいう。とにかく倅には私の分をやって私が、猿はこの玉子をどうするかと見ていると、前歯でかちかちと玉子の一方へ穴を開けた。うまいもんだ。そうして、すうすうと中身を吸い出したのである。

「へーえ、うまいもんだね――どうだ、おいしいか」

猿はウォウォいって頻りにのんでいる。

「不思議ですね」

「いや、猿なんざあ山奥にいて、小鳥の巣から玉子をとっては滋養に飲んでいるんだよ。だからちゃんと心得ているのさ」

「そうでしょうかね。でも猿が野菜の外にこんなものを喰べるなんてはじめてです」

二十一

猿は綺麗に玉子を一つのんだ。実に上手にのんだ。それから毎朝これを一つ宛やった。たまに誤って割ったりしたものを皿へ入れてやると、ぺろりぺろりとうまそうに嘗めてのむ。バナナは皮をむいて食うし、人蔘は真ん中の黄色いところだけを喰べる。

私と一緒に生活をしている間にだんだん贅沢《ぜいたく》になった。一体バナナの皮をむくなどという事をどうして知っているのだろうという話がよく出た。

「本能的なもんだよ」

私はこういった。

それにしても困るのは糞である。私は猿に対してこの教育を思い立った。猿廻しのように鞭で叩きつけて「絞る」などという可哀そうな事はとてもできないので、いろいろ考えた揚句、先ずこれが「汚なくて臭いものだ」という事を知らせるために、その鼻の上へこってりとぬりつける事を考えた。

「お前の糞は、こんなに臭いぞ、汚ないぞ。さあどうだ」

猿は如何にもびっくりした様子で、ずいぶんひどい事をするなあと定めし私を恨んだ事だろう。が、先ず差当りこれより外に法はないと私は考えたから、まあ心を鬼にしたという訳である。

猿はこの臭いものを手で拭《ぬぐ》いとるという事が出来ない。あれ程の奴がどうしてその智慧《ちえ》が出ないものか。いきなり鼻を羽目板へこすりつけた。手で拭い取って、それを羽目板へこすったらいいだろうにと思うが絶対にこれをやらない。

鼻をこすり、鼻をこすり、掌（といっても指の方だが、こう反らしましてね）でその羽目板を烈しく叩き、キャッキャッと叫ぶ。お終いにはとうとうそこから血がにじみ出て来た。しかし、猿の表情は糞をなすりつけた張本人の私を少しも恨んでも憎んでもいないのである。

「可哀そうになあ――しかし、どうだ、お前のうんこは臭いだろう」

私はとうとう雑巾を持って来て、その鼻の糞を綺麗に拭ってやった。

二十二

こういう事は二度や三度やった位では駄目である。猿がその糞を憎むようにならなくてはいけない。大体、猿は、ぱっとマッチをすって鼻先きへやる。その火に向って猛然と消しにかかり、咬みにかかるが、そのマッチをすって持って行った人には向って来ない。煙草に火をつけたのを近づけると、さっとそれをとって無茶苦茶にし、自分は火で手を焼いて、キャッキャッいうが、煙草の主へ飛びかかるという事はしない。「それ自体を憎むだけ」である。この本性を利用してという私の策戦だが、なかなか効果は出て来ない。私が猿へ近づいて行く。却《かえ》ってぽとりと糞をするのである。

この鼻へ糞をつける事は、次には附けておいて食物をやる。バナナでも人蔘でも猿は一応嗅《か》いで見る。嗅いで見るというよりは、どうも何んだか臭い、大丈夫かというので、こう額のところへ持って行って嗅ぐ。猿の鼻穴は上へ向いているから。

鼻へついているんだから嗅ぐもの悉《ことごと》く臭い。バナナも投げ、人蔘も投げる。が、猿は待てよというような顔をする。

「これはこの前喰べた時はうまかったがなあ」

も一度拾ってまた嗅いで見る。やっぱり臭い。何度でも同じ事をやって、何度でもそれを抛り出して置く。

その中に糞が乾いて鼻の臭気がだんだん薄くなって来る。鼻の臭さが無くなると、元々、バナナや人蔘その物は何んでもないのだから、いつの間にか喰べて終う。

二十三

丁度葡萄のある頃だった。私は今度はまたこういう悪るいたくらみをした。可哀そうに猿は、自分の信頼しているこの人がこんな事をしようなどとは夢にも思っていないに定っている。その私がですね、先ず葡萄一つ一つ中身を吸ってほんの皮だけにした。それもなるべく皺などの寄らないようにして、元の通りに円く形をつけると、猿のころころした丸い糞をこの皮の中へ一つ一つ丁寧に詰めたものである。そうするとまだ中身を吸わない時と同じになった。

これを二十個も拵えてから、

「ほら、おあがり」

といって猿の前へ出してやる。猿はウオッ、ウオッと喜びの声を上げてぱくぱくぱくぱくこれを大急ぎで口の中へ抛り込む。御承知の通り猿の両頬の内側は袋になって居りましょう。あれへ、とにかく入るだけ詰めこんで、後でゆっくりと口の中へ戻して喰べるのが習性ですね。あれをやるのです。

みんな投げ込んで終って、さてまた私を見てウォウォ云い乍ら、頰から幾つかの粒を前の方へ送り出して、さあ喰べてみると中が自分のうんこだ。次のもうんこ、次のもうんこ。その時の猿の驚愕《きょうがく》と狼狽《ろうばい》というものは実に筆紙に尽し難いというのはこの事でしょう。葡萄の皮とうんこと唾とを一緒にたらたら吐出しキッキッと叫び乍ら、私の胸へ飛びついて助けを求める。

「この葡萄は何んだかへんですよ」

と訴えるような目つきを見ると、私も堪らなくなって、

「吐き出せ、吐き出せ」

と一緒に狼狽する始末だった。

みんな吐出して終ってもうんこの臭気はいくらか残るのだろう。猿は頰を頻りに手で押して、内の物をすっかり出そうとする恰好がまた、悪るいけれども実に面白い。

二十四

この時は可哀そうな事をしたと思うんだが、どうにも猿のうんこには困る。こんどは米糠《こめぬか》へうんこを交ぜて板の上で掌でこすると全然正体がわからなくなる。これを小さく盛り上げて、その上へまたこれは本物の糠をうまくかぶせて喰べさせる悪企みをはじめた。

猿は糠をたべる。食べるというよりは舐めるという方がいいかも知れない。こう腹ン這《ば》

いになるような恰好で食べるのである。しかしこれは二度か三度舐めるとすぐに中にうんこが交っている事がわかる。口のまわりの短い毛に一ぱい糠をくっつけて、たらたら唾を出して、ぱたぱたぱたぱたその辺の板を叩き乍ら、時には逃げようとしたり、また不意に張本人の私へ抱きついて来たり。

しかしこういう悪るい事を二、三度も繰返している中に、猿はもうその手には乗らなくなったと共に、いつの間にか、私の姿を見ると、あわてて、その辺に処かまわずにしてあるうんこを、さっさと自分で払い落して綺麗にするようになった。

これが汚なくて臭いものだとわかったのか、それともこういろんな悪企みをするようでは、おれのところのおやじは余っ程これが嫌いらしいと気がついたのか、とにかくその頃から滅多な事ではそんなにうんこや、おしっこをしなくなった。

人にきくと、猿の腸はどうとかなっていて、うんこをためて置く事は出来ない、出来次第に出すのだなどというが、それも仕込みようによっては、何んとかなるものでもあるらしい。

二十五

そうこうしている中に、私の猿はだんだん贅沢になって来た。勿論主食は御飯のお握りで、はじめの頃は残り御飯を握ってこれに味噌を少しつけてやっていた。唯の御飯だけでは余り味もそっけもなかろうからとの私の考えだったのだが、ある時あたたかい御飯を握ってやった。それ以来、猿はお冷やのお握りは喰べなくなった。持って行くと、すぐひょいと投げ飛ばして、終う。何度やっても喰べない。仕方がないからあたたかいのをやる。これを繰返している中に今度は味噌をつけたのではどうも喰べない。

それで一度、お砂糖をたっぷりつけてやったらさあもうその喜びようったらなくウォーウォー云い乍らむしゃぶりついて喰べる。しかも一個喰べると、頻りに後ねだりをするのである。

ふだん猿のつながれている物置の窓から斜めに台所が覗《のぞ》けた。猿は夜になって私の方へ来ない時は鎖でつながれているが、朝早くからこの鎖を一ぱいに、しかも足を羽目板に突っ張ってからだを延ばせるだけ延ばして宙に浮く恰好で、台所で御飯を焚いている様子を見ているのである。

そして、時々、

「まだか、まだか」

というように、ぱたぱた羽目板を叩いて、

「ホウ、ホウ」

と女中さんをよぶ。御飯が出来次第、一番先きに猿にやってもいいからということになっているのだが、女中さんがこれにからかって、なかなかやらない。猿はもうお釜が下り

て御飯の出来ているという事はわかっている。頻りに催促しても呉れないものだから、とうとう癇癪《かんしゃく》を起こして、

「キッ、キッ、キッ」

と物凄い声で叫ぶ。私の寝ているところは、ここからは少しはなれているのだが、よくこの叫び声で眼をさましたものである。

二十六

こういういたずらをする女中さんはよく猿にかまれた。そういう時には今度は私がひどい目に逢う。自然滅多にはやらないし、ひどい疵《きず》になるような事まではやらない。

今迄書き忘れていましたが、私の猿は牝《めす》である。これがとてもやきもち屋さんで、女中さんが私と一緒に前へ行くと、必らずキッキッと牙をむいて脅かす。面白がってこれをやると、忘れた頃になってその女中さんが、必らず引っかかれるか咬みつかれるので、ある時、私と家内が猿の前へ行って、私がわざと家内の肩に手をかけて立っていると、猿は、ウオウオと顎をしゃくるようにして睨《にら》んでいたが、遂に家内へ飛びついて腕のところを少し咬んだ。

間髪を容れず、私は猿の顎を拳で力一ぱいに擲《なぐ》りつけた。猿はよろよろッとした。それをつかまえて、擲ったり蹴ったり、ずいぶん酷《ひど》い目に逢わせた。が、猿は少しも私に反抗

しない。地べたへ両手をついて、頻りに詫びるだけであった。

それを見ていると堪らなくなって、私はすぐに抱きかかえて、家へ入り、

「人を咬んではいけないよ。咬むといつもああいう酷い目に逢うんだぞ。今、お前の咬んだあの人は、奥さんと云ってな、云わばこの家のぬし見たいなもんだ。咬むなよ」

そんな事をいってるのをきいて、みんな一斉に噴き出した。

しかし、わかるんですね、やっぱり。尤も折檻《せっかん》の仕方が少しひどかったからかも知れないが、それからは、家内にだけは絶対に咬みつくどころか、如何なる場合でも敵意を示した事がなくなりましたよ。

唯女中さんだけは依然として時々咬まれる。様子を見ていると、どうも女中さん達にも悪るいところがある。主人に叱言《こごと》を云われたといっては、そのうっぷんを猿へ持って行く。些細《ささい》な事を叱ったり、私に内緒で棒で打ったりひどい目に逢わせるようである。

書生さんがいてこれがいつも猿をいじめる。女中さんがいじめる。

二十七

だから、猿が逃げ出した時に、私が無精をして書生さんや女中さんに追って貰ったんでは絶対につかまらない。どんどん遠くへ遠くへと逃げて行く。私が行って、

「来いよ、来いよ」

というと、木の上にいても屋根の棟に上っていてもすぐ帰って来る。考えて見ると、猿の恐るべきは書生さんや女中さんなのであった。

或る年の夏、猿は私達と一緒に鵠沼《くげぬま》海岸で暮していた事がある。借りている家が小さいものだから、ある時外へ鎖でつないで置いたら、どうした訳かこれがきれて逃げて終った。折悪しく私は丁度急ぎの仕事で寸暇を惜しんでいる。

「頼むよ」

といって、書生さんに任せておいたら、二時間ばかりもして、

「ずうーっと海の方へ逃げて終いました。何しろ松の木から松の木へ飛び移って行くのでどうにもなりません」

といって来た。この時は、猿の書生さんを恐れる事に気がつかなくて、

「松から松だからな。仕方がないよ、ほったらかして置こう」

こんな呑ン《の》気な事をいってその日は仕事に追われて、つい猿の事は忘れて夜になった。私はねようとして、はっと気がついた。というのは、何処かで、確かに、ホウホウといつも私を呼ぶ時のあの猿の鳴声が聞こえたからである。

「猿はどうした」

「あれっきりです」

「何処かで呼んでいる、可哀そうに」

書生さんと一緒に外へ出た。ところが丁度星一つない闇夜でしてね。今にも降りそうな空模様なんだ。

声はするんだが、何処にいるのか、まるで見当はつかない。さっきは逃げて行ったが、真暗になって淋しくなってとにかく家を目ざしてその辺に帰って来ているらしい。

二十八

探しても探しても、私のいるところがわからないので悲しくて悲しくて泣いているのではないか、きっとそうだ。私は、

「おうい、ここだよここだよ」

何遍も何十遍も繰返し繰返し、あっちへ行ったり、こっちへ来たりして探すが、その猿の声がまた、遠くなったり近くなったり、右に聞こえ左に聞こえる。

私も泣きたいような気持になった。

後からついてきた家内が、

「あなたの空耳ですよ。あたしには何んにも聞こえませんよ」

「いや、そんな事あない、確かに何処かで呼んでいる」

「そうですかあ」

家内も書生さんも女中さんも聞こえないという。どうも不思議だ。諦めて家へ入ると、

私にはまた確かに聞こえて来る。

「迷い歩るいているんだよ」

また出て行く。帰って来る。また出て行く。とうとう十二時になった。

仕方がないから寝はしたものの、どうも猿の声が耳について眠れない。

「おい、すぐ屋根の上へ来てるようだな」

私は家内をよび起した。

「そうですか。でも声はしませんよ」

「いや確かに来てる」

私は飛出して行って、やっぱり何度も呼んで見たが、戻っては来なかった。こんな事なら、さっき逃げた時にすぐ自分で探しに出て行けばよかった。何あにすぐに戻って、私の胡坐へ飛込んで来ると、そう安心していたのがいけなかったようだ。

待てども待てども猿は帰らない。ただ鳴声だけが耳につくが、どうやらこれは私の錯覚のようだと悟って来た。

朝になった。気がつくと周囲が何んだか騒いでいる。どうも、

「猿だ猿だ」

といっている。

寝巻のままで飛出して行って見ると、そこに思いもしなかった大変な事件が起きていた。

二十九

鵠沼というところは葡萄の出来ない土地である。農家でたった一軒五十本位植えているものがあったが、なかなか専門の技術がむずかしくて、年の中には二度も三度も甲州から人をよんでやって貰わなくてはならない。そんなにして見たところで第一潮風が吹くし、砂地だし、とても儲《もう》けになる程実が出来ないのでとうとうやめて終った位だ。

私の小屋の門を出た筋向いに中西さんというお宅がある。ここで南向きのベランダの屋根代りに三坪位葡萄を植えていられた。穫《と》れ上る葡萄よりも何倍ものお金をかけて手入れをして、それが一ぱいに房を下げていたのである。とにかく枝に葡萄がついているのが珍らしい土地。中西さんはお子さん方もいられるし、今日はもごうか明日はもごうかと朝夕棚を仰いで楽しみにしていられた事だろう。

それを今やわが猿は夜陰に及んでこのお宅へ飛込んで、その葡萄を殆ど一房残さずといっていい位にむしりとって、庭一面に散らかして終っていたのである。私が朝そこに見た光景はこれだ。元よりあのからだでそんなに食べられない。いたずらの限りを尽くし、自分はそのお宅の屋根へ上って、悠然と下界のさわぎを見下ろしているのである。中西さんは二階家だ。

地上には人がわいわい集まって、裏へ廻り表へ廻り、さながら火事場の有様だ。いやどうもこれには私も閉口しましたね。この葡萄が農家か何んかの物ならお金で、どうするという事もある。が、楽しみにしてやっていられる。ましてお子さん方がどんなに憤慨されているか。

むかし、私が大森の奥にある株屋さんのささやかな家作を借りて住んでいた事がある。この庭に桃の木が一本あった。それに実がなった時の子供達のよろこびようったらなかった。朝、陽の出ない中から誰かが起き出して、これを眺めていたものだ。

その中にこれが熟して来ると、家主がそれをもぎ取って行って終った。私は猛然と喧嘩《けんか》をした。その時の私の腹立たしさ、子供達の嘆き悲しみ。これが骨身に徹しているから、この葡萄一件では実にぞうーっと総身に毛肌が立つ思いがしたのですよ。

三十

猿は遥かな屋根の上から、私の顔を見てどうも唯事ではないと気がついたのだろう。呼んでも呼んでもなかなか降りては来ない。尤も下界には人間が目白押しに並んでいる有様ですからね。

私はまたわざと笑顔を拵えて、

「おうい、降りて来いよ、何んにもしやしないよ。さ、いい子だ、降りて来い、降りて来い」

一生懸命笑顔を作るから、猿は親愛なるわがおやじが、それ程狡猾《こうかつ》とは知らず、やがて身軽に、あっちへ飛びこっちへ飛んで私の胸へ飛びついて来た。

さあその時、間髪を容れずですよ。私は力一ぱい、拳骨《げんこつ》で顔をなぐりつけた。

「この大馬鹿野郎！」

猿はキッキッと悲鳴をあげたが、それでいて私の胸をはなれない。見ると、唇からたらたらと血を流している。それを見ると、急に胸が一ぱいになる程可哀そうになった。急いで、小屋へ戻って猿をつなぎ、早速家内を中西さんへお詫びにやった。一方書生さんをすぐに汽車で東京へやり、千疋屋から葡萄を幾籠《いくかご》か買わせて、夕方これをお詫びに中西さんへ持参したが、何んともそんな事では心が済まない。といって、お詫びの仕方もない。

中西さんでは、猿のやった事ですからそんなにお詫びをされては却って恐縮ですといって下さるが、こっちはそれから暫くの間は身の縮む思いがつづいた。

が、あの時、私にぶたれて唇から血を出した、あの猿の可哀そうな顔つきは、今もまざまざと思い出されます。

こんないろいろな事件を繰返している中に、私の猿はからだがめきめきと肥って来た。どこう、下ッ腹がでっぷりとして、薄い水色のような肌がやや白っぽくなった。どうも少し元気がないなあと思うような日もある。

三十一

私の肩へ飛びつくと、ぐいっとこっちのからだが曲る程に重く感ずる。或る時、子供達のやっている鉄棒を渡らせようと思って上らせて、

「さ、こっちへ来いこっちへ来い」

とよぶと、猿は僅か六尺位よりない鉄棒の途中まで来ると、だらりとぶら下がって終って、もうそれ以上こっちへは来られない。

「そんなだらしのない猿があるか」

叱ったって来られない。お終いには、はじめから鉄棒の柱へ上る事もしなくなった。

「何にか病気だね」

「そうかも知れません」

家内もそういうし、獣医さんに来て貰うと、

「いや、別に何処も悪るくはなさそうですよ。強いて言えば老病ですかね」

という。え、そんなにお婆さんかこれは。私達はびっくりしたが、よく見ると、そうでもなさそうだが――。

こういう小動物や小鳥を商売にする人がいろいろ私のところへ来るが、きいて見ると、

「水を飲ませるからいけませんですよ。猿は水をやると、ぶくぶく大きくなりますから。

これはその為めですよ」

という。しかしどんなに大きくなったっていい、まさか欲しがる水をやらないという訳には行きません。

この年の冬だったと思う。猿は二度も三度も、死んだようになって引っくり返っている事があるんです。医者に診せてもわからない。

「寝酒でも少しずつ飲ませますか」

「猿の寝酒？」

「好きですよ」

そんな問答があって、猿はその晩から、盃《さかずき》で五杯位の寝酒をのむ事になりました。

はじめ一ぱいやった。ところが、猿はウオウオ、例の最上のよろこびの声を出して、私の手から盃を引ったくり、途端に酒はこぼれましたが、あわてて畳の上を舐め、盃を紅い小さな舌を出して舐め廻すのです。

三十二

今度は盃を引ったくられないようにして、酒をついでやると、私の手へしがみついて舐め乍ら、時々顔を上げて私を見て、ウオウオと声を出す。

五杯迄は息もつかせずという訳ですが。この分だとどの位飲むかわからない。飲ませるのはいいが、いくら牝だといっても対手が猿の事だから、またどんな風になって暴れるかも知れない。そもそもが猛猿という折紙のついた奴ですからね。いつも五杯でやめました。そんなこんなの間に、猿は、郵便受から新聞を持って来る事も覚えたし、そこら辺にある雑誌を持って来る事も覚えましたよ。

「それを、持って来い」

とぴーんと人さし指を真っすぐにしてさすと、すぐに持って来たものです。時々いたずらをして猿にはとても持てない醬油樽《だる》のような重い物を持って来いと無理をいう。猿はとことこやって行くがとても駄目だ。そうしますとね、かんかんに腹を立て、その醬油樽へ咬みつくのです。何度も何度も咬みついている中にだんだん忌やになっちまって、不貞腐《ふて》ってそこへごろりとねころんだりする。その恰好がまた実におかしい。

猿というものはどうもわからない。新聞を持って来る話ですがね、わざわざ塀の途中についていて地上から四尺位もある郵便受まで登ってちゃんとその新聞を持って来る事が出来るのに、もう一歩で私へ渡そうというところまで来て、俄《にわ》かにこれを無茶苦茶に引裂いて、きょとんとした顔をしている事がある。何が癪《しゃく》にさわるのか。どうしてもわからない。不思議だ。

三十三

ある時、私の家へ猿廻しがやって来た。尾の長い小さな忌やな顔をした猿だが、一わたり芸をやるのを、こっちでじっと見ていた私の猿が、まるで人間が小さな子を抱こうという時と同じような恰好で、両手をこう開いて前へ突出すと、その小猿は、いきなり、勢よく、私の猿のふところへ抱きついて行ったもんだ。

私の猿にして見れば、

「おお可愛い坊やだ、お出でお出で」

というつもりだ。ところが、この坊や、からだは小さいが、もう思春期に来ていたと見えて、私の猿を一個の女性として、忽ちにしていどみかかったものである。

こういう場合の猿の表情は誠に不気味で、鼻から頭へかけての毛を悉くうしろへなびかせ、耳もぴったりとくっつけて口を尖らせて突出し、全くぞっとする醜悪なものになる。

いや私の猿の驚ろいたのなんのって——その牡猿を力一ぱい突飛ばすと共にキャッキャッと悲鳴を上げて自分は屋根へ飛び上がって、私の方を見て、

「ウオ、ウオ、ウオ」

と頻りに叫ぶ。何しろ老病だなどと獣医に云われる程の私の猿だ。お色気なんかとっくの昔に忘れて終っているのだろう。

私もびっくりして、早速、猿廻しにお金をやっていって貰ったら、猿ははじめて安心したように私のところへ降りて来て、

「変な者をよんでは困りますよ」

というような様子だった。

この時の猿廻しが、後ちに戦争中に召集状をもって、この時のではない大きな猿をつれて訪ねて来た。実はこうこういう次第で、戦争に行かなくてはならない。この猿をこのまま一人後へ残して行くに忍びない、私は女房も子もないので、この猿を持っているんですが、これが心残りで立派な死方も出来ませんから、どうか貰って下さい。旦那はとても猿がお好きなようだからと云う。

三十四

だが、この時は、どういうものかその猿を引取ってやる気にはならなかった。その猿廻しの顔つきの印象が余りよくなかったのと、以前、栃木の親方からきいた話の中に、

「猿を借りて行ってそのままこれを何処かへ売飛ばしてずらかって終う奴がいるんでな、こ奴が同じような商売をやっていれば日本国中何処に居たってすぐにわかるが、さっと鉱山へでも逃込まれると、そのままになるんだよ」

そんなものが、まだ記憶にあったからだろう。

ずいぶんしつこく云ったがとうとう買わなかった。或いはあの人の云った事がみんな本当で、私の邪推のために、あの猿は、不幸な運命に落とされたかも知れない。私にも少し人を信用する雅量があったら、あの猿も家族の一員として、あれから先きの戦争の苦難を共にしたかも知れなかったのに――今は口惜しく思っている。

それはさておき、私の猿はだんだん寝酒の量を増して、お終いには十杯位ものむようになったが、その為めか、だんだん肥満して来て大げさにいうと抱き上げるのに力が要るようになった。

ある時、一ぱい飲ませて、物置の寝床へつれて行こうとしたが、どうしても忌やだといって私にしがみついてはなれない。

「よしよし。それでは今日はおれの方へ寝ろ」

そういう事でそこにいた。第一この猿は自分の寝床に藁を敷く事が嫌いだ。軟らかく温い藁を箱へ入れてやると、私が見ている時はおとなしくその中に入って、ウオウオ――いい気持ですよというような顔をしているが、少しして行って見ると、もうその藁を一本も残さず箱から抛り出して終っている。

シャツを着せた事もある。着物も袖《そで》なしチャンチャンコを着せた事もある。が、卅分もしない中に、全部これをぬいで、しかも、一本一本の糸にする程にくしゃくしゃに裂いて抛り出して置くのである。

よく私は叱りつけた。

「こら、おれは着物の繊維の研究をしてるんじゃあないぞ」

などと。

そこでこの夜はひどく寒むさがきびしかった。

三十五

勝手につづいた茶の間に三尺四方の北海道風の切炉がある。これへ大きな炬燵《こたつ》をかけて家族がみんな入っている。猿も元よりその一員に加わった。

冬になると寒むいからと、わざわざ藁で拵えた御飯を冷やさない為めと同じ巣を拵えてやってもそれを嫌うから、炬燵などは入らないと思っていたら、入らぬどころか、猿は人間のように下半身だけを入れて温めるなんて事を知らない、頭からすっぽりもぐり込んで終った。

それでも最初は、足袋をぬいでいる私の足を舐めたり、時々そうーっと咬んだりしていたが、その中にいい気持になったと見えて、足を枕にしてねて終ったようだ。からだ半分は私に寄りかかっている。

みんなの話がはずんで、猿もいい気持で眠っているのだと思っていたら、やや暫くして、もくもくと動きだして、炬燵の外へ出て来た。

それがね、まるで酔っ払いの千鳥足だ。ひょろひょろひょろひょろ。何にも無理をして立たなくともいいのに、へっぴり腰で立上りましてね。

「ありゃ、こりゃ妙だぞ。どうしたんだろう」

というような様子で、首を縮めて、ぶるぶると頭をふったり、四つン這いになったりしている。何あに要は炬燵の中で炭火に酔った訳なんですよ。流石の猿も一酸化炭素には敵《かな》わない。それがわからんものだから余っ程驚ろきもし狼狽もしたらしく、あっちへふらふら、こっちへふらふらの末が、やっぱりとうとう私へすがりついて来ましたよ。忌やあな気持がしたんですね。それから以後は決して、炬燵の上へも乗らなくなりました。しかし、猿が酔って、ひょろひょろ歩るくおかしさは実際堪らなかった。

三十六

世に犬猿の間柄という言葉があって仲の悪るい奴の標本見たいにいうが、猿と犬とは決してそんなもんじゃあありませんね。私の猿は家の犬達には万遍なく愛嬌を振りまいた。犬が日向ぼっこをしている。そこへ自分もひょこひょこやって行って、例の猿のノミ取りという奴をやる。物識りにきいて見ると、あれはノミなんぞ取るんじゃあない、毛の間についているフケをとって喰べる、その塩分が猿の栄養になるのだと云いますが、それもそうだろうが、その外にあれは猿の愛情の表現、胡麻《ごま》すりの一つなんだ。

私なんか頭を突出してやると、必らず毛をわける真似をして、その間から何にかつまんで、かちかちかちかち、前歯を鳴らして如何にも食べてるような真似をする。腕を出せば別に毛をわけなくたって肌が見えているのに一応は真面目くさって毛をわけて、所謂ノミをとってたべる。

ある時、ノミを一つとってこれを半殺しにして私の腕の毛の中につけて、猿の前へにゅうーっと出してやりました。猿はかかる計略ありとは知らんものだから早速ノミ取りをはじめましたが、さっさっと毛を払って、ひょいと見ると、そこにノミがついている。いやもうその時の驚ろきようったらなかった。キャッといって飛上って逃げた。そして離れて暫く様子を見ているようだったが、わがおやじにあんなものが附いていては大変だと思ったのだろう。やがて決死の覚悟で恐る恐る近寄るや否や、もう夢中でそのノミを払い落しておいて、またさっと逃げて行って、じっとこっちを見ているのです。

ノミは猿にとってずいぶん怖いもののようである。それにしても、猿にはノミのついたのを見た事がない。私の猿は毎晩私と一緒に必らず湯へ入るためかも知れないが、何にかノミにつかれぬ体臭でもあるのではないでしょうかね。

それに猿の怖いものは獣肉だ。骨などがついていたらそれこそ大変、気が違ったように騒ぐ。魚の肉も同じだが、獣肉の方がひどい。それも怖いなら逃げたらそれでよさそうなのに、必らずその肉に飛びかかって、何処かへ身辺から遠く払い投げなくては承知出来ないのだから、おかしな奴だ。

三十七

私の仕事の時は、二階で胡坐の中に猿寝入りをしている事や食事の時にお膳の脇《わき》に来ている事に変りはないが、次第にどうも何にかにつけて医者の厄介になる事が多くなった。風邪もひきやすくなったし、余り肥って肝臓でもわるいのか、その辺にごろごろねころんでいる日もある。外出も忌やがるし私は何んだか余命いくばくぞというような予感がされて来だした。

医者に診て貰ってもカンフルの注射をするか、酒をのませるか位のもので甚だたよりない。

ある朝、炉の前で食事をしている私の側にいた猿へ、私が大好物の玉子をやろうとしても、どういう訳か食べない。

「おかしな奴だな」

頭を撫でたら、その手を頻りになめていた。後で考えると様子がいつもと違っていた。

私は仕事のある時は、朝の食事を終ると一と言も物を云わずすぐ二階へ行って終う癖がある。猿はすぐ後からひょこひょこついて来るのだが、この日は二階へ上らず家内と共に急いで外出しなければならなかった。帰ったのは夜。門を入り乍ら、ふと気になったので、

「猿は何処にいる」

と女中さんにきいた。

「さあ、物置でしょう」

「そうか」

こういう事を虫が知らせると云うのかも知れない。居間へも入らず、そのまま懐中電灯をもって一人で物置へ行った。居ない。

せがれが、

「さっき迄その辺にいたんだがなあ、二階じゃあないかな」

という。私は今度は急いで、自分の仕事場の二階へ駈けて行った。

「あッ！　おうい、みんな来いッ」

私は思わず大声で叫んだ。

三十八

猿は私の部屋の扉へしがみつくようにして死んでいた。からだはもう冷たくなっていたし、扉には爪の痕が一ぱいついていた。

駄目だとは思うが、獣医をよんだ。がもう仕方はない。私は冷たい猿の死骸を私の机の前に置く膝掛《ひざかけ》ぶとん、これをかけた胡坐の中で猿はいつもねている、これへ包んで下の座敷へ下ろして来た。

顔の色も真っ青で、人間の死人と同じである。

「おい」

私は抱いていて何度そういって猿をゆすったか知れない。しかし猿は血の気のなくなった唇から白い歯をほんの少しばかりのぞかせて、死んでいる。

「おい」

もう玉子も喰べない、酒ものめない。私の猿は突如として死んだ。

「可哀そうになあ。おれの部屋へ行って死んでいた。おれが外出していると知らないから、あの扉の内にはおれがいる。何度呼んだ事だろう。いくら呼んでも呼んでも、扉を開けてくれないおれをどんなに恨んで死んだろう。爪で力の限り扉を引っかいて——おい、おれあ居なかったんだよ、外出したばかりに、お前と最後の別れも出来なかった。可哀そうになあ。お前、淋しかったろう」

私はとうとう泣いて終った。

こんなに悪るかったのも気がつかない私は本当をいうと動物を飼う資格がないかも知れない。ね、皆さん、考えてやって下さい。主人がいつものように扉の中にいるとばかり思って、そこ迄行って、いくら呼んでも返事一つない、そのまま死んで行った猿の淋しくも悲しい気持を——。せめてこう胡坐の中に抱いて、臨終のみとりをしてやりたかった。そうしたら猿もどんなに安らかに死んだか。

坊さんに来て貰ってお通夜をして次の朝、猿は私の地内へ埋めました。多磨の動物墓地へ持って行った方がいいというものもあったが、私はどうしても、遠いところへやる気持にはなれなかった。

「箱へ入れて、地内へ埋葬するよ。仰げばおれの仕事部屋が見え、またおれの方からもすぐ見下ろせるところへ」

三十九

新しい箱を作って貰って、猿は首へ数珠をかけ、胸へ法華経の方便品《ほうべんぽん》と寿量品《じゅりょうぼん》の二巻を抱かせた。

丁度私の地内に大きな青桐が十本ばかりある。門を入って左手。この青桐の下へ深く穴を掘りました。

「待て。も一度、別れを惜しもう」

私は箱の蓋《ふた》を開け、冷たくなった猿の鼻をつまんで、

「お前が、こんな事になるのだったら、おれはほんとに外出なんぞするんじゃあなかったよ」

そんな事を繰返して、

「お前にお別れのお経はおれが上げてやる。みんな坊さんを呼ぼうといったが、おれは、おれが上げる事に定めていたのだ」

風なく香煙は縷々《るる》と立つ。私は寿量品を誦《しょう》した。家内も子供達も泣き出した。

この時に、真っ黄色に枯れた大きな青桐の葉が一枚、まるで風にでものったように、すうーっと私の合掌の先きをかすめて落ちて来ましてね。

その印象が私にはとても忘れられない。猿を葬るという事ばかりでなくその青桐の事がです。ですから私はよく小説の中に青桐の葉の散って来たことを書きます。

今こうしていながら口の内で寿量品を誦して見ると、眼に見えるようにはっきりあの時が浮んで来て、あの青桐の下には今も尚おあの猿が数珠を首に静かに眠っているようでなりません。

「猿よ。お前もおれもみんな仏様の御前に集まるのだ。お前、もう少しの辛抱だ、待っていろよ、またきっと逢えるからなあ」

猿を捨てに

――二度目に飼った三ちゃん――

一

雨の降る夜の空襲で、私の家の周囲が燃えた。三人のせがれを三人とも戦争へつれて行かれていた私は、家内の手首に細紐《ほそひも》を結び、それをまた自分の手首につないで、それから猿の三ちゃんを抱いて、家をすてて少し遠い防空壕《ごう》へ避難した。外からは母屋の見えない大きな屋敷の庭園の山の腹を掘抜いた大きな壕で、薄暗いが電燈もある。いざという場合は、私の隣組は皆んな此処《ここ》へ入れて貰《もら》うことにかねて定っていたのだ。

入ったはいいが、忽《たちま》ち壕の中が妙な空気になったのを、家内はすぐ気がついた。

「三ちゃんがいけないいんですよ。みんな怖がっているんです」

という。然様《そう》いわれれば、然様かも知れないが、といって、今更、何処へ行くという訳にも行かない。内心、大いに閉口したんだけど、表《うわ》べは、図々しく知らぬ顔をしていた。組長がとうとういい出した。

「ここへ猿をつれて来られては、みなさんお困りなんですがねえ」

「はあ」

「何んとかなりませんかなあ」

「はあ」

「もしものことがあって、猿が暴れでもしたら大変ですから――上野の動物園でも、みんな殺して終ったそうじゃありませんか」

「はあ」

家内は頻《しき》りに、詫《わ》びをいったり、この猿は決して暴れませんからと弁解をしたりして、はらはらしているが、私は、唯、私の胸へしっかりしがみついている猿の頭を撫《な》でながら、はあはあいうだけで、成るべくその人の顔を見ないようにして、頑張っている中に、夜明けになって、やっと空襲が終った。ずいぶん長い夜であった。

次の空襲には、流石《さすが》にもう猿をつれてそこへは行けない。この猿は、私には二度目に飼った猿で、前と同じ物置の窓に繋《つな》いである。私は真《ま》っ紅《か》な火の色が空にうつって、昼のように明るく見えるその窓のところへ家内と一緒に行った。

「三ちゃん、お別れだよ。今度はこの家もやられるかも知れない。お前はそうして鎖で繋がれているから逃げることも出来ずに焼け死ぬだろう。おれは、何処《どこ》へもお前を連れては行かれないので仕方なしに置いて行くが、薄情な主人と恨むなよ――では、さようなら」

私も泣いていたろう。家内もぽろぽろ涙をこぼしている。猿は私に抱きつこうとして、ほう、ほうとくり返しくり返し叫びながら、鎖をがちゃがちゃいわせた。

しかし、この夜も助かった。それから、二度、同じような夜があった。私は家内へいった。

「おれ達だけが逃げて、猿を、あすこで、たった一人ぼっちで、焼け死なせることは、どうしても可哀そうだ。何んとかしなくてはならないな」

「ほんとに――どうしたらいいでしょう」

「さあ。これといって、おれにも名案は無いんだ」

しかし、私はそれから間もなく、深川からわざわざ友人の大山五郎君に来て貰った。吉原育ちの生っ粋の江戸ッ児で、東京一の小鳥飼いの名人である。昔は夏になって、小鳥屋がその店へ小鳥を置いて売るのを恥とした。籠《かご》を洗って、店さきをからっと乾して、鈴虫か何んか売ってたもんです、とそれを懐しがる人間である。

「実あ、こうこういう訳だ。おれは、とてもあの猿を一人ぼっちで、あすこへ置きざりにして焼け死なせるには忍びない。いろいろ考えた末が、あれをつかまえたところへ連れて行って、放してやりたいと思うんだが、ねえどうだろう」

「そうですか。それあいいでしょう」

「私も行くが、君も一緒に行って呉れないかなあ。こういう危ない時に、おまけに、あんなに混む汽車で出かけるの本当に迷惑だろうとは思うが」

　大山君は、少しの間、考えていたが、

「ようがす、お供しましょう」

　といって、にこっとした。

「だが、今は猿なんか、とても汽車へは乗せないから、どうして持っていきますか」

「うむ。おれもそれをいろいろ考えたんだがね。懇意な獣医に頼んで、眠り薬かなんか注射して貰ってね、それをバスケットへでも入れてさ」

「ほう。そ奴《いっ》ぁうめえ考えです。私も仔犬を遠くへ運ぶ時は、その手を用いるってことをききましたよ」

「そうだよ。おれも、それで思いついたんだよ」

　こんな訳で、大山君が汽車の切符を手に入れる方へ廻り、私は獣医へ眠り薬の一件を頼んで、いよいよ汽車へ乗ったのは、もう晩春の、霧のような雨の、ぴしゃぴしゃと降りつづく夕方であった。

　そもそも、私の猿は、富士山麓で捕えられたものである。

　まだ三つになったばかりで、黒味がかった毛並び、眼は黄金色をしていた。

　人間にも、生れながらにして、この世の不幸を自分一人で背負って来たような生涯を送る人がある。猿にも、これと同じようなものがあるのであろう。

私の猿は、裾野《すその》の奥深いところで、樹の上で、母猿に抱かれて、おっぱいを飲んでいたところを、むごたらしい猟師に狙《ねら》われた。母は子を抱いたまま、樹から射ち落され、そのまま悲しい最期を遂げた。

子猿は逃げることを知らない。同じように取りすがっているところを、捕えられて、やがて裾野の村の、こういうものを扱う人の手に売られたのである。

二

その人は、かねて大山君とは知合である。一年後ちに、大山君が、

「あなたが、前の猿を亡くして淋しがっていたからと思って、買ってきましたよ」

と、私のところへ持って来てくれたのである。

牝で、しかも、これは猿の仲間では、余っ程の器量美《よ》しであるに相違ない。無邪気で、軽快で、いかにも子供々々として、樹の上から母と共に射ち落されたなどという暗い影の少しもないひどいやんちゃッ児である。家内も、まだ子供の時から私の家に来ているねえやも、一度ずつ、尻《しり》っぺたをこ奴に咬《か》みつかれた。

しかし私は、猿と、素っ裸で風呂にまで一緒に入る程の自信があるから、首へ短い鎖を形ばかりにつけただけで、昼の間は、殆《ほと》んど家の中へ放し飼い同様にして置いた。

猿という奴は妙なもので、一寸でも、鎖でも紐でもついていると、そんなに遠くまでは、

決して逃げていかないものである。

とにかく——。

私は窓の外に雨の降っている暗い夜行列車のむせるような混雑の中に、眠むらされた猿のバスケットを、しっかりと抱いて、うつらうつらとしている。この猿をすてに行く汽車が、いつ何処で、どんな空襲にあってどうなるかはわからない。大山君は、それに備えて、三日や四日は野宿をしてもいいようにと、米と味噌の用意はして来てある。

すでに時間表も何にも無茶苦茶になってる汽車の、しかも真夜中に、ひどく乗換の汽車を待って、やっと裾野駅へ着いたのは、もう夜の白々明ける頃であった。いい塩梅《あんばい》に、雨が上って、いかにも春らしい長閑《のどか》なお天気であった。富士は、頂上はまだ雪があった。描いたように、くっきりと空高く浮んで、裾も広々と晴れている。

大山君に案内されて、まだ薄靄《うすもや》のある早朝の田舎の村はずれに、ささやかな茅《かや》ぶき屋根の主人を訪ねた。無精髭《ひげ》の肥《ふと》った人で、まだ起きたばかりで、顔も洗っていなかった。

「こういう訳で、猿を捕まえた元のところへ放してやりたいとおっしゃるんでね、危ねえ中をわざわざやって来たんだが、一つ、その捕まえたって場所を、猟師の人に訊《き》いて貰いたいんだがね」

こう大山君がいうと、

「さあそ奴あ困った。あの猟師の大谷って男は、去年の暮に兵隊にひかれてね、今、この土地にはいないんですよ――だが、大体の方向はわしがきいてあるから、行って見ましょうかなあ、行って見たらわかるかも知れないで」

私が口を出した。

「別に、ここの、この樹の下ってようにわからなくても、凡《およ》そのところでいいんですよ」

「ああ、それ位ならわかりますでしょう」

とその人は、その頃の汽車はあんなだから、定めし疲れたこんでしょう、まあ、ゆっくり一眠むりされて、それから出かけましょうや、といってから、

「猿はどうしてます」

ときいた。

「おとなしくしているところを見ると、まだ眠むっているんでしょう」

私は、そっとバスケットを開けた。汽車の中でも、ここまで来る前に、幾十遍、幾百遍となく、私は蓋《ふた》を少し開けては、そう―っと手をさし込んでさわって見たのである。温いからだから、手を顔の方へやって、そう―っと猿のとても可愛い鼻へさわったものである。

猿はやっぱり眠むっていた。こうして眠むっている間に、そっと棄てて終ったらなどと思ったりもしたが、もし、眠むっている間に、外の猛獣などにやられないとはいえないし、また誰かに捕えられるかも知れないと思うと、やっぱりここで眼をさますまでは待ってそれからにしなくてはならない。

猿が、やっと正気づいたらしく、頻りにバスケットの中で動き出したのは、もうお昼に近い頃であった。

眼をさますと、とても、おとなしく籠の中などに入ってはいない。キャッ、キャッ、と、腹を立てた叫び声を上げた。

私達は、その傍へごろりと横になって、うつらうつらと眠むっていたのだが、この声で、びっくりして眼をさました。

私はすぐに蓋を開けて、猿を出した。猿は一度ぱっと私へ抱きついたが、そのまままたするすると私の胡坐《あぐら》の中へ丸くなって落ち込み妙な顔をして、私を見上げている。

「起きたか起きたか」

私は猿のからだをさすってやりながら、

「病気じゃあないんだよ。今すぐ平気になるよ」

といったが、猿は、頻りに目をぱちぱちして、私の胡坐の中も落着かないか、膝《ひざ》の前へ出て背中を丸くしてちょこなんと坐って終った。

唇を口笛でも吹くように突き出して、下唇をせわしく動かし、何にか訴えている。

水をのませたり、人蔘を少しばかり貰って食べさせたりしている中に、猿は、次第に常態へかえって来たようであった。

私達三人は、私が猿を肩へのせて、それから間もなく裾野の村はずれを出る。右へ右へと廻るように道をとりながら、やがて二時間近くも歩るいていた。猿はときどき肩を下りて、抱かれた。私の顎を二度も三度も舐《な》めた。どうも薬の眠むりからさめたからだが、まだ、何んとなくすっきりしませんよと訴えてでもいるようである。

「何んでもこの森の辺だときいてたが――」

裾野の人は、その森の前に立停って四辺《あたり》を見廻していった。如何《いか》にも富士を背景にした雑木の森がある。そこには、樹上の猿が射落されるような大木は見なかったが、暫《しばら》くしてとにかく、ここで、私の猿を棄てることになった。

私は、地べたへぺったりと胡坐をかき、その中へ猿を抱き込んで、用意して来た人蔘だの、握飯だのを取り出した。

「三ちゃんや。さあ、今度こそ本当にお前とは一生のお別れだよ。おれは、東京で空襲で死ぬかも知れない。でも、お前は何んとかしてお前のお仲間のところへ、一刻も早く帰って行って、そこで楽しく暮らすんだよ。ここはねえ、空襲も来ないし、焼け死ぬこともないしね、それに第一お前の生れたところなんだからね。いいかえ。ひょっとして、お前のお父さんが、お前を見つけてでもくれるようにでもなれば、おれも、こんな嬉しいことは無いんだがなあ。お仲間に出逢ったら、みんなに嫌われないように、可愛がって貰うように心掛けなくてはいけないよ」

いいながら、私は首輪をとり、鎖を除いて、首の廻りをさすってやりながら、

「さあ、行け、行け」

と富士の麓の方を指さし、追うようにした。

三

猿は少しの間、きょろきょろと四辺を見廻して動かずにいたが、やがて私に押されて、はっとしたように、森の方へ一目散に飛んで行った。そして、小半丁も行ってから、急に思いついたようにぴたっと停まると、一度、私達の方をふり返って、また、こっちへ引返しそうな素ぶりを見せたが、そのままた飛び出していく。だが、足は段々遅くなった。

「うれしそうにして行きやがった」

大山君は、ひとり言をいって、

「さあ帰りましょう」

と、思い切りよく、真っ先きに立って、戻り道についた。裾野の人も、私も——。

私は二度と森の方を振向くまいと決心していた。が、やっぱり気になって、間もなく振向かざるを得なくなる。

しかし、何処へ行ったか、猿の姿はもう見えなかった。ただ、木々も草々も青々とした葉に陽を浴びて、富士だけは、さっきよりも、いっそう美しかった。

それから十町も戻ったところが、ちょっとした坂道になっている。ここを降りて、平地

になったところで、私はふと、何処からか、

「ほう、ほう」

という聞き覚えのある声のするのをきいた。

「おや、猿じゃあないかな」

大山君は、すぐ笑った。

「やっぱり未練があるんだねえ」

「未練ではないが、確かに猿の声だよ。この辺には、猿は沢山いるのかねえ」

「いないことはありませんが、滅多には見つかりませんな」

裾野の人がいって、

「空耳でしょう」

それに加わって、大山君もくすくす笑い出す。

私は、また同じ声をきいた。とうとう堪《たま》らなくなった。

「三ちゃーん、三ちゃーん」

出しぬけに大きな声で猿の名をよんだのである。

「ほう、ほう」

空耳なんかであるもんか。正に、私をなつかしがる時の猿のあの甘えた鳴声が、すぐ横の林のあたりから聞こえるのである。

めた。

「やっぱり、猿だよ」

「そうらしいね」

大山君も裾野の人も、不思議な顔で、首をふりながら、私の立停るのについで、足を停めた。

私は、そこの草原の中の細道にしゃがんで、右の手を高くあげた。これは、私がいつも自分をはなれている場合の三ちゃんを呼寄せて、遊んでやる時の姿勢である。

「三ちゃーん、三ちゃーん、何処にいるんだよ」

目の前に、その三ちゃんを見ている時のようにして呼んだ。

三ちゃんが私のうしろの方から、いきなり、ぱっと私の肩へ飛びついて来て、私が、思わず前倒《のめ》りそうになったのは、それから五分とは経たない中であった。

「おお」

私は妙に眼がしらが熱くなる。

「どうしたんだお前」

私は肩の猿をふところへ引寄せて、また、そこの地べたへ胡坐をかいた。三ちゃんは、抱かれて私の胸へしがみついて、ほう、ほう、ほう、と頻りに声をだしながら、口をとがらせ、皺《しわ》を寄せてもぐもぐするのである。話したくも話せない、それを現わすいつもの猿の表情だ。

「どうしたんだ、お前は、まあ」

私と猿の様子を、大山君も裾野の人も、唯、じっと見ている。

「行くところがわからないのか。元気を出して、もっともっと先きへ、ぐんぐん行って見るんだよ。きっとお父さんもいるし仲間もいるんだから」

しっかりと私は胸へしがみついている手を離し、胡坐から押出そうとしたが、どういう訳か、猿はいっそうしがみつく。尤《もっと》も私の心の底では、無理にも押しはなそうとしていなかったかも知れない。猿は、何処で何にをしたのか、背中の辺が、露にでもぬれたようになっている。

「まだ碌《ろく》に歩るけもしない時に、人間に連れて行かれて、牛乳や重湯やなにかで育ったんだから、自分の生れどころを探すことが出来ないんだよきっと」

裾野の人がいう。

「猿は、犬のように遠くの臭《にお》いを嗅ぐことは出来ないのかなあ。嗅《か》げるとすぐにわかるだろうが」

私はそういいながら、また胡坐から押出して、

「さ、暗くならない中に早く行くんだ。わからなかったら、何処かの一番高い木のてっぺんへのって、声限りにみんなを呼んで御覧。さ、元気を出して行け。きっと、そんなに遠くないところに、仲間がいるから」

私達は、思い切って、猿をおっぽり出して、大急ぎで、村の方へ走り出した。

が、三ちゃんは、もう、私達と反対の方へは、一歩も行こうとはしなかった。むしろ、私達よりは先きになって、どんどん飛ぶように前へ行って、時々姿が見えなくなったなと思っていると、突然、何処からか、ぱっと私の背中へ飛びついて、あわてて肩へのるのである。

「どうしたんだ、お前の行くのは、あっちだあっちだ」

その頃は、もう、紫色に見えて、何んとなく、日ぐれの忍び寄っているのを思わせる富士を指さして、幾度幾十度、そんなことをいったが、猿は行かない。大山君は頭をふった。

「あなたに別れることが出来ないんですよ。そうだろうなあ、あんなに可愛がられていたんだから――。こうなると、畜生とは思われませんねえ」

泣いている。

四

鶯《うぐいす》を育て、頰白《ほおじろ》野地子《のじこ》その他、鳴鳥《なきとり》を手がけては、及ぶもののないこの江戸っ児。小鳥にも心からの愛情を傾けて育て、小鳥屋でありながら、よく出来たものは、売ろうとしない許《ばか》りか、もし飼主がそれを死なせでもしようものなら、相手構わず口を極めて罵倒《ばとう》し、二度と売ってやるもんかと啖呵《たんか》を切るこの人は、三ちゃんを見て、実に堪《たま》らなくなった様子である。

「あなた、慈悲でここへ猿をすてに行くという、その心持にあたしゃあうれしくって堪らねえから お供をしたんですが、猿の心持あとんだこっちの思い違い、こんなにあなたを慕っているのを、おっぽり出しちゃあ殺生だ。こ奴あまた東京へつれてけえりやしょうや」

「うむ」

「こ奴あ、あなたと一緒に焼け死んでも、決して恨みには思わねえでしょうよ」

「そうだなあ、折角、こ奴を助けてやりたいと思ったんだが——仕方がない、また連れて帰ろう」

「その方がよござんすよ。それが本当の慈悲って奴だ」

大山君は、猿の方を見て、ぽろぽろ涙をこぼしながら、

「おう、三ちゃんや。お前も、焼け死んだってその方がいいやなあ」

といった。

猿は私に抱かれたり、背負われたりして、また裾野の村へかえった時は、もう、うっすらと日が暮れかけていた。

東京へ戻るとなると、ここには獣医もいないし、眠り薬もないから一体どうして連れて行くかそれが大きな問題になる。だが、裾野の人と大山君が相談して、昔バナナがつまっていたような大きな籠へ入れて、それを大風呂敷で包んで、時々その籠の蓋の間から、鼻

先き位を出せるようにして、列車の洗面所にでも入っている。私が声をかけたり、顔へさわってやったりしたら大丈夫だろうということになった。

私は、もし間違ったら、風呂敷で巻いて私が抱いていてもいいだろうと考え、そうして見ると、先きの眠り薬の注射などは、無駄な可哀そうなことをしたものだと思いながら、相変らず生死の間を行くような汽車へのると、大山君はいきなり洗面所を占領し、ここで私が考えていたように手を籠の中へ突込んでいたので、三ちゃんはそれからの長い間、本当にじっと静かにおとなしくしていた。私の手を舐めたり、小さな声を出して手の甲へ頬っぺたをつけたりしているようであった。

こんなことで、汽車中は、大した苦しみもなく、勿論私達は立ちっぱなしだが、とにかく無事に東京へ戻ってきた。家内はびっくりした。

「どうなさったんですか」

「いやもう、どうしたも斯《こ》うしたもないんだよ」

こうこういう次第だ。

「あれじゃあ、おれが鬼でもない限り、とても棄てちゃあ来られないよ。仕方がない、三ちゃんも、みんなと一緒に死ぬことだ」

「そうですか——ねえ、三ちゃん、悪いことをしましたねえ、あんたは、そんなに、この家がいいの」

家内も、眼をうるませ、ねえやも鼻をすすった。大山君は、

「どうも、ここの先生という人は妙な人ですね。この前の猿もあんなになついていたし、今度の猿だって、わたしが見ていても涙が出たんですから」

という。私は、

「猿遣《さるつか》いにでもなれあ、偉くなれたになあ」

と笑って終った。

こんな話が、私の家へ来る人々へ幾回となく繰返されている中に、空襲下の夏が来た。その間に私の家は少しだったが、二度やられた。大きなのが、小さな私の防空壕の間近く落ちたりしたが、三ちゃんは、私達と共に、この壕の中で、いつもその恐ろしさを味った。ねえやも、いよいよ危なくなって来たから家へかえったらどうだといっても、

「いいえ、いいんです、帰りません」

といって、家内と三ちゃんと私と、この四人がいつも一かたまりになって小さくなって、壕に忍んでいた。

ふだんは、三ちゃんを、いつもの物置の窓際に繫いで置く。地面からは四尺位の高さで、鎖から、更に屋根裏の、高い棚へ飛上られるようなことになっている。

空襲が暫く無いと、みんな、ほっとする。

私は夕方、三ちゃんのところへ行って、鼻孔《びこう》へかんじん綟《より》を入れて、くしゃみをさせて

からかっていた。三ちゃんは、その度毎に、そのかんじん綟を私の手から引ったくっては、これをくちゃくちゃに咬んで、その憎しみと怒りを、一切、このかんじん綟一本に酬《むく》いている。猿は感情はあるが理性が無いものだということを、本で読んだが、そう思えば、そうかも知れない。憎むべきいたずらっ子は、彼の愛する主人であるのだが、三ちゃんは知らないようだ。いや知ってはいたが、三ちゃんにして見れば、どんなことをされても、自分の主人たる私には、ふくれっ面《つら》をしたくないのかも知れない。その怒りを、かんじん綟に当たり散らしていると思うと、いっそう可愛い。

月のいい夜であった。私達は久しぶりに、ゆっくりした気持で寝たのだが、次の朝、ねえやが、その三ちゃんの窓下へ行って、突如として途方もない大きな叫びを上げたのである。

「三ちゃんが死んでいます！」

その声で、まだ寝ていた私が、寝衣のまま飛び出し、家内も飛び出して行った。あッ！如何にも三ちゃんは、裏門の内側に抛《ほう》り出されたように死んでいるのである。

私の胸は破れるように高鳴る。三ちゃんの鎖は首のところで断《き》れている。

「三ちゃん、おい、三ちゃん」

猿の死顔は、蒼白く悲惨であった。私は暫く声も出なかった。

「ゆうべ迄、何事もなかったのにどうしたんでしょう」

家内がはじめて声を出した。

「どうしたんだろう」

私もそんなことをいって、やっと少し落着いて猿の軀《からだ》を調べて見た。

両脚の、しかも内股《うちまた》が、まるで剃刀《かみそり》でででも斬《き》られたように、大きく引裂かれて、口には少し土をかんでいる。裂傷の中に、青い粘膜が見えるだけで、血は一滴も流れていない。傷は外のところには一つもなかった。

「どうしたのかなあ」

「何処かの犬にでもやられたのではないでしょうか」

家内が、そういうのは、窓の下の羽目板に、明らかに犬らしい爪痕《つめあと》が無数にあるのを見たからであろう。しかも爪痕ばかりではなく、鋭い牙で、二三度嚙《か》み砕かれているところがある。私もそうじゃあないかと思う。

「が、お前、何処かの犬が飛びついてでも行ったのなら、ワンとか何んとか声が聞こえそうなもんだ。どうせこれあ夜中の出来事だから、犬の吠《ほ》えるのが一度も聞こえないということはないだろう」

「そうですねえ。それに、鎖が長いんですから、犬に咬みかかられたら、三ちゃんは棚へ飛び上りそうなものですねえ。本当に、何んでしょう」

五

「そうさなあ。やっぱり犬かも知れないがなあ——近頃よく何処かのセパードが野良犬みたいになってやって来ていたから」

「それとも、いたちか何んかでしょうか」

「あるいはそんなものかも知れない。しかし、こうして鎖を切ってあるところを見ると、野郎、いきなりがぶりっと三ちゃんをくわえて、こっちへ引っ張ったんだな」

窓から、死体のあった門までは、一間半位ははなれているのである。あわてて、獣医に来て貰ったが、何んに殺されたかも知るに由ない。内股を引裂いたということが、どうもひどく薄気味悪るく、残酷な奴のように思われて、未だにぞっとしている。

猿というものは、一体に少しの間もじっとはしていれない程の滅法ないたずらっ子である。窓の下へ犬が来る。それを上からずうーっと足を延ばして、耳を引っ張る位は、定ってやるものである。何にが来ようが自分には関係のない奴だからといって平気でいられないのが猿である。

だから、犬へいたずらをした瞬間に、ぱくっとやられて、引きずり下され、その時に、鎖も切れるという位のことはあり得る。

どっちにしても、はっきりした死因のわからぬままに、この哀れな三ちゃんは、私の着古したワイシャツに包まれて、かつて老病で死んだ私の一代目の愛猿の傍らに埋められた。掘返す新しい土の匂《にお》いがして、その穴の中へ入れられる三ちゃんへ、家内とねえやは、じっと手を合せている。

「おい、初代の猿さんよ。今度行く猿はまだ子供なんだ、よく面倒を見て、二人、仲好くして呉れろよ」

いいながら、私は泣けて来る。

「あなた、お経をあげておやりなさいよ」

「うむ。前の三ちゃんのように、法華経でも抱かせてやりたいが、生憎《あいにく》無いしねえ。よし。おい三ちゃん、おれがお前の成仏を御祈念してやるぞ。迷わずに行けよ」

私はまた法華経の寿量品《じゅりょうぼん》を、ゆっくりと誦唱《しょうしょう》し出した。私は心の中でこういった。

「三ちゃん、お前、やっぱり、あの時に、富士の裾野へ残ればよかったなあ。こんな悲惨な死方をしなくてもよかったんだ」

私はお経を誦し終っても、いつ迄もいつ迄も、ここを離れることは出来ない。

ふと、昨日、かんじん綟でいたずらをしていた時に、三ちゃんの鼻から、ほんの少しだが、血が出たことを思いだした。

「ずいぶん痛かったのかも知れないなあ」

それを、じっと我慢して、私に不服らしい顔もしなかった三ちゃんが、俄《にわ》かに、堪らなくいじらしくなって来た。

「悪るいことをした。今日こんな別れをするのならあんないたずらをするんじゃあ無かったっけ」

私は後悔していた。

悪猿行状

一

上野動物園の友人福田信正氏から電話で、

「可愛い台湾の牡猿《おす》がある、貰《もら》え」

という。こっちは動悸《どき》っとしたが、いや待った、実は福知山にいる娘夫婦から、数日前にこれも電話で、赤ん坊程もある大きな日本猿の夫婦がいる、これが「工場の炊事のおばさんを咬《か》んだので薬殺しようという話が出ている、そんな事を知らずに、檻箱《おりばこ》の中で、とぼけているのを見ているとどうにも可哀そうで堪《たま》らない。おやじさんなら、前に稀代の猛猿を手なずけたという経験があるから、一つこれを引きとって助けてやってくれませんか」というのである。

実は老妻との間に、倅《せがれ》や娘もいよいよ独立して、おれ達もたった二人になったから、またお猿でも飼おうかという話はちょいちょい出る。二人で動物園へわざわざ猿を見に行ったり、猿を売っている店の前に、一時間も二時間も邪魔をして、その猿達とすっかり仲よしになったりしているが、さて家へ買って来て飼うとなると、いつもの二の足を踏むのである。

何んといってもこっちは年だ。とても昔のように元気でその辺をつれて歩いたり、さあ運動だ何んだと猿の相手も出来まいし、そうなると檻の掃除から何にからお手伝さんの仕事も殖えて、気の毒になる。第一、牡にしろ牝《めす》にしろ、もしひょっとして大きな奴《やつ》に檻を逃げられた時にこれを追っかけ廻すなんて事はとても出来ない。

「ほしいがまあ、考えさせてくれ」そういって一旦電話を切りはしたものの内心甚だおだやかでない。ほしいのだ。それから幾日か経ってやっと気持が静まりかけて来たところへ福田氏からのお話なのである。やっと眠りかけている子を起こすようなもんだ。

「どうだ、貰うか」

「でもねえ」

「福知山のは二匹で人を咬んだりする荒っぽい奴らしいが、福田さんのは可愛いといっていたよ。ほしいなあ」

老妻も凡《およ》そはわたしの気持がわかったと見えて、

「飼いましょうか」

となった。

「そうだなあ」しかしその時はまだはっきり決心はつかなかった。まあ四分六の気持だ。

その夜、知らない方から電話だという。出て見たら、

「あなた、家《うち》の猿を貰って下さるそうですが、是非どうぞお願いいたします。あなたに飼っていただいたら、どんなにまあ幸福《しあわせ》でございましょうか」

と女の方がしんみりした言葉つきでおっしゃるのである。

もう話がここ迄来ると、元々、猿が好きなんだから、否も応もございませんよ。

「では頂戴《ちょうだい》いたします」

わたしが、老妻とお手伝のおとしちゃんと三人、車で本所横川町の堀部喜代夫人を訪ねたのはそれから二日のちであった。その間、大工さんに頼んだ箱が出来なかったからである。車一ぱいになるような頑丈な大箱から、腰輪、鎖、毛布、うんちやおしっこのためのタオルまで用意して伺った。

その猿は、堀部夫人の膝《ひざ》で遊んでいた。びっくりした。箱どころか、両掌の内にかくれて終う程小さい。台湾産九箇月。両親が日本で檻の中で産んだ子だという。

わたしは前に二度程飼ったが何《い》れ《ず》も日本猿で、逞《たく》ましく大きかったので、この子猿ちゃんの小さいには全くびっくりした。

堀部夫人は、猿を下さるばかりでなく、風呂敷包み一ぱいの衣装を持たせてくれた。木綿、ネル、セル、どころか羽二重、お召。袷《あわせ》から綿入の袖無しちゃんちゃんこ。それから

山のようなおむつ。おむつにはみんな尾っぽを出す小さな穴があいていた。

「三ちゃん、お前さん大層な物持だね」

わたしは自然に、これへ三ちゃんと名をつけた。前に飼った二匹を何れもそう呼んだためだ。

堀部さんは、夫人の末の妹さんがお嫁さんに行って、手不足になって、どうにもお猿の面倒を見切れなくなった。お猿の思うようにはしてやれないので、みんなでいろいろ相談した末に、これを上野の動物園に貰ってもらう気になったのだとおっしゃる。

二

余談ですが、堀部さんの場合は違うけれども、俗に「猿一と月」という言葉があるんですよ。これはデパートなどで猿をちょいと見る、可愛いなと思う。買って来て育てて見ると、どうしてどうして容易なもんじゃあない。うんち、おしっこの世話から夏は蚊《か》や虫の世話、冬は湯たんぽ。運動の事も考えてやらなくてはならない。

「一と月」って事もないが先ず一年がいいところで、大抵悲鳴を上げて「いくらでもいい、誰か引きとってくれる人はないか」という事にもなるんです。町の獣医さんの話だと、平均して先ず半年がいいところだと云いますね。

ところが、急に譲り受け手がないと、動物園なら、猿はいくらでも居るだけいいの

ましく話を持込んで来る人がずいぶんあるそうだ。おかしいのは恩着せがましく話を持込んで来る人がずいぶんあるそうだ。

ところが普通の家で飼うような猿は南洋ものの小さな奴か、台湾、カニクイなどありふれた物で、純粋の日本物さえ珍らしいのです。

珍種ならともかく通常の物ではいくら動物園だって困る。大きなところへどんどんぶち込んで置くという訳には行かないし、予算というものもある。大切に育てるとやっぱり人間一人前位の費用はかかるんじゃないかと思いますね。

それですから、何処の動物園でも台湾やカニクイではお断りになるものなんです。猿を飼う以上、一生もんだという決心が必要なんですね。人間と同じですから、ちょっと飼って、ちょいと止めるという訳には行かないんです。それじゃあお猿が可哀そうだ。

むかし猿族の中に、今迄四つ肢《あし》で歩いていたが、ひょいとうしろ肢だけで立って歩く事の出来た奴があった。そうなると、歩くということについて前肢二本が必要でなくなった。それだけまあ暇《ひま》になった。暇になった分だけその前肢を外の事に使って、それだけの文化を獲得するようになって、だんだん発達し、遂に人間というものになったという話がある。どっちにしろ、面つきから見たってわれわれに繋《つな》がっている。これらに余り淋しい思いをさせては、前肢を使う事を教えてくれた神様にだって申訳ありませんよ。

何れにもせよ、斯《か》くして衣装風呂敷を持った猿はわが家へ来た。丁度大工さんが二人がかりでラワン材で急造したこの猿の住家は四尺四方。前を金網で張り、鉄棒をたて、夜は更にその上から中央に硝子窓のついた雨戸を下ろすようになっている。横に二つの覗《のぞ》き穴、一部は寝どころにするための二階作り、うしろに出入の口を設け、真新しいわらを一ぱい敷いて主人を迎えた。

一応ここを控屋敷としておくが、多くは外へ出てわたしと行動を共にさせるつもりである。腰へ太い木綿の帯をしめさせ、これへ細紐を結びつけ、この猿の気持がわかるまで一端を私の左の手首に結びつけて胡坐《あぐら》の中へ抱き込んで、ここで三ちゃんとわたしとの新しい生活がはじまった。

先ず一番困ったのはおむつである。猿がうんち、おしっこを少しの屈託もなく、時と処をかまわず、気ずい気ままに放つ事は経験によってわたしは知っているが、おむつははじめてだ。生来長い尾っぽがあり、おむつに穴があいているだけに、この取替えが一人ではとても出来ない。左手で三ちゃんを押さえておいて、右手だけで尾っぽの穴通し、畳込《たたみこ》み、細結びは不可能だった。

だから、この取替の度毎に老妻をよび、或はおとしちゃんを呼んでは、手伝って貰わなくてはならない。結局三人がかりになる事が多かった。

それよりも夜、わたしと一緒に寝る番になって、たれ流しならたれ流しで、こっちにも覚悟が出来るんだが、何んとなく、ふんわりと臭いおむつには閉口した。

三ちゃんは、堀部さんでどなたかと一緒に寝る事は馴《な》れていたと見えて、それにはまだほんの子供だし、甘えるように、わたしの胸へしがみついて割合平気で云う事をきいて、すぐすやすやと眠ったようであった。

が、由来、猿は犬よりももっと眠れるが如く、然《さ》にあらざるが如き状態のものである。眠っていると思うと直ちに這《は》い出して、先ず枕元《まくらもと》の電気スタンドを引っくり返す事にはじまって、わたしの頭へ乗り、顔へ乗り、更に何にをやり出すか知れたものではない。とてもとてもあっけらかんと眠ってなんぞ居れない。そして出しぬけに、わたしの顎《あご》へ咬みついたのである。

びっくりした。が、子供だ。痕《あと》がいくらかついたかつかないかと思う程度で、先ず大した事はない。

「こら、そんなことをしちゃあいかん」

そういって、蒲団《ふとん》の中へ引っ張り込んだが、ほんの十分か二十分、時には三十分もじっとして寝たふりをしているが、すぐに這い出して、わたしの顔に乗って終《しま》うのである。尤《もっと》もわたしの手首と結んだ紐が、二尺足らずでそう遠くへは行かれないためもある。

御承知でしょう。あのお猿の石よりも固いお尻《けつ》、それを顔へのっけられたんではとても堪ったもんじゃあないのです。実はあれは非常に固いけれども、皮のような薄いものを一枚めくるとすぐ血が流れ出る妙なものだ。それだけに、猿の細かい神経が通っているらしく一番坐りのいいところへ、あの固いところを置く。こっちの両方の眼とか額《ひたい》とかへ置くから甚だ困る。

三

しかし、こんな事を二た晩もやっているとこっちが寝不足で、半病人のようになって終う。元より一行も書けやしない、うとうとっとしている間に寝床の中で、あの立派なおむつが脱《はず》れてわたしの方が三ちゃんのうんこ、しっこにまみれて終う。朝起きると、老妻やお手伝さん達に、わたしは素っ裸にされて、湯殿でそこら中を洗いまくられる。そんな事はまあいいんだが、この年で三日眠らないともう坐ってもいられないんですよ。

とうとう三ちゃんは夜十時からは、わたしの部屋の近く縁側の外に置いてあるかれの控邸《ひかえやしき》に行って貰う事になった。

四月だった。それでも夜中にひょっとして寒くでもなったら大変だというので、蓄熱電気あんかなるものを買いに出かけたが、季節はずれで、さあ何処へ行っても無い。半日がかりでやっと探して買って帰り、これへ充電して、三ちゃん控邸へお引取りと一緒に、ぼろ毛布へ包み厳重に紐をからげて一隅へ入れて置いた。

「明日また、な」

わたしは三ちゃんの小さなお握り程の頭を撫でて別れた。真っ暗な箱の中へ、たった一人、三ちゃんを残す事が堪らなく淋しかったが、いえっ仕方がねえ、あきらめて、やがて自分の寝床へ入った。

真夜中である。わたしは耳をくすぐるような猿の声で、眼をさました。ホウ、ホウ、ホウと聞こえる。堪らなく可愛い、堪らなく淋しい声である。いつもよくそう思うんですよ、谿《たに》の辺りには灯一つなく、月もまたない山の旅籠《はたご》にでも泊っていて、もしその谿底から、こうした猿の声でも聞こえて来たら、わたしは一体どうしようとね。

その声である。わたしはすぐ起きて行った。急いで雨戸を開け、

「三ちゃん、どうしたどうした」

といったら、キャッ、キャッと叫んで、それっきり静かになった。心配だから、懐中電灯を持出して調べると、猿は、あんかへしがみつくようにして、じっとこっちを見ている。別に何んという事はない。

がこれからが大変である。猿のホウホウという鳴声は少しの休みもなく、しかも一段と張上げてつづいた。つづいたというよりもはじまったという方がいいだろう。しかも時々

キャッ、キャッとやる。

　わたしにはかれの腹はわかる。

「声だけかけて引込むとはひでえじゃねえか。そっちへ連れて行ってくれよ、さあ、早く早く」

　というのだ。そして「ねえ、ねえ」と甘えている。

　こっちは相手をしてはいられないから、知らぬ顔をしていたが、間もなく、襖《ふすま》一枚へだてたわたしの隣室にねている老妻から先ず第一に文句が出た。わたしより猿の控邸に近いから無理もない。

「何んとかして下さいよ、この夜中です、第一、御近所が迷惑でしょうよ」

「こっちだって好き好んでやらせてるんじゃないよ。おれは明日仕事がある、何んならおめえ抱いてねてやってくれねえか」

「飛んでもない」

「こ奴《いつ》あ弱った」

　わたしはとうとう起き上って蒲団へ胡坐をかいていた。いい事を思いついたのである。わたしは仕事を多くした時は、よくアトラキシンを飲んで熟睡する。一つ、三ちゃんにこ奴をやってやろうと気がついたのである。しかし先ず問題になるのはその分量だ。一錠の二分の一かそれとも四分の一か。

とにかく、また雨戸を開け、

「仕方のない奴だ、さあ、来い」

わたしは金網を張った前戸を開けて手を入れてやった。猿はすぐその手へ、自分の二つの手をぴたっとのせて、引出して呉れるのを待っている。

「ほう、お利巧だ、お利巧だ。いい、三ちゃんだなあ」

そういって、蒲団へ戻ると、老妻も、おとしちゃんも自分の部屋から起き出して来ていた。

わたしは考えた末、アトラキシン二分の一錠と覚悟を極め、おとしちゃんに水をもって来て貰ってこれを自分の口にふくみ、三ちゃんの口を開けて、素早く薬を入れてから、それへ咬みつくような恰好《かっこう》で口うつしに水を飲ませてやった。猿の口のまわりから、顎へかけての毛は、外のところと違って一寸荒い、無精髭《ぶしょうひげ》を延ばしている時の人間の頬へ唇でさわったらきっとこんな事だろうと思った。

ところが妙なもんだ。薬を飲ませてから気になり出した。人間は三錠を極量と書いてある。からだの大きさから割出すと、子猿は二分の一はこれあ大変多過ぎる。ひょっとして三ちゃんどうか成りゃしないか。

はじめは、薬を飲ませて置いて控邸へ戻す気もあったんだが、それあいけない。三ちゃんと枕を並べて、スタンドをつけて、よく顔が見えるようにして床へ入った。

腹を撫でてやりながら、

「どうだ、どうだ」

わたしは三ちゃんへ何度もきく。三ちゃんは、時々、そっとわたしの顎へかみつく。かみつくといっては間違いかな、こう、そうーっと小さく口を開けて、歯がこっちへさわる程度にしているのである。

この三ちゃんは満六歳になった今日は、わたし以外のいろいろな人、殊に老妻、時々集まって来る倅の嫁達、孫達、お手伝さん、不思議な事に多くは女が大抵一度ずつは咬みつかれるのである。わたしはその度毎に弁解するのだ。

「男は度胸でおサルは愛嬌——という言葉がある。おサルのこの愛嬌というのは咬む事なのである」

と。しかしみんなそんな言葉なんかきいた事はない、「女は愛嬌」というのならきいた、いい、いんちきであると憤慨する。

「いやそれは本当はお猿というのが訛《なま》ったものだ」

と詭弁《きべん》を以て戦うが、きっと敗けるので、

「その証拠を見せてやる」

そういって、三ちゃんの脇を抱えて、口をわたしの顎へもって行って、

「さ、愛嬌だ、愛嬌だ」

という。三ちゃんは、例の小さく唇を開けて、そっと私へ咬むような事をやる。

「どうだ、この通り愛嬌をするんだ」

一人の嫁はいう。

「おとう様と三ちゃんは馴合《なれあい》だから駄目でございます」

と。しかしみなさまにも申上げて置きますがね、猿の咬むのは必らずしも敵意の場合だけではないんですよ。その強弱深浅の状態によって、愛嬌の事もあり、一寸した思い違いでやる事もあり、脅かし半分、いたずらの事もあるものです。

四

何れにもせよ、この薬によって、猿はすやすやとよく眠った。朝、わたしが床を出ようとしていても、猿はまだ眠そうにしてわたしにしがみついていた。やっぱり分量が多かったのだろう。でもよかった、何事もなかった。

その夜から、三ちゃんのホウホウによって起こされる心配は無くなって、幾日かつづいたが、わたしはこんどはその薬に習慣性がありはしないかと、気になり出して来た。

「さて、おれが死んで、三ちゃん一人残った時に猿としてはこの薬を手に入れる事は出来なくなるし、口移しに飲ませてくれる人もいなくなる。これは自分の都合ばかり考えて、三ちゃんのために将来の不幸を残すものだ。いつ迄も飲ませてはいけないかな」

それにも一つ。余り甘やかして育てては、今に手に負えなくなって終いませんか、と無い事に老妻が云い出した。

それはわたしが、三ちゃんの為めに、わざわざ玉子の黄身を入れて炊いた御飯を、べとべとになる迄自分で噛《か》んで軟らかくして、一口ずつにつまんで朝の食事を食べさせてから、俄《にわ》かに家の中に反三ちゃん熱が盛上ったもので、今日も、意味は当時とは違ったがなお、

「三ちゃんお食事」

という言葉がわが家にあるのは、この時以来の事なのである。

三ちゃんは再び夜は控邸でねせられる事になった。哀れったらないが、わたしも一家の平和には代えられない。あんかを入れては余り暑過ぎはしないかというので、これを除き控邸は全体をぼろ毛布ですっぽりと包んだ。寒いとか暑いとか云うのではなく、三ちゃんの夜中のホウホウと私を呼ぶあの声を四辺《あたり》へ聞こえなくするためである。

実は申しそびれて居りましたが、三ちゃんは、はじめての夜、真夜中にわたしが迎えに行く迄の、ほんの僅かの時間に、あの電気あんかを無茶苦茶にして終ったのだ。包んだぼろ毛布は結んだ紐を丹精にかみ切りすっかり剝《は》ぎとって、それに頑丈に出来ている機械を、何処をどうしたものか、真っ二つに割ってあったのだ。

すぐ修理屋さんに行って大急ぎで修繕して貰ったが、大変高いお金をとられたおとしちゃんが、ぶうぶう云っていた。その夜からこっちもいろいろ工夫をして、どうしても歯の

たたない厳重包装をしたので、それから辛うじて事無きを得ていたのである。

これを取上げ、薬は与えず。三ちゃん弱っているだろうなあと思うと、堪らなく可哀そうだ。わたしは実に涙を呑《の》んだ。

それからの紆余《うよ》曲折、歳月は流れて三ちゃんは数え年四歳。からだも大きく私の云う言葉は大抵わかったし「三ちゃんくるりとでんぐり返し」「はいはい綱渡り」「いい顔いい顔」「咬んだり咬んだり」など芸が出来るようになって突如として思わざる困難がやって来た。

五

わたしの家のささやかな庭の中央は、母屋の縁側を背景にして、北から南へずうーっと傾斜に芝生になっている。わたしは暖い間、お天気さえよければ、毎日三ちゃんと二人ここへ出て一時間位は遊ぶ事にしている。三ちゃんは腰帯一つしていないが、軟らかい青草に仰向けにねころんでいるわたしの胸から腹へ乗っては跳ね上って遊ぶ。大体ぴょんぴょん跳ねる事が好きで、わたしはこれに一回やる毎に「はい、飛んだり飛んだり」という調子をつける。つけると三ちゃんはまた声に応じて勇躍して飛上る。

老妻が縁側へ坐ってこれを見ていたりすると、いっそ勇気づいて、キャッキャッ叫びながらわたしの顔の上でも平気でやる。そのために何度か目もやられたし、頰っぺたが蚯蚓《みみず》ばれになったりもした。

猿は元来、うれしいと何にか足場のある上で、こういう事をするのが好きなようである。三ちゃんのそうした事に気がついたのは、或る時わたしの頭へ乗ってぴしゃぴしゃわたしの頭をつかむようにして跳ねた時からである。

「おお、上手だ、上手だ。さあ飛んだり飛んだり」と思わず調子をつけた。その後度々やっている中に、頭に余り毛のない方だが、間違って足をすべらせるような事もなく、三ちゃんが安心して、大いに興味をもって飛ぶ、人間の掌《てのひら》位もある足がびしゃ、びしゃっと音がして、わたしは冷たくも感じるし、三ちゃんが遣損《やりそこな》う時の感じもすぐぴーんと来て、わたしは手を出して三ちゃんを支えてやる事も出来る。

その時以来、わたしは努めて頭を剃《そ》る事にした。先ず三日に一度剃る。この際念の為めに申上げて置くが、わたしはまだ丸禿《まるはげ》ではないんです。剃っている、青々とね。念願はこの青いのが赤禿になる事です。

春である。三、四日糠雨《ぬかあめ》が降りつづいて、さて、からりと晴れた。暖い昼下りで白い雲がほんの少し浮いていた。

三ちゃんを箱からつれて来てわたしはいつものように芝生の一番南の端の平地のところで遊んでいると老妻も縁側から芝生へ出て「三ちゃん三ちゃん」と呼んだ。三ちゃんは

「キャッ」というよろこび声をあげてわたしのからだをはなれて、老妻の方へ向いて行った。傾斜の芝生を登って行くのである。

「おや」

見送っているわたしは思わずつぶやきましたね。三ちゃんは四つン這《ばい》ではなく、丁度、蛙が地べたを飛ぶように、足の方だけでばたりばたりっと進んで行くからである。両手は握り拳《こぶし》のところから深く内側へ折り曲げて胸の前に抱くようにくっつけている。

びっくりして飛起きた。「三ちゃん三ちゃん、どうしたのだ」追って行くわたしを、こんどは私とふざけて遊ぶつもりになって、大きな口を開いて、横へ逃げようとしたが、それでからだのバランスを崩したのでしょう、思い切りつんのめって、しかもそのまま顔を芝生へすりつけるようにずるずると二尺位もすべった。すぐ立とうとしたようだが立てない。その余勢でまたすべった。

この時の哀れな様子は、どう書いていいかわからない。そしてまたわたしと同じように、わたしの猿を可愛がって下さる方でなくては、どう書いて見ても想像して下さらんでしょう。

わたしは三ちゃんに飛びついて「どうしたどうした」抱き上げてまた放し、放してはまた抱き上げ、あっちへ呼びこっちへ呼びした。三ちゃんはわたしの云うままにわたしを追って、あっちへ、ばたり、こっちへばたり。しかし三ちゃんの顔には、何んの悲しみも、何んの苦しみもなし、いつもと同じにわたしの云うままに嬉々として戯れているのである。

わたしは老妻に向って遂に堪らなくなって呼んだものです。

「おうい、三ちゃんは小児麻痺《しょうにまひ》にかかったよ」

「え、真逆《まさか》」

「真逆なもんか。この恰好を見ろ。手が全然きかないのだよ」

「ほ、ほんと？　どうしましょう」

「何んでもいいから、早く米倉さんのところへ電話をかけてくれ」

さあ家の中が大騒ぎになりました。小児麻痺とあっては事甚だ穏《おだ》やかではない。

この三ちゃんを可愛がって手がけているお手伝のおとしちゃんも、芝生へ跣足《はだし》で飛出して来て三ちゃんを抱くと、ほろほろ泣き出したものです。米倉さんは町の獣医さん。

この頃東京には気の毒な小児麻痺の子などが出てそれが問題になっている時でしたので、ずいぶん大きな衝撃でしたよ。何処の家でも台所をうろちょろする蜚蠊《ごきぶり》俗にいう油虫が、伝染の媒介体だといってみんな駆除に夢中の時だ。

おとしちゃんは泣きながら云うのです。

「この間、三ちゃんの小屋《はこ》に、ごきぶりが三つも入っていました。驚ろいて追払ったけど、あの時に病気を持って来たのでしょうか」

「そうかも知れんな、とにかく獣医だ獣医だ」

それにしても、どうして、三ちゃんがこんな姿になる迄毎日いじっているわたしがその異状に気がつかなかっただろう。人間、こんな事じゃあいかん、こんな不注意なしかも愛情の薄い事でおれは閉された小屋の中にいて、食物も寒暖の調節も何事もこちら任せにしている動物を飼う資格なんか無い奴なんだ、嘘じゃあない、本当に。

しみじみこう思いましたね。それともたった三、四日雨がつづいている間に突然こんな事になったのだろうか。

六

親しい米倉獣医はすぐ来てくれたが、何にしろ巷《ちまた》には猿を飼っている人など少ない。従って獣医さんは開業十余年だが、まだ猿というものを二匹より診た事がありませんからと、はっきり云って頭をかき、しかも二つとも下痢でしたからすぐ癒りましたという。

それでも熱心な人だ。すぐ三ちゃんの糞を持って帰り、顕微鏡で見てくれる、いろいろ専門書を調べてくれる。そしてまたやって来て云うのですよ。

「猿の小児麻痺というのは学例がありませんね。もしこれがその小児麻痺だったら学会発表もんですよ」

と。だが、そんな事なんてどうでもいい。先ず孫達には、電話で当分こちらへの出入禁止を通達した。若いお手伝さん達には、危険と思う者は一旦実家へ帰ってくれといった。

おとしちゃんは、中学を出てすぐに来てくれてもう六年もいるわが家のぬしみたいなもんだ。この娘は、

「飛んでもない、三ちゃんの最後を見届けなくてはとても気がかりで帰れません」

という。

猿というものは妙なものだ。同じ一家の中にあっても、自分より古い者には親愛の情を持つが、自分より後に家族に加わったものには、人にしろ動物にしろ、甚だ軽蔑《けいべつ》し、憎む。だから、早くからいるお手伝さんには、云う事もきくし、馴れもし、甘えもするが、後から来た人には、必らず一、二度は機会を見つけて咬みついて威喝して置くんですよ。従って三ちゃんを頂戴する時もわたしと一緒に迎えに行ったおとしちゃんの云う事は何んでもきく。だからおとしちゃんも心から可愛いのでありましょう。

わたしは三ちゃんの住居の箱に、毛布を入れ電気あんかを入れて、いつもわたしが診て貰っている安昇博士を訪ねて行った。これあ、獣医さんより人間の医者の方がよさそうだと思ったからだ。

安博士はへらへら笑って「猿の小児麻痺なんてきいた事あないね。たぶん、運動不足だろう」と本気で相手にしない。

しかしわたしがどうしても診てくれというものだから遂に閉口して「それじゃ、紹介するから伝研《でんけん》へつれて行って見なさいよ」となった。

翌日いよいよ三ちゃんは車で東大の伝染病研究所行きとなった。研究部長の田嶋嘉雄教授は、獣疫学の大権威だ。この先生に診ていただけば、どっちがどうなってもそれはそれだけのこと。先ず三ちゃんにわたしの気持をわかって貰えるだろう。

困った事にわたしもおとしちゃんも少し車に弱い。この鵠沼《くげぬま》海岸から東京の芝までは無理なのです。そこで先ず車酔止の薬をのんで、二人の間に三ちゃんを抱くようにして鵠沼を出発した。三ちゃんの腰から下を毛布とタオルで巻いた。途中うんち、おしっこをしそうだからである。

三ちゃんはわたしとおとしちゃんに片肱《かたひじ》ずつを持たせかけるようにして、うしろに倚《よ》りかかりぴーんと正面を見て丁度座席に人間が三人並んだ恰好《かっこう》で、車のすすむにつれて何にかと私に話しかけた。この話しかけを、猿飼仲間では「パクパク」という。口をこうぱくぱくさせるというか、もぐもぐさせるというか、うれしいにつけ腹が立つにつけ、よくこれをやる。喜んでいるのか怒っているのか、それは目を見ていればわかる。わたしはこのパクパクに答えて、

「ああ、そうかそうか、よしよし」

と相槌《あいづち》を打っている。

三ちゃんは前方ばかりでなく左右に移って行く松並木から町、やがて建並んだ家から家、一寸目立つものには首をねじるようにして見送っている。

その中に、子供と同じに、うしろの窓から景色を見たい様子をした。「よしよし、それじゃ、そうしてやるよ」とはいったが、うっかりすると車のシートへおしっこを引っかける恐れが充分ある。うんちでもしたらいっそ大変だ。

「何処《どこ》かおしっこをするところを見つけろよ」

こういっていると、何処だったか忘れた、ひょいと適当な広場へ出た。赤土の崖《がけ》があって、その下の平地が半分草っ原で半分建物でも壊した模様だ。

ここで三ちゃんを抱いてわたしは車を下り、赤ん坊へやるのと同じに、手と足をこっちの左右の手で持って崖へ向って「しいーっこ、しいーっこ」とやる。三ちゃんは自分で下っている尾をすうーっと右の方へ寄せた。こういう時には、きっとおしっこを充分にするのである。お利巧に車の中だし、たぶんそれ迄堪えていたのだ。

いくらおしっこをさせようとしても、出ない時は三ちゃんはうしろをふり返り、わたしの頬へ唇をくっつけるようにして、何にかいう。「出ませんよ、出ませんよ」というのだろう、それははっきりわからないが、こっちの思っている事と、反対の状態に在る時は、きっとこういう表情をする。それでもきかなければ両肢を力一ぱい踏張る。

また車へ乗る。

「お利巧だね、お利巧だね」

と云いながら、好きなようにしていると、わたしの膝の上で無理にも腰を立て曲った腕でうしろの窓へしがみつくようにして車の後に町の景色を眺めている。

「人間と、そっくりですねえ」

おとしちゃんは感心した。しかしそうした三ちゃんの何んにも知らない顔を見ている中に、わたしは時々泣きたくなる。三ちゃんはほんとに何んにも知らないのだ。もし小児麻痺であったらどうするか。何分にも危険な病気だ。伝研ではきっとわたしの手から取上げて終うだろう、そうなったら三ちゃんはどんなに不思議に思い、あのいつもの声で「ホウ、ホウ」とわたしを呼びつづけるだろう。科学は冷たい。伝研はわたしの三ちゃんをいろいろな試験にするだろう、解剖もするだろう。三ちゃんは自分の病気の如何なるものであるかも知らずに、死ぬというよりは殺されて終うだろう。

もし田嶋教授が「調べるから置いて行け」と云われたらわたしは何んと答えたらいいか。

「三ちゃん、大丈夫か大丈夫か」

わたしは何度もきいた。後ちに家に帰ってから、おとしちゃんは老妻へ「旦那さんの泣く顔をはじめて見ました。面白い顔でした」と報告した。何にをいってやがる、自分も半べそでいた癖に。しかし、三ちゃんは平然たるものだ。そっくり反って、包んであるタオルの間から時々足を踏張り出して、丁度足調子をとるように軽ろく小さく動かす。人間で云えば得意満面というところである。わたしは三ちゃんに、これを「ぱたぱた、ぱたぱた」といって毎朝教えた。わたしに抱かれていて、極く自然に大きな足でばたばたわたしの膝を叩くのである。

七

田嶋教授は待っていて下さった。その時わたしは先生がたとえ何んとおっしゃっても、何にかの方法を講じて貰って必らず、連れて帰る決心をしていた。

「おお、可愛いですな」

教授は、わたしの三ちゃんの動作をじっと見て、こういっては下さったが、何処が悪いともおっしゃらない。

「毛の色艶《いろつや》もよし――食慾はどうですか」

「はあ、食慾は大いにあります、一日拳大《こぶしだい》の握飯を朝晩で三つか四つ、その合間に林檎《りんご》、トマト、人参、お芋、ほうれん草のうでたもの、うで玉子、煮干、チーズなど」

「ほう、そら大変だ」

「わたしは毎日昼には必らず糞を見ますが、上等のをしています。下痢なんか滅多にやりません」

教授はわたしの顔を見てにやにやしながら、三ちゃんの斯うした状態になったのを気がついた経路を詳しくきいた。

昨日突如としてこんな事になったような気がするといったら、教授は「はあ、そうですか」といっていよいよおかしそうな顔つきである。その顔に少しの暗い影もない。ひょっとしたら三ちゃんは何んでもないかも知れない、注射の一、二本をやったら、元の通りになるのかも知れないと妙にうれしくなって来た。

　教授は「いろいろ調べさせて見ましょう」といって若い先生方を呼んで何にか独逸語で命じた。三ちゃんは腰綱をひかれて次の室へつれて行かれた。私とおとしちゃんは無遠慮について行った。とても三ちゃん一人でなんぞやれない。

　先生方が三、四人で取巻いて、三ちゃんは台の上へ仰向けにのせられた。三ちゃんは、「キャッキャッ」といって騒ぐ。そして先生方の腕の間から、わたしのいるのを見るといっそうそれが激しくなった。

「あ、よしよし、何んでもない、何んでもない、おとうちゃんが此処にいるから。さ、お利巧だ、おとなしくするんだ。あ、いい子だ、いい子だねえ三ちゃんは」

　わたしはそんな事を云いつづけ乍ら思わず、その台の上の三ちゃんのからだへ触って、撫でてやった。三ちゃんはそれからも如何にも悲しそうにぱくぱくとやってわたしに訴えたが、やがて静かになった。

　わたしも何にをされるかと思ってはらはらしてたら、静脈から血をとって、眼の上瞼《うわまぶた》のところへ注射をして、手や足を引っぱったり伸ばしたり、関節の調子を詳しく診て一応終った。

田嶋教授の室に戻ってわたしは直ぐおたずねした。

「先生、如何《いかが》でしょう」

「血液を調べなくてははっきりしたところはわかりませんな」

「では猿をこちらへお預けして帰らなくてはなりませんか」

「いや、それには及ばんでしょう」

ほっとした。何にか万歳でも叫びたいような気がした。わたしは若い先生につれられて戻って来た三ちゃんを抱いて、やがて教授の許《もと》を辞した。

来た時と同じ姿勢で車へ乗った。三ちゃんは、ここへ来る時は、あんなに緊張していたが、こんどは少し行くとわたしへ倚《よ》りかかって、こくりこくりと居眠りをはじめた。物は云えないが何んでもわかっているのである。来る時は、わたしが感じていたと同じ緊張で、心引締っていたのだが、こうして「帰ってもいい」と云われたことそれ自体の安心が、疲れもしたし、海の底へ投込まれるように怖くもあった何時間かから解放されて、思わず眠くなったのだろう。

鵠沼へ入ってわたしは車を安博士へ寄せた。博士は「そんな風じゃあ結局病気じゃ無かったんだね、上瞼への注射は恐らく結核のツベルクリン反応の検査だろうね。血液検査は気休めだ」という。

帰宅して米倉獣医に来て貰って今日の話をしながら「田嶋教授もおっしゃってたよ、犬や猫ならともかく、まだ猿に対する臨床研究は進んでいない、やっとこれからぼちぼちやり出すという段階だとね。要するに人間は猿をいろいろな実験に使って、殺して見たり、生きている頭を割って脳味噌をすって何んとかのワクチンを拵《こしら》えて見たりはするが、猿の病気を癒すなんて事を夢にも考えてはいないいんだ。人間なんてものあ手前勝手なひどいもんだね」というわたしの顔を見て「ひどい飛ばっちりを喰うもんですね」と米倉氏は笑いながら退却した。

わたしは田嶋教授からの血液検査の結果を何日かじっと待っては居られない。というのは友人の中山青果が心臓と肺の間に癌《がん》が出て死んだ時に、癌であるという検査報告がその当時の帝大病院から中山へ来たのは死んでから後であった事があるからだ。当時中山は都新聞の何んとか部長をやっていてわたしが逢った時に左の首のカラーの上にお饅頭《まんじゅう》位の瘤みたいなものが出来ていた。押して見ても痛くも何んとも無いという。お医者に診てもらったかというと、痛くも何んともないから診ては貰わない、たぶん脂肪のかたまりではねえかと思うという。

「いけねえよ、人間四十を過ぎたら病気の温床みたいな事になる。すぐ診て貰えよ」

「病気の温床ねえ」

中山はそういって診て貰ったらしいが、わたしが次に中山の顔を見たのは、もう死んでからであった。中山は両手で心臓のところを掻《か》きむしっているような恰好であった。その間、三箇月位より経ってはいなかった。

こんな事を思うと、もう堪らなくなって次の朝は上野動物園の福田氏に問合せた。

八

その説によると、小児麻痺なんてものではないだろう、箱の中で余り日光に当らずにいたからひょっとして骨軟症ではないか、北海道辺りの雪国では、冬の間日光に当る機会がないので、牛がよくこの病気にかかる、念の為めに町の獣医さんに頼んで、これこれの注射をして貰い、これこれの薬を飲ませたらいいかも知れない。わたしも近い中、一度診に行くという。よしっというので早速その日から庭の芝生へつれて出て、わたしも帽子をかぶって三ちゃんに日光浴をさせた。わたしの剃った頭にかんかん照りの陽が当ってとても堪らないからである。

見ると三ちゃんの手はいよいよ内側へまがってまるで用をなさない様子だ。前進する時はばたりばたりと飛ばないと、土へ顔を突込むようにのめるのである。わたしは仰向けにねて、腹の上でこれをあやしながら、二時間もいる。仕事なんか、勿論全部ほったらかしである。

三ちゃんは相変らず大きな葡萄《ぶどう》のようないいうんちをするし、食慾も旺盛だ。毛もますます艶々光っている。が、だいぶ後になってやっと気がついたんだが、この頃から、住居の箱の中一ぱいに御飯粒を散らかしていた。

わたしも実にどうもうっかりしたもんで、これを見ると、

「三ちゃんだらしがないねえ」

といって叱った。

そうこうして何日かする中に、田嶋教授からおたよりがあった。はっきり三ちゃんは小児麻痺ではないというのである。ツベルクリン反応の結果も結核ではないという。

「然らばこの三ちゃんの異状は何んだ」

とわたしは、当りどころがないから、先ず安博士へくってかかった。安博士は、

「こっちがひどい吊《つる》し上げを喰うね」

といって相手にしない。

あれからぷっつりおじいちゃん、おばあちゃんのところへやって来なくなった孫達に、電話で三ちゃんの心配無かった事を知らせ、廻らぬ舌での祝詞をきいたが、その日からわたしの独自の考えで、三ちゃんに肝油を与える事にした。初代の三ちゃんが衰弱した時に、これで俄然《がぜん》回復した事のある遠い昔の記憶が蘇《よみがえ》って、すぐおとしちゃんに薬屋へ走って貰った。

毎日五個ずつやった。老妻は五つは多くはないかという。わたしは五つどころか七つか八つやりたいんだ。

九

いま三ちゃんへやる肝油を一日五個と申しましたが、実はあれは老妻の手前の公称で、わたしは目をぬすんでは、素早いところちょいちょい三ちゃんの口へ投げ込んでやった。多い日は十個の上もやったでしょう。一刻一瞬も早く三ちゃんの小児麻痺の如き手が元の自由になるようにと、ただそれだけなんです。一個でも多く飲ませたら、それだけ早く癒るような気がしましてね。はっはっはっ——。実に他愛のない人間です。

ところがですよ。一週間もしない中に、ふと気がつくと手の不自由は依然少しも良くならないし、いつの間にか尾の毛がひどく薄くなっているんです。それが一日一日だんだん目立って脱《ぬ》け募って遂にはすべすべの丸裸の尾になって終ったのです。さあ大変だ。

これを握っていると、ひどく冷たい事がある。丁度、秋のはじめ頃だったからまだいいが、厳冬にでもなったらどうしよう。家内中が大さわぎで、ネルで尾鞘《おざや》を拵えましたよ。こう申してもおわかりにはなられませんでしょうが、長い袋で、これへ尾を入れ、袋に紐がついていてこれを堅く腰へ結んだ。われわれ老人が冬、頭の寒い時に、毛糸の帽子などをかぶるのから思いつきましてね。拵えたのはいいが何分にも三ちゃんの尾は、台湾だから一尺五寸位ある。高いところへ登るとか、台の上でからだのバランスが崩れた時に、さっとこれで調子をとる。それに無意識に物を叩いたり、うしろからの敵の備えにも使うようである。これに袋なんかかけられては三ちゃんにしてみれば到底《とて》も堪らないだろう。第一回の袋をかけて、これを自分の控邸の中で無茶苦茶に引きちぎる迄には三十分とかからなかった。物の見事にやっつけて、おとしちゃんの急報でわたしが行った時は、腰へ廻した紐までちゃんと引千切って、わたしを見ると、「どうです」というような顔つきで頻《しき》りにパクパクをやっていた。叱るに叱れず、

「そうか、よしよし、忌《い》やか忌やか」

だが、尾をつかんで見るとやっぱり冷たい。

「こんどは毛糸で編んでやれ」

家内中、そういう話になって、それからおとしちゃんが、紅白だんだら、早速これに取りかかったが、その晩、出来上って尾へはめ込み、次の朝早々に見たら、不思議な事に、これは、何んのいたずらをした様子も無かった。

「気に入ったんだな」

ほっとしていると、米倉獣医が診察に来てくれた。

この尾の毛だけがぬけるという事については、すでに勿論その日から手当をしている。いろいろな注射をしたり、ビタミンの錠剤をやったり尾全体に何にか皮膚病の軟膏《なんこう》をすり込んだり、熱心な人だから、少しもゆるがせにしないのだが、何んとも毛のぬけるのを喰い止める術《すべ》はなかった。

いた。

「何んだろう、何んだろう」

米倉さんと毎日、そんな話をつづけて、二週間も経って終った。わたしは、ふと思いついた。

十

という程の事でもないが、その思いついたというのは老妻の目を盗んで、わたしは無闇《むやみ》に肝油をやる。これがビタミンの何んであるのかも知らないが、昔から肝油がいいという事だけをきいている、何んにいいのかもよくわからないが、とにかくこれをやっている。

「やり過ぎではないかな」

そう気がつくと、からだがぞくぞくして来た。そして三ちゃんの控邸へ行って、抱き出して、

「勘弁しろよ、おとうちゃんは知らなかったのだ」

その時から、老妻にもおとしちゃんにも威厳をもって厳重に申渡してぱたっと肝油をやらなくした。

「三ちゃんの毛のぬけるのは、このためだ」

如何にも老学者の一大発見の如くに発表したがそれから一週間もしない中に、果して三ちゃんの尾に新しい柔かい毛が生え出して来たのである。

その後ずいぶん経って、三ちゃんが食慾が無くて元気のなくなった事がある。アリナミンをはじめチョコラ、アスパラ、グロンサン、ヘルタス、アドース錠、いろいろなものを取っかえ、引っかえ、やっても忌やがって吐出して終う。仕方なく、おっかなびっくり肝油をやった。但し一個ずつ。ところがこれがぴたりときいて、二、三日ですっかり元気になって終った。それから引きつづき、今日も一日一つはやって居る。

過ぎたるは及ばざるが如しという言葉がある。正にその通り、わたしのやった事は、わたしが自分で三ちゃんの尾の毛を引きぬいたようなものであった。

わたしの次男はまだ若いのに、額のところから禿《は》げ上って、今やそれが後部にも及んでいる。わたしは三ちゃんの実証にもとづいて、

「お前は肝油、即ち油性の食品を多くとりすぎているんだ。やめて見ろ、ぴたりとその日から毛が生えて来る」

という。倅はこの説に従って暫く脂っこい食物をやめたが、やっぱり毛がちっとも生えない。

嫁、来《きた》って窃《ひそ》かにいう。

「おやじはいいいんちきだといってました」

と。何にがいいんちきなものか、嘘だと思うなら三ちゃんの尾を見ろ、ふさふさとやや黄金の味のある色艶が、ゆるがぬ証拠だ。

肝油と猿の尾《し》っぽについては、わたしはやがて安博士にも一席ぶった。博士は「あんたの事だ、肝油を十も廿もやったんでしょう」と、どうもわが猿学説のからくりを見破っている様子であった。

この前後、わたしが何にかと余りうるさいものだから米倉獣医は、三ちゃんの血液についてひそかにいろいろ研究していたようである。ある時、出しぬけに、

「三ちゃんはジステンパーの免疫を持ってましてね」

といった。

「何んの事です」

十一

「いや尾毛の脱落などいろいろあるから、気になって鶏卵培養で血清をとりましてね、調べたらテンパーの五六〇という免疫があるんですよ。尤もこれはハシカとも同じ反応ではっきりとは云えませんがねえ、この家には犬が沢山いるから、それからテンパーが伝染したか、それともいつか人間のハシカが伝染したか。どっちにしてももうテンパーにもハシカにもかかりませんよ」

という。その熱心にもつくづく頭が下ったが、この時に、テンパーという言葉でふとわたしは考えついた。「三ちゃんとチビを庭で一緒に遊ばせたら、運動がついていいだろう。

ひょっとして、三ちゃんの麻痺がなおらんもんでもない」

むかしから犬猿の仲という事があるが、なあにあれは嘘です。わたしの飼った三つの猿は、どれも犬と大仲好しだったし、犬の方でも、多少の好き嫌いはありましたが、猿を咬んだり、いじめたりなんかした者はありません。

チビというのは秋田の中型犬で、この頃はすでに十四歳の老犬でありました。（今は淋しく私の坐っている机から真っすぐ見える庭の地下に眠っている。）これは前に、お手伝さんが誤って小鳥のノジコを籠から逃がした事がある。これが庭へ出て、どうしたはずみか、一旦芝生へ降りた時、横の茂みの中にねていたチビが、突然飛出して行って、右の前《ぜん》肢《し》でぴたりとこの小さなノジコを押えて終ったのです。咬みもしなければ、押しつぶすような事もしない。

はだしで飛んで行ったお手伝さんがこの小鳥をつかまえる迄、チビはじっとしていたのです。詰り、押えていてくれたのである。それ程利巧で、年の故《せい》もあるけれどもおまけに人間の言葉のわかる犬だった。ここでわたしは、今このチビを書きたい気持で、もう本当に胸が一ぱいなんですが、話が脇道にそれますから心残りですが止めます。

このチビに三ちゃんを守らせて遊ばせて置いたら安心だと思った。こうしてチビと遊び出し――といってもやっぱり、ばたりばたりと下肢だけで跳ね廻るのですがね。わたしは何処からか、必らずこれを見ていた。この遊びというか、運動というか、はじまってから、幾日か目に庭へ植木屋さんが入った。中門から芝生の方へ入って来た時に、三ちゃんは何にが気に入らなかったのか、この植木屋さんに猛然と向って行ったのです。

私は縁側へ坐っていたので、咄嗟《とっさ》にどうする事も出来ない。三ちゃんは、不思議な事に、元来女性は大嫌えだ。子供でも大人でも、女性はいけない。反対にそれが自分と同性つまり男である場合には、一も二もなく友好を結ぼうという意思を表示する。そこで三ちゃんは別に「女嫌いの平井権八」という名がある。どうして平井権八というかと云うと、写真でもよくわかるが、それあ好い男なんですよ。嘘じゃありません、色艶と云い、澄み切った眼の光と云い、長い鼻筋から上唇《うわくちびる》へかけて、先ず、芝居の鈴ヶ森で「待てとおとどめなされしは、拙者がことで御座るよな」というあの権八。後ちに小紫に惚《ほ》れられて——あれ位の値打はある。

これが女は嫌いなんだが、男には何んでもないのに、いつも来て、見て知っている筈の植木屋に「わいわい」という威喝の叫び声をあげて飛びかかろうとした。わたしもはっとした。

十二

猿の歯というものは、犬歯が全く剣の切っ先きのように鋭くて、しかも咬まれると、疵《きず》その物は大した事がなくても、内出血がひどいのか、毒性のものがまわるのか、相当に大《おお》事になる。おとしちゃんのように親しい間柄の人間でも相手が女となると、時々、不意にきィーっと咬みつく。そのために片腕が腫れ上ったり、一週間も半身がかったるくなったりする。

ひょっとして、植木屋さんに、その勢できりりとやろうものなら、一日や二日は鋏《はさみ》をちゃきちゃきやる事が出来なくなる。

はっとした。老妻なども慄然《りつぜん》としたと後でいっていた。ところが、麻痺の三ちゃんよりは、老いたりといえども、まだ動ける——尤も、これはだいぶ怪しくはなっている。自分の小屋から庭へ出て来る十段位の石段を、調子の悪い時は転がり落ちたり、駆け昇ろうとして、途中五段位のところでへた張って終って、そのまま気絶して小屋まで誰かに抱かれて行ったり獣医さんが駈けつけたりする事も度々なのだが——この時は、三ちゃんを見掛けて、素早く飛びかかろうと自分の前肢の間に三ちゃんを抱え込み臥技《ねわざ》のような恰好で、ぱっと押さえ込んで終った。

チビがこれ以上はどうにもしない事は、三ちゃんにもわかるから、黙っておとなしくしている。わたしはあわてて庭へ下りて行った。

「おおチビ、利巧だ利巧だ」

云いながら、三ちゃんの手をつかむと、チビはすぐ離れて、尾をふっている。

「三ちゃんもお利巧だが、チビはもっとお利巧だね」

こういうのを、その時は、老妻もおとしちゃんももう側へ来ていて、老妻は、「三ちゃんは利巧ではないですよ。おとうさん、そんな事をいうから、三ちゃんは我儘《わがまま》をして威張って、みんなを咬みつくんですよ」

「いや、そんな事あねえ、チビに押えられて、じっとしているなんて、その辺の猿には出来ねえよ」

これに応じておとしちゃんが、

「そんな事をいったって」

応戦しようとしたが、老妻は笑って、

「おとうさんはいつも詭弁《きべん》だから、云っても駄目ですよ。止めましょう」

といった。とにかく、こんな光景を犬嫌いの人、猿嫌いな人に一度見て貰いたいですね。

それからまた幾日かしての事だ。乗りつけの車の運転手の関野さんという人が、綺麗なコスモスを胸一ぱいに抱えて庭の中門の前を通りかかった。この時、チビは、日向の置石の前でひとりねていて、——もっとも時々薄目《うすめ》に開いて三ちゃんを見張ってはいるようであったが、——三ちゃんが一人ではなれて、あっちへ行ったり、こっちへ行ったりしていた。

これがちらっと関野さんを見ると、ホウホウと声を上げて、ばたりばたりと三、四回そっちへ飛んだ。見ていたわたしは、またはっとして、飛出して行ったが、関野さんは、

「おや、三ちゃん大きくなったねえ」

と、門の戸を開けて庭へ入って来たのである。

十三

関野さんは怖がりもしないし、驚ろきもしない。考えて見ると、最初に本所横川町の堀部夫人からこの三ちゃんを頂戴した時に、行って三ちゃんと一緒に帰って来た仲である。殊にあの時は、わたし達は深川高橋《たかばし》のどじょう屋伊勢喜へ立寄って泥鰌《どじょう》を食べた。その間中、車を留守に出来ないので関野さんは、残された三ちゃんと一緒に小一時間も遊んでいてくれた。三ちゃんはまだ両手の中へ丸め込めそうに小さかった。

三ちゃんは、関野さんに、頻りに御愛嬌のパクパクをやり抱かれもしたいような恰好をした。関野さんは頻りに頭を撫でてやりながら、箱の中にいて声をきいたり、遠くから姿は見ているでしょうが、こんなに近くで三ちゃんに逢うのは、もう四年ぶり位でしょうがよく忘れないものです。

「おう、三ちゃん、よく覚えて居てくれたね」

こんな事をいった。お休みで富士の裾野にある自分の家へ帰って見たら、余り美しくコスモスが咲いていたので、お好きなのを思いついて切って来ましたという。

「いやどうも有難う。しかし三ちゃんは偉いねえ、関野さんを覚えていた」

「でも、あの時、車の中で一時間も一緒に遊びましたからね。おしっこをしたり、うんちをしたり、いやもうひどい目に逢いました」

「どうもどうも」

この晩、三ちゃんを風呂へ入れた。

ここんところ暫く大病さわぎで風呂へなど入れて良いか悪いか気がかりなので入れなかった。それ迄は、殆んど毎晩、私と一緒に入っていた。

一わたり風呂へひたすと、おとしちゃんがやって来て、よく石鹸《せっけん》をつけて洗ってくれる。わたしがまた風呂を使わせて、おとしちゃんへ渡すと、大タオルで、これを受取って、よくふいてくれる。近頃は、滅多にうんちは勿論おしっこの粗相もしなくなったが、はじめの頃はこの世話で、おとしちゃんも大変であった。おむつを取替えたり、寒むい時は袖無しの綿入を着せたり、

「子供が一人いるより余程手がかかる」

と老妻がよくこぼした。

冬のひどく寒むい夜であった。風呂へは入れたが、湯上りで控邸へ帰ったら、電気あんか一つでは風邪をひかないでしょうかと、おとしちゃんが心配した。

わたしも老妻も大丈夫だろうというが、おとしちゃんは、

「今夜はわたしが抱いてねます」

というのである。

「止したが良かろう」

とはいうが、実はわたしにもその気がある。只、明日は仕事がある、老妻は少し風邪気味だ、おとしちゃんにその気があるなら、こんなうれしい事はない。

その寒い真夜中に、わたしはふと水の流れる微《かす》かな音に気がついた。耳を澄ませると、おとしちゃんの囁《ささや》いている声がする。ほい、相手は三ちゃんが、湯殿で何にかやっているのである。

「どうした」

私は廊下へ顔を出してきいた。

「はい。三ちゃんがお腹を下しまして、ひどい目に逢いました。でももういいのです。すっかり洗いましたから――旦那様、おやすみ下さい」

「外の奴らどうしたのだ」

「みんなねて居ります。でもいいのです。もうすみましたから」

次の朝、おとしちゃんから、三ちゃん粗相の一件をきいて、私も手をついて詫びをいった。

「その代り、お嫁さんに行く前に、おれ達がお前さんを温泉へつれて行ってやるよ」

「本当ですか。それなら毎日、三ちゃんを抱いてねます」

十四

それにしても昨夜あの真夜中に、もう冷たくなっていたろう風呂で、三ちゃんのうんちでよごされたからだ中を洗って、おとしちゃんはよく風邪をひかなかったものである。夜中これを心配していたが、何事もなくて、まあよかった。わたしの三ちゃんは、不思議な事に林檎《りんご》を少し多く食べると、ひどい下痢をするという事に気がついたのは、この時からである。三ちゃんはトマトもいけない、バナナもいけない。桃などは食べてものの一時間もしない中にはじめる。思い出しましたが、三ちゃんは、とても自分の手をよごす事がきらいである。だから、バナナなどをやっても決して直接には受取らない。下へ置かせて、自分の首を下げてそれを食べるのです。林檎もよく皮をむいて、小さく切って一つ一つ口へ持って行ってやるとよく食べるが、少し大きく切ったものは自分が持たなくてはならんもんだから食べない。贅沢《ぜいたく》な奴だといって、みんな怒るけれど、これも持って生れた性分だから、どうにも仕方がないでしょう。

こんな事がありました。猿というものは元来林や森や谿流《けいりゅう》湖畔などを飛び廻って食料を求むべきものでしょう。そうして見れば木の実、草の実などは大好物な筈である。デパートに五十種位の木の実、例えば松の実から西瓜のタネ、熱い国のいろいろな木の実のようなものまで売っていたのを見つけて、わたしは雀躍した。だが百グラムいくらという値で一袋ずつになっているが、これを各袋みんな買ったんじゃとても大荷物になる。女の店員に忌やな顔をされたが、頼んで、一種少しずつ計ってもらって買って帰った。

「さあ、三ちゃん、いい物だぞ」

わたしは三ちゃんが、どんなによろこぶかと思って、自分までうれしくなっちまって、先ず松の実からやった。

ところががっかりですわ、三ちゃんはちらっとわたしの顔を見て、すうーっとそっぽを向いて終ったのです。そっぽを向いたというか、こんな物いやだという顔でつーンとしたというか。わたしも驚ろいた。

「どうしたんだ、お前は林や森に住んだ事がないから知らねえだろうが、これおいしいんだぞ。さ、食べて御覧食べて」

が、わたしが一つずつ口元へ持って行ってやる五十種位のものを只の一つも食べなかった。

「何んだ、三ちゃん」

わたしも三ちゃんの食物でこんなに当てのはずれた事はない。

猿は海岸へ出て行って、岩の間から小蟹《こがに》などをとって喰うという話をきいた事がある。山奥の谿流でヤマメとかハヤとかいうものを手どらまえにして食べるともきいた。しかし三ちゃんは、たたみいわしの外は一切食べないのです。鰺《あじ》を塩焼にしてやったり少し贅沢だが鮎《あゆ》をやったりしたが駄目でした。

ところが、わたしの晩御飯の或時に膝の上へのって、これから何にかいい事がありそうだねというような顔をしてはなれないので、わたしは鮪《まぐろ》のおさしみを一片三ちゃんにやって見た。はっはっ、これあ驚ろいた。三ちゃんがおさしみを食べたのである。こんな赤い身の魚なんか前の猿は誰も食べなかった。食べないどころか見ただけで慄《ふる》え上って悲鳴を上げたものだ。わたしは面白くなってお醤油をつけてやった、これも食べた。こっちもいたずらっ気を出して、わさびをつけて口へ持って行ってやると、これも平気で食べた。しゃれたもんですよ。

わたしは三ちゃんの意外な嗜好《しこう》に驚ろくと共に、それからは、いつもこの鮪のさしみを食べさせている。お醤油にどんなにわさびを多く入れても平気である。ひょっとすると、猿というものはわさびの辛さについて無感覚なのではあるまいかと思う事がある。

手が内側へ曲ったように不自由な三ちゃんは、よくもならず、悪くもならず。その中に動作に際しては手の内側よりは甲に当る方を何にかにつけて多く使うらしく、この辺の毛がすり切れて、胼胝《たこ》のようなものになった。その痛々しい姿も見馴れて来たが、時々可哀そうになあと思いつくと堪らなくて「何んとか成らんものか」、地団駄をふむ心持になる。

よく肩を張らせるわたし達老夫婦が治療をして貰う鹿児島の人で砂泊《すなとまり》さんという方が近くにいられる。合気道の名手で、その道から生れた健康法だが、一度思い切って、

「猿を診てくれませんか」

といって見た。砂泊さんはいろいろ話をきいてから、

「そんなに痩《や》せたというんなら何処か関節が脱《はず》れているんでしょう」

という。ここでこれ迄大騒ぎをした小児麻痺は転じて脱臼《だっきゅう》にあらざるやという新しい問題になった。砂泊さんの説によれば、人間でもそうだが、何処か一個所脱臼すれば、どんなに滋養をとっても、その脱臼が戻らん間はどんどん痩せて行くものだという。

十五

そう云えば、近頃の三ちゃんの痩せようはどうだ。わたしは朝夕二回、胡坐の中に抱き込んで、御飯を食べさせるのである。一回に大茶碗に山盛り一ぱい。彼は生ウド、キュウリ、煮豆、セロリー、人参、その中のどれかを食べさせ、一日おき位には、玉子掛け御飯にする。味の素をちょいと入れ、醬油をたらして、よくかき交ぜてやる。

一口入れる。その味加減がいいと、わたしの顔をふり仰いで、

「ウオ、ウオ」

とやる。もし余り醬油の入れ方が薄かったり濃かったりすると、

「どうだ、オイチイなあ」

と何度わたしがいっても決して返事をしない。それにしてもずいぶん食べるのに、ぐん

ぐん痩せて行くのだ。わたしはこれを只々手の不自由による運動不足とのみ考えていたが脱臼で肥《ふと》れねえときくと尤もだと思った。

砂泊さんは合気道の名手でも、猿を扱うのは忌やだろう。何にをしたって一撃で打殺して終う事も出来ないから、「大丈夫か、大丈夫か」と頻りに念を押す。わたしと老妻とおとしちゃんの三人がかりで、何にをされても、動けないように押さえつけ、砂泊さんが、

「咬むなよ咬むなよ」

と云いながら、関節の一つ一つを調べ出した。

「両の脇の下へ手を入れて持ち上げますとね、時によって、ごきり、ごきりと肩の骨が鳴るんですよ。余り痩せてるんで、筋《すじ》がどうかしてそんな音がするのかと思ってましたが」

三ちゃんは、元々、痩せっぽちだったから、本当にわたしは、筋張っているのだと許り思ってた。砂泊さんは、

「右の関節が脱れてますよ」

「え、やっぱり――で何んとかなりますか」

「こういうのは、入れてもすぐにまた脱れます。それにこうなっては、急いでは、痛くて可哀そうだから、ぽつぽつやりましょうよ」

それからわたしが抱いて、砂泊さんが、その脱臼の辺りを静かに長い時間さすってくれた。三ちゃんはいい気持で、何度も大あくびをしていたが、遂にこっくり、こっくり眠り

出した。

みんな猿が合気道の健康法をやって貰うなんて、飛んでもねえ話だというが、どうも三ちゃんの幸福《しあわせ》には替えられない。砂泊さんに週二回ずつわれら老夫婦と共にやっていただいている中に、近頃三ちゃんはわたしが抱いて、どっしりと腹にこたえる程見違えて肥って重くなった。

十六

それにしては、腕をわたしが両手で抱えて持ち上げる時に、こきりこきりと関節の鳴る手ごたえがある。どうもおかしい。脱臼は戻ったような時もあり、そうかと思うと、全然砂泊さんに診て貰わない前と同じような事もある。どうもすっきりしない。素人《しろうと》の私には納得の行かない事が多過ぎる。

上野動物園の福田信正氏へ度々愚図々々いうもんで、横浜野毛動物園にいらっしゃる小原二郎博士は大変熱心な方だから一度相談して見たらどうかというたよりをくれた。「よし」というので、早速米倉獣医に相談すると、あの人なら自分と学校が同じで万事好都合だという。すぐ連絡をとってくれた。

一日おいて小原博士が来て下さった。猿を動けないように縁側へぴたりと押さえる、やっぱり扱い馴れていられるからうまいものだ。米倉獣医と二人で、あっちこっち詳しく診

ての上で、

「あなたは、可愛がりすぎて五年もかかって猿をこんなからだにして終いましたね」

と笑う。笑うどころじゃあない、こっちは動悸ッとして終った。老妻は後での話に、その時、一瞬、わたしの顔は真《ま》っ蒼《さお》になった。「おとうさんも案外度胸はありませんね」という。

十七

小原博士は要するに、発育期の小猿を余り小さな小屋の中で育てたから、猿はその日常の生活で殆んど前肢を使う必要がなかった。それが発育しないどころか、むしろ退化現象さえ起こして来る。

「猿は飽迄《あくまで》猿なのですから、猿らしく飼育しなくてはいけませんよ。自由に飛び廻れるだけの広さ、詰り一寸した動物園位の設備をしてやらずに飼っては可哀そうです」

という。本当にわたしはからだが慄えて来るような気持がした。要するに博士は、

「ここ迄来てはもう仕方ない事でしょうから、おくれ馳《ば》せながら運動の自由に出来るような設備をしてやって下さい」

という意見だ。米倉獣医へ、薬はこれこれを斯《こ》ういう風に使ったらどうだろうかという細かい専門的なお話をして戻られた。

この中に、ジュースを与える事、ヨーグルトを与える事などがあったが、これは私もとっくにやって見たが、わが平井権八はどうしても食べない。

そんな事より、わたしはもうもうがっくりと来ましたね。しかし博士が居なくなっては、わが家はわたしの天下なのである。三ちゃんを胡坐の中に抱え込んで、自暴糞《やけくそ》に、老妻とおとしちゃんをつかまえてぶったものである。

「お前らどうだ、凡そ動物の中で文化の恩沢に浴し一番幸福に生活しているものは何んだと思う」

老妻は、「またはじまりますよ」というようにおとしちゃんと顔を見合せてにやにやしながら、なかなか返事をしない。

「それは人間だろう。おれは三ちゃんに人間と同じ生活をさせてやりたい願望だ。そこ迄行く迄にはいろいろな困難もあり、いろいろな不慮の災害もある。小原博士のいう如く猿なるが故に、いつ迄も猿らしく育てろというのは、動物の幸福を人間だけが独占しようというよくねえ考えだ」

博士はお帰りになった後だし、こんな大口でも叩かなくては、今、博士から一撃を喰わされたあの苦しみを遁《のが》れる法はないんだ。

老妻は苦笑している。その顔には、おやおや、虎だのライオンだのがみんなと一緒に銀座を歩くようになっては困りますねと、ありありと書いてある。

十八

わが偉大なる詭弁は、それから当分の間、あらゆる友人を当惑させた。

「猿ばかりじゃない、すべての動物を人間の幸福に迄という、そう云えば一寸そうらしくもあり、考えるとおかしな理論ですね、お母さん」

と丁度やって来た三男坊が老妻へそういって、

「しかし、おとうさん、三ちゃんの腕がそんな事になっているのは先天的という事もあり得るでしょう。必らずしも飼育法が悪いとばかり定める事はどうかな」

という。わたしはぱっと膝を打って、

「おや、お前、なかなかいい事を云うね。そうだよ、三ちゃんは先天的なんだよ、きっと」

といった。その時のほっとしたわたしの顔を老妻はまた後ちに「おとうさんのあんな好い顔を見た事がない」といったそうだ。

「そうだ、先天的だ、飼い方が悪いんじゃねえ」

わたしは自分で自分に何度も云ってきかせた。

そして次の日、米倉獣医に来て貰って、

「三ちゃんの前肢の不自由は先天的であった」

という証明をする方法を相談した。米倉獣医もにやにや笑う。丁度やって来た安昇博士は、

「小説をやめて獣医学の論文でも書きますかな」

と茶化しおった。どうも事三ちゃんに関すると、みんな不真面目《ふまじめ》でいかん。

米倉獣医と相談の上、

「藤沢保健所の宮崎技師へお願して一体前肢の骨態がどうなっているかレントゲンにとって貰いましょう」

となった。

さてレントゲン照射の結果、
一、上膊《じょうはく》がひどく内側に彎曲《わんきょく》している
二、母胎にある時に発育不全であったのではないか
三、脱臼と迄は行かないが、関節が悉く《ことごと》弛緩《しかん》している
とわかった。

十九

わたしは大きなレントゲンの写真を見、米倉獣医の話をきいて、

「母胎にある時に発育不全」

大声を出した。

「かも知れないという事ですよ」

米倉獣医は首を縮めた。

「いや、それに違いない。詰りはわたしの育て方の責ではない」

「はっはっ、かも知れませんね」

「いや、かもではねえ、確かにそうだ」

それにしても、三ちゃんの上膊はずいぶん曲っているものだ。それだけ腕も短くなっているから、とても四つン這《ばい》で歩くなどという事は出来ない。歩こうとして突んのめるのは当然である。

その夜、わたしは机の前へ坐って、スタンドを近く引寄せ、三ちゃんを胡坐の中に抱いて、顔をくっつけるようにして話合っていた。わたしは三ちゃんの前肢の不自由は先天性である事を信じようとしながらも、その一方では、やっぱり只可愛さだけで、自分勝手に育てた自分の誤りが、しみじみ身に感じられてならないのである。胸が痛む。

三ちゃんはわたしにこうした姿勢で抱かれると前肢も後肢も、精一ぱいに延ばし、頭をわたしの膝の横へ落して、すぐ大の字なりになって、いつもとろとろっと、ものの二十分位もまどろむのである。

わたしは、レントゲンによりああはっきり曲った分だけ短くなっている三ちゃんの腕を

そっとさすってやりながら、

「おれが生きている間は元気でいろよ。そしておれが死んだら、すぐ後を追って来るんだぞ」

老妻の日頃の説によると、おとうさんが死んだら、三ちゃんもきっと一緒に行くでしょう、それが三ちゃんにとって第一の幸福ですという。前肢が全然駄目で、三度の食事もわたしに抱かれて食べさせて貰わなくてはならない。やっぱりそれが一番いいかも知れない。どういうものかその夜はわたしは、その悲しい瞬間が今夜にでもやって来そうな気がして、三ちゃんを見ていると涙が出て来てならなかった。

二十

何日か事のない日が過ぎていた。

朝食事をするためにいつものようにわたしに抱かれた三ちゃんは妙に「ホウホウ」いって後肢を自分の顔の前に持ち上げて、わたしへ尻《しり》を見せようとするのである。尤もこんな事はこれ迄も度々やる。その度にわたしはお尻のまわりを静かに掻《か》いてやるんですよ。

「何んだまた尻《けつ》をかけというのか」

そんな事を云いながら、お尻に手をやって見てびっくりした。まるで火のように熱っぽくて、尻全体がぶうーっと盛り上ってるのである。三ちゃんを引っくり返すようにして見ると紅を塗ったように尻が真っ赤だ。

「おお、どうしたんだ」

三ちゃんは台湾産だから、日本猿のように、そんなにお尻は赤くない。それが熟柿《うれがき》どころのもンじゃあないんです。

心配しながら、そっと、そこらを押して見ても別に痛くもなさそうで、むしろさわるのをよろこんでいる。わたしはそちこち掻いてやった。

「何か悪い虫にでも刺されたかな」

老妻共々心配しているとおとしちゃんは、シャボテンの「医者いらず」をすりつぶして液体にして持って来て、これをガーゼにしめして、その辺をびしゃびしゃ叩くように塗ってやった。

熱のあるところへ冷やっとするので気持がいいのでしょう。三ちゃんはいよいよ尻を持上げて、ウオー、ウオーいってよろこんでいる。

後で天花粉《てんかふん》をふってやったりしておいて、晩の食事の時にこりゃどうだ、見ると全体に昼の倍位に腫《は》れ上っている。三ちゃんはこの尻をわたしへ見せるようにする。

「おお、そうか、痒《かゆ》いのか、痒いのか」

また昼のように掻けというのである。こんなに腫れているのにやっぱり痛みはないらしい。それからものの一時間も、そうーっと掻いてやったが、次の朝、また、これを見て、こんどこそ本当にびっくり仰天して終ったのである。

二十一

一夜の中に三ちゃんの、おヽちんヽちんヽは大人の人間より少し大きい位にふくれて、中には綺麗な水でも一ぱいたまっているように、ふよふよになっているのである。

「おとしちゃん、米倉君に電話だ電話だ」

「はい、三ちゃんどうかしましたか」

「どうか、どころか、これ見ろよ」

おとしちゃんがわたしの側へ来て、覗こうとしたら三ちゃんは突如として、大声でクワッ、クワッと叫んだものである。しかも牙をむいて、今にも飛びつきそうな怖い表情をした。

「何んだよ、これ三ちゃん」

わたしが頭を撫でているところへ、この叫び声をきいて老妻も来たが、その観察によると、

「三ちゃんは両手で前を隠しました。見られるのが忌やなんですよ」

と云う。如何にも気がつくと、不自由な両腕を両後肢の真ん中に寄せておヽちんヽちんヽを隠

すような恰好をしている。

皆さんは、多分、猿にそんな羞恥心《しゅうちしん》なんかあるもんかとおっしゃるでしょう。さあ、どうでしょう、どうぞもう少しわたしの話をきいてやって下さい。

とにかく米倉獣医が駈けつけてくれました。

「これは湿疹《しっしん》の一種なんです。近所の犬でやっぱりこれをやっているのがありますが、もう一箇月もかかっていますが徐々に良くなりつつあります。命に別条はありませんから安心して下さい」

といってから、

「はっはっ、三ちゃんも、実に次から次と、よくいろんな病気をやりますね」

とくすくす笑った。

二十二

湿疹なんてカイカイ程度の物より見た事はないんだが、こんな大事《おおごと》になるとは厄介なもんである。犬もそうだし、獣医さんの説明によると、人間でもこれで三箇月も四箇月も入院するようなのがあるそうだから、恐ろしい。

そこで米倉獣医のいろいろな新しい注射がはじまった。注射なんて忌やだから、三ちゃんは、はじめの頃はよく、いいい、うんちをしたりおしっこをしたりしたものだが、例の小児麻痺騒ぎこの方、こんな事はもう馴れっ子で、何にをされても平気である。
ところがおちんちんから尻の方の腫れているところを、さわったり、押して見たりフラジオマイシンの噴霧液をかけたりしてやると、物凄い形相をして、わたしが余っ程しっかり抱き込んででもいないと例によって剣の切っ先きのような鋭い牙をむき出し、飛びかかろうとする。或る時、わたしがうっかりしていて米倉氏の向う脛《ずね》へがぶりと行った事がある。ズボンが破れ、肌へ血がにじんだが、いい塩梅《あんばい》にその程度であったのでほっとした。以来、わたしも厳重にやっているが、お尻にさわる事は平気なのだがおちんちんについては実に殺気立つ。

　さてこの湿疹がいろいろ手当を尽くすが、なかなか手っ取早い事には行かない。先きに前上膊の骨態を調べるためにレントゲンをやった。あの照射の影響ではないかなどという話も出たが、わたしが詳細に調べると、だんだんおちんちんの腫れに細い皺《しわ》が出来て来た。

「ぽちぽち峠を越したね」

　といったら、米倉獣医も、

「ああ、そうです。よかったよかった」

　といった。

　ところが、またまた三ちゃんは事件を引起した。

三ちゃんはわたしに抱かれて、晩の御飯《ごはん》を食べていたが、おとしちゃんが前に坐って、何にかと手伝って呉れていた。

いつもと少しも変なところがないし、平気で警戒心もしなかったのは勿論です。わたしが箸《はし》で口へ入れてやった御飯が少し大きかったのですね。丁度三分の一位が唇をこぼれて腹、腹から下の方へ落ちて行った。おちんちんの上の方へ落ちた。

おとしちゃんは、何気なく、

「おやおや」

といって、その落ちた御飯を拾うために、三ちゃんの股《また》の間に手を入れたものです。わたしが抱いているから、何んの心配もない——筈なんですよ。ところが、俄かにおとしちゃんの手首へがぶりと咬みついたのです。しかも只咬んだだけじゃあない、咬んで置いて、牙をぐっと手前へ引っ張った。流石のおとしちゃんも、思わず大声で悲鳴を上げ、

「旦那さん」

と泣いた。

次の朝は傷がひどく腫れ上って紫色になり、おとしちゃんの半身が痛み出した。早速安博士へ行って手当をして化膿止めの注射をするやら薬をのむやら大さわぎになった。

しかしこの時は「三ちゃんは、自分の落した食物を取られるものと誤解したから咬んだ、食物の恨みというものは人間でも怖いもんだ。まして猿に於てをやだからな」と、わたしは三ちゃんの為めに大いに弁じ、ひたすら、おとしちゃんに謝って、三ちゃんの全快祝の

日にはいいスカートとブラウスを買ってやるからということで、機嫌を直して貰った。

二十三

それから三日してである。

縁側でわたしが三ちゃんを古タオルの上へ上向きにねせ、腹を出させて、フラジオマイシンの噴霧液をかけていた。丁度老妻がそこへ御飯をもってやって来て、

「いいねえ三ちゃん」

と云いながら、

「おや、だいぶ腫れがひいたようですね」

そういって、持っていた箸で、ちょいとおちんちんへさわったものである。

三ちゃんは突如猛然として、後肢を力一ぱいに踏張りわたしの手をぬけて老妻の胸へ飛びついた。

「あっ」

老妻の悲鳴と共に私も夢中で三ちゃんを押えた。しかし老妻は、

「おお、御免々々、おかあちゃんが悪かったねえ、御免よ、御免よ」

こういって三ちゃんをなだめるんですよ。三ちゃんは一と咬みだけで、老妻の膝の前にちょこなんと坐り、頻りに口をパクパクさせて可愛い顔で親しげに話しかけているのであ

る。

「何処をやられた」

「おっぱいの下です。でも大した事ありませんよ」

「三ちゃんが、お前を咬むなんておかしいね」

「そうですね。三ちゃんは、自分がうんちをしたとかおしっこをしたとか何にか失敗をした時は、てれ隠しに相手を脅かしたりしますけど、わたしには滅多にこんな事をしませんのにね」

　三ちゃんにとって、わたしの次に大切なのは老妻である。自分の控邸にいて、その声がきこえると、ホウホウと優しい声で呼んだり、それでも返事がないと、キャッキャッと地団駄をふむようにして叫んだり、ぱたぱたぱたぱた飛上ったりしている。その親愛なるおかあちゃんを咬むなんて、不思議な事である。

　わたしども、いっこうに鈍感だ。それから暫くしてはっと気がついた。おとしちゃん事件と云い、老妻事件と云い、二つとも、三ちゃんのおちんちんにさわっているのである。

「あんなに腫れて、ふくれちまっているから、恥しいんだよ」

「そういえば、そうかも知れませんね。うっかりして三ちゃんに悪い事をして終いました」

　老妻は、何んでも自分で責を負いたがるんである。それから三ちゃんを見る度に、自分

がひどい目に逢ったのを忘れて、

「三ちゃん御免ね」

という。

二十四

云いながら、安博士の手当を受けて、おっぱいの下の掌《てのひら》大《だい》の青痣《あおあざ》になった皮下出血を治療している。ここんところおとしちゃんと二人、安博士通いだ。

おとしちゃんは三ちゃんを見る度に、

「あたしはいいけど、奥様をあんなに咬むなんて、三ちゃんは馬鹿ですよ。こんどやったら、いい方の後肢も動かないようにして貰ってやりますよ」

という。わたしはいう。

「何に、お前さんら、いかんのだ。三ちゃんの急所へさわるからだ。すべて動物はあすこを守る事に特別な神経を使っているものだ」

と。はっはっ、わかったような事、いうようだけれどね。

それにしても三ちゃんは、ひどく甘えん坊になった。病気の故《せい》でありましょう。老妻に云わせると、近頃は一日中何んの事はない。只々「おとうさんは何処で何にをしているか」控邸の内で、それだけに気を使っているんですよという。そうかも知れない。寝床《ねどこ》の

う。中で動き出すと、すぐキャッウという声をかけて来る。不浄の戸を開ける。キャッウとい

わたしは自分の机へ坐る時など、そうーっと忍び足で入って来るのである。咳《せき》も出来ない、勿論、お手伝さんも呼べない。用事の時は仕方なくベルを押すが、このベルをちゃんと聞きわけて、玄関のベル、応接間のベル、老妻の居間のベル、机の前へ坐って、ベルを押すと、「やっ来たな」という訳で忽ちキャッキャッとやるのである。

それでも知らん顔をしていると、我慢してじいーっと様子を考えているらしく、「どうも机のところにいるな」と思うとやがてホウ、ホウとすすり泣くような声を出す。よくまあ根がつづくなと思う程に鳴きつづける。

うるさいというよりは、とてもどうにも可哀そうで、いつ迄、そのままでは置けなくなる。立って行ってつれて来る。仕事をしている胡坐の中で、これで満ち足りたという顔をして、すやすやと眠むり出す。

二十五

みなさん、猿の寝言をきいたことがございますか。やるんですよ、やっぱり夢も見るらしく、時々、例のパクをやって、話している表情をしたり、唇を縮めて歯を出して、何にか争ってでもいる顔つきをしたり、時には四肢をぴくぴくさせたり、また時には、眠った

ままで頻りにわたしにしがみつく恰好をしたりする。

一旦わたしに抱かれると、病前はこんなことはなかったが、ひどく聞きわけが無くなって、どうしてもおれの控邸へは帰らないと駄々をこねるのです。

「さ、お前、お部屋へかえるんだよ」

こう声をかける迄もなく、わたしが自分の気持の中で思うと、途端にぴーんと来るらしく、すぐ歯をむき出して、――いうよりは唇を縮めると自然に歯が出る、実に怖いものにでもさわるように、はらはら恐縮の面持で、時にはキッキッと叫ぶ。

そしてしがみつき、からだをぴくぴく動かして、咬みついたりする。いつも痣がつかない程度の強さです。ところが、何にか拍子で、一度それが強く咬みすぎて掌から血が流れ出た事があるんです。なあに牙が深く二本ささっただけで大した事じゃないんだ。が、その時の三ちゃんの狼狽《あわ》てようったらなかったんです。すぐわたしの手へしがみついて、夢中で血を嘗め、傷口を嘗めました。血は暫く止まらなかったがやがて止まりました。

「もういいよ、もういいよ」

その日は何んでもなかったが、次の日から少し腫れ出して痛かった。老妻もおとしちゃんも「痛いでしょう」という。「いや別に、何んともねえな」わたしはそういって、

「お前さんらは、いつも少し騒ぎが大きすぎる。すぐあんな皮下出血なんか、少し異常体質だな」

とうそぶく。実は三日目辺りは、相当に腫れて、紫がかったが、わたしはみんなへは努めてこれを見せないようにした。

三ちゃんは今も駄々をこねてわたしに甘えて抱かれてねている。これからわたしも湯へ入らなくてはならない。その前に例のフラジオマイシンの霧をおちんちんのまわりにかけてやろうと思います。

斯くして、わたしはちっとも原稿など書けない。編輯《へんしゅう》同人諸氏の三ちゃんを「悪猿」と称する所以《ゆえん》でありましょうか。

嫁えらび

猿は六歳が成年である、五歳と云えばもうお嫁さんが欲しい年だ、じりじりして自分で手足をかんだり、毛をむしったりするものです、三ちゃんにそんな事はありませんかと問われた。うっかりしていたがそう云われれば、確かにそんな事をやる事がある。

さあこんどはそれが夜も昼も気になり出した。わたしが縁側へ坐って猿を野放しにして置くと、ちょこなんとわたしの胡坐《あぐら》の前へやって来る。わたしが手をとって顔を見ていて思わず、

「お前、もう嫁さんを貰《もら》わなくてはなあ」

と口に出る。気になるといよいよ猿の突如として足を咬《か》んだり、手を咬んだりの動作が目について来る。

日本モンキーセンターの田中一男先生にある時この事をおたよりした。上野の福田さんも、

「やっぱりお嫁さんは貰ってやるべきだ」

という。わたしもその気である。田中先生が、

「ではいい牝《めす》を一匹お取持ちしよう」

と親切なお手紙を下さった。が待てよ、わたしは土壇場《どたんば》でだらしなくも迷って終《しま》うのである。そりゃあ貰ってやりたい。しかし、その可愛い牝がやって来たらいったいわたしと猿との間はどうなるか。

この五年の間、猿一匹と一人のわたしが仲良くくらして来た。わたしは猿と居る時は、家庭も忘れ、大切な仕事も忘れて、いつも只一人になって猿へ飛込む。猿は自分の「箱」に入っていてわたしの姿を見ていなくてもわたしの一挙手一投足はわかっているのである。わたしの居るところが変る度に、キャッキャッと叫ぶ。多分こっちへ来いといっているのだろう。

わたしが机へ坐る時は猿の居場所と一番接近する事になるが、二、三度キャッキャッというが、それからは諦めて、仕事をしている間はおとなしくしている。しかし仕事が終ったらもううるさい事甚だしい。

わたしは仕事をしていながらひょいと猿を思い出す。どうしているか、いま箱の上の段にいるか、下の段にいるか、寒くはないか、毛布は入っているかな。

ここへお嫁さんが来たらどうなるか。猿とわたしの愛情の繋《つな》がりは、果して今と同じでいられるかどうか。猿の愛情は当然牝へ行く、それでもなおわたしを父のように思いつづ

けるかどうか。猿は猿同士である。もしひょっとして愛がその牝だけに移ってわたしを忘れるようになって終ったらどうしよう。忘れるどころか、却《かえ》って自分達夫婦のためにわたしを邪魔にするかも知れない。そうなったらわたしはどんなに淋しく、悲しいか。

それにも一つ、わたしは二匹の猿を全く同じに愛さなくてはならないだろう、名を呼ぶにしても同じにしなくては不平を抱くだろう。こうした他人行儀な気がねや配慮が却って猿とわたしの気持の中に空々しいものを芽生えさせて、わたしの猿を淋しがらせ、わたしを淋しがらせるような結果になる事はないか。

こう思うと、折角送ってやるといって下さる田中先生に、わたしははじめ自分で頼んで置きながら、まことに相済まないが生返事をするより外ない気持になって終う。わたしは「大きな小屋を建ててから嫁さんを迎える事にしたいと思いますから」というたよりをして、それから今日もなお、猿の顔を見る度に、みなさんが想像もなさり得ない程の深い苦《く》悶《もん》をつづけている。

顔は成熟した立派な顔をして、顔の輪郭の毛をふさふさに張ってわたしを見詰めている。変らぬ愛情で——。

嫁さんは貰ってやりたい。が勝手だがわたしは淋しい思いをしたくない。猿がわたしを去った時のわたしの惨《みじ》めさをわたしは知っている。

三ちゃん追悼記

一

わたしは辰年《たつどし》の生れである。ことしはその辰年だからきっといい事があるよというのでよろこんでいたら、何あんのこった、正月早々老妻が胆嚢《たんのう》を病んだ。大したものでは無いが寒いからというので暖い病院へ入れた。

何にやかや気ぜわしくしていると、その月の末に三ちゃんがどうも調子が悪い。夜は大タオルにくるんでわたしが抱いてねていたが手足がいつも冷たいし軽いがつづけて咳《せき》をする。それに夜はもちろん、昼もわたしから離される事を大変忌《い》やがる。

獣医さんは「風邪でしょう」といって気軽るに注射などをして帰るが、わたしにはどうもそんなもんじゃあない、ひょっとして心臓じゃあないかなと思った。自分が心臓をやっているからどうもそんな気がするのかも知れない。

それに不思議なことは三ちゃんは、骨軟症をやって両腕が肩からはずれたようになっていて物を握ることができないので、三度の御飯はわたしが胡坐《あぐら》に抱きこんで、あーんあーんをさせながら茶碗から箸で食べさせるのである。それが丁度正月廿九日の夜からしっかりと力強くわたしの手を握りしめるようになった。

日本ではワクチンだの何んだのと生きている猿の命まで奪って、血をすすり肉を食うように悪《あ》くどく利用はするが、一旦病気にかかった時にこれをなおしてくれる猿の臨床医学の方はいっこうに進んでいない。

時が経つにつれて非常に心配になって来た。

二

三ちゃんが二、三度苦しそうな咳をしてわたしにしがみついて死んだのは一月卅一日午後四時廿五分。死ぬ前に何度も首を延ばして次の座敷との合の襖《ふすま》の方を見るようにした。老妻がいつも入って来る方である。

「おお、おかあちゃんか——。おかあちゃんはな、病院へ行っているんだよ。どんなにお前の事を心配してもここへ来る事は出来ないんだよ」

何度も何度もそんな事をいった。

丁度その日は骨を刺す氷雨《ひさめ》がぴしゃぴしゃ休みもなく降りつづいて居りましてね。日が暮れかけて座敷の中はぼんやりと暗くなって来ましたよ。

三ちゃんは七歳。これが生れて九箇月でわたしへ来るもっと以前から、お手伝さんに来ているおとしちゃんが、からだを慄《ふる》わせて泣きじゃくる。わたしもそれにつられて泣きながら、

「おい三ちゃん、お前はな、赤ん坊の時からおれのところへ来て、人間というものの中でばかり育ったんだからお猿の言葉は知らないんだ。冥土《めいど》へ行って仲間と逢っても、挨拶《あいさつ》をすることも出来ないだろう。な、だから三途川《さんずのかわ》の辺りへ行ったら、そこで遊んでいておとうちゃんの行くのを待っているんだぞ。おとうちゃんももうそんなに長くは生きていない。な、きっと娑婆《しゃば》からやって来る人間の来る方に気をつけて、待ってなさいよ」

三

わたしがそういうとおとしちゃんはいきなりわたしにむしゃぶりついて「忌やだ忌やだ、そんな悲しい事をいっちゃあ」と、まるで気が違ったように叫んだ。

おとしちゃんはもう何十遍となく三ちゃんに咬《か》まれている。左手の親指の付根へ直角に牙《きば》を突立てられて医者に一と月も通った事もあったが、われら老夫婦の次に心から三ちゃんを可愛がるのはこの娘であり、また三ちゃんが、われらおとうちゃん、おかあちゃんの次に慕っているのはこの娘である。

四

三ちゃんはその夜の中にお葬いをする人に来て貰って納棺した。バナナも沢山あったし、ぶどうも林檎もあったからみんなお棺へ入れた。そしていつもわたしが御飯を食べさせる茶碗と箸も入れて、その一と夜は、わたしと頭を並べるように棺をおいて明かした。

翌日、みんなで玄関まで送って三ちゃんはお葬い屋さんの手に渡り、夕方お骨《こつ》になり小さな素焼の壺《つぼ》に入り白い布で包まれてまた帰って来た。

わたしの坐る机のところから真っ直ぐに見える庭の紅梅の枝の下に、この三ちゃんがわたしのところへ来て間もなく十四歳で死んだ老犬が葬られた小さなお墓がある。

三ちゃんのお骨もすぐここへ一緒に埋める気でいたが、おとしちゃんはいう。

「病院の奥様には三ちゃんの死んだ事もまだお知らせしていないのです。三ちゃんは最後まであんなに奥様を待ったし、せめてお骨でも奥様がお手にしてやっていただかなくては可哀そうです」

そういえばその通りだ。丁度三ちゃんの百箇日に当る日に、偶然、老妻は元気になって退院して来た。

三ちゃんのお骨箱を見てびっくりして真っ蒼になった。今日もなお、老妻には、あの臨終の時に、老妻を待兼ねたらしい三ちゃんの様子を話さずにある。しかし折しもの百箇日に土を掘って三ちゃんの骨壺を葬むる事から、みあかし、お香悉《ことごと》く老妻一人の手でやった事を三ちゃんは地下でどんな顔をして見ていた事か。多分口を少し尖《とが》らせてホウホウとあの可愛い声を立てようとしていた事だろう。

追　慕

一つの物を二つにわけ合って食べたサルの三ちゃんを去年正月早々失って、それ以来不思議な胸の痛手にわたしはろくに本も読まず、ほとんど何処《どこ》へも遊びに出なかった。ことしはいつまでそんな事ではいけない。一つ大いに元気を出す。

きょう芝生のすっかり枯れた庭の真ん中へ出てぼんやり青い空を仰いでいたら、まるで絵にかいたような白い雲が実に悠々と流れて行く。何んの屈託もなく、そうかといって力みもせず、あるがままにあるという風貌《ふうぼう》の大人に接する気持がした。わたしもいつもこんな心境でいたい。

しかしやっぱりだめだ。三ちゃんの死んだのをきいて、それではいい日本ザルがいるから進呈しようなどといって下さるお方がある。夫婦でいるのがあるから二匹ともやろうといってくれる人もある。がわたしには、もう自分自身が年をとっていまサルを飼って彼に楽しい日々を送らせてやれるという自信がないのである。

一緒に庭へ出て追ったり追われたり、木の枝へ登ったのを追いかけて抱きこんだりは、どう頑張ってもとても出来ない。サルは自分の信頼するおやじがこんなに元気がないならば、きっと面白くないだろう。やっぱり、死んだ三ちゃんとの楽しい生活を最後の思い出として、もう、新しいサルを飼う事をよした方がいいかも知れない。

いつだったかぼんやり上野動物園へ行っておサルさんの運転をやっている汽車が走っているところね。あすこへ行った事がある。ところが、妙な錯覚であの運転手サルさんの顔がはっきりわたしの胸深く抱かれて死んだ三ちゃんに見えた。わたしはもう少しで声をかけようとした。途端にサルがこっちへからだをぐーんと乗り出してキャッ、キャッと叫んだ。

運転をしているといってもしばられてただあすこに乗っているだけだから、からだは自由になる。ほとんど汽車から落ちるくらいに身を延ばし「抱いておくれよ」というように両手を出してキャッキャッと連呼したが汽車はだんだん遠のいて行く。サルさんはこんどはホウホウと物悲しそうなきごえを残しながら遠のいて行った。次にまたわたしの前へ来た時はいよいよ烈しく地団駄をふむように足を力一ぱいぴょんぴょん飛び上がりながらキャッキャッと絶叫しつづけて、また遠のいて行く。ホウホウ、わたしの腸《はらわた》へしみるような哀れさである。わたしは、もうそこにいるには堪《こら》えられなくなって、広場の方へ逃げるようにかけ出した。

一緒にいた友人、園の飼育課長をやっている福田信正さんが「これあ不思議だ」と何度も首をふっていた。サルを愛しサルに愛されるうれしさと共に、わたしはこの時のようにサルを心にどう思ってもどうしてもやれない事のあるのを思うと、また飼うべきかようすべきか、今もしきりに考えている。

ジロの一生

一

妙なイヌである。どんな無愛想なイヌでも家人を見れば一応は尾をふる。ところがジロは尾をふらない。ただ黙って傍《そば》へ寄って来て、そうーっとからだをすりつける事もあるが、多くの場合、ぷいと踵《きびす》を返してそっぽを向いて離れて行って終《しま》う。そうかと思うとうれしくてうれしくて堪《たま》らないというような恰好《かっこう》でいきなり泥足で私や家内の胸元へ飛びついて来たり、時々はさっと股倉《またぐら》をくぐりぬけて、不意にうしろから、今度はふんわりと脚のふくらはぎへ咬《か》みついたりする。

尾をふらないばかりでなく、おまけに殆《ほと》んど吠《ほ》えないのだ。唖《おし》だろう、いやそうではあるまい、ゆうべ庭でイヌが吠えた。あれはどうもジロらしかったという。そんな事がよく話題になった。

しかしそれがある時、庭にいて、ふと私が縁側へ出て行ったのを見ると、出しぬけにたった一と声、たった一声だ。

「わーん」

と吠えた。いい声であった。ジロが吠えた、ジロが吠えた、家内中が大さわぎで、ジロの唖でないことだけはやっと明らかになったが、それっきりジロの生涯に於て、私は一度も吠えたのを聞かずに終ったのである。

ジロは俗に鬣犬《たてがみいぬ》と云う。真っ白で、頭から背へかけて、ウマのたてがみのように白い毛が割合に目立つ程度に延びている。生れて十一ヵ月で、イヌ屋さんが飛騨から私のところへつれて来たのだが、四貫目位だった。純粋のものかどうかは、私はこのジロより外に鬣犬というのは見ていないからわからない。

冬で、朝からびしゃびしゃびしゃびしゃ霙《みぞれ》の降るひどい寒い日であった。知合の家に不幸があって私と家内は日の暮れから、俥《くるま》でそこへ出かけて行く。その頃住んでいた東京の大森というところは、戦争が終る迄人力車があった。少し横へ入ると道幅が狭かったためもあるが、これを利用する人が相当に多かったからだろう。

知合の家は馬込の奥にある。家を出る時、ジロが俥の傍でまごまごしているので、

「遠い家へ行くんだ、寒いから、お前ついて来てはいけないよ」

私はそういって乗った。

二

十二時までお通夜をして、頼んであった俥屋さんが迎えに来てくれたからさて帰ろうと外へ出た。

やっぱり霙で、夕方よりはもっとひどく、水びたしの綿をぼたぼたと千切り落すようになっていた。ひょいと見ると、びっくりした。真っ暗な中に、びしょびしょぬれでジロがいるのである。

「まあ」

家内もびっくりして、

「お前、どうして来たの」

とそばへ寄った。しかしジロは例によって、尾をふるでもなく、別にうれしそうな様子もしない。ただ、きょとんとしているだけであった。

「こ奴《いつ》め、ほんとにおかしな奴《やつ》だなあ」

私は軽ろく頭を叩いてやった。水へ突込んだようにびっしょりと手がぬれた。

俥屋さんは、

「わたし共が参りました時には、もう、この犬はここにいましたよ」

という。

「幌《ほろ》が下りているのでわからなかったが、夕方、来た時にここまでついて来たのだろうかねえ」

「いいえ、来ませんでした、あん時は」

「おかしいね、それじゃあどうしてここにいるのがわかったのだろう」

「そうですねえ」

私はそのまま俥へのり、暗い霙の中をあれから家まで、坂を下ったり上ったりして帰って来る。

「俥やさん、イヌはついて来てますか」

家内が何度もそうきく声がした。

「へえ、一緒にいますよ」

その度に俥屋さんが答える。

三

私は家の二、三丁も前で俥を下ろしてもらった。暗い中を霙にぬれて、ただ一人淋しくびしゃびしゃ走ってついて来ているジロの姿を思うと、どうしてもじっと俥へのってはいられなくなったからである。

家内も下りましょうかというが、いいよ先きに帰っていろよといって、私はジロとただ二人で、傘をさして上りの坂道を歩るいていった。時々びしょぬれの頭を撫でてやる私の手は凍りそうになるが、ジロはうれしいのか、うれしくないのか、ただ、ちらっと上目遣いに私を見るだけである。

家へ帰って、大さわぎで、乾いた古タオルでからだをふいてやったが、ジロはやっぱり一度も尾をふらず、間もなくまた暗い外へ出て行って終った。

ジロの無愛想はその後、日を経ても依然として変らない。ほえない、尾をふらない不思議なイヌがそれからずっと私達と生活を共にした。倅達《せがれ》が学校から帰る時はジロは必らず、三町ばかり離れた街角のソバ屋のところ迄出て来ているという。これもはじめの頃は、

「ジロはいつもソバ屋のところで遊んでいるよ」

といっていた。その中に、庭などで、ぶらぶら遊んでいるジロが、ふいっと居なくなると間もなく、家族の誰かが、どこからか帰って来るということに気がついた。

「ジロはあの辺で遊んでいるんじゃないんだよ。お前たちを迎えに行くんだ。しかし、それにしても、家にいてよく誰かが帰って来たということがわかるんだね」

ほえず、尾をふらぬジロの不思議にもう一つこの不思議が加わった。日によって帰る時間のまちまちなのが、本当にどうしてわかるのだろう。

その不思議のまま、二年半、およそ三年を過した。

四

春であったと思う。同じ大森に住む一関国郎さんという秋田の人が、お前にこれをやるといって、純粋な立派な大型のイヌをご自分で引っ張って来て下さった。一関さんは、大地主でしかもこの道の権威で、秋田の犬型に一関犬という特別な一つの名がある位である。

ジロとは違って、十貫余もあって、強いて云えばこれがただ一つの欠点だという位にゴマ毛のふさふさとした実に雄大なイヌ。これが私の家庭に新たに加わった訳だ。からだは大きいが、極く気の優しいイヌで、私のところへ終始来る人達は、後ちにみんなこれとおなじみになって、可愛がってくれて、パンを買って来てくれたり、中には肉をどっさりと買って来てくれる人もある。アカと云った。

丁度このアカの来た時は、ジャンパーを着て私は庭へ出て、芝生に胡坐《あぐら》をかいて、ジロと遊んでいる時であった。

「一関さんが、大きなイヌをつれてお出でなさいましたよ」

という声をきいて私は、

「おう、そうか」

ジロを忘れてあわてて立ち上った。実は一関さんから前ぶれがあって、私は今日か今日かと、そればかりを待っていた時である。

ジロをほったらかしてそっちへ飛んで行った。私に飛去られたジロは、いつ迄もぼんやりと、私のうしろを見つづけていたような気持がする。

私はアカの綱を一関さんから受取って、今、ほったらかして来たジロの方を見た。正直にいうと、それはジロがどうしているだろうという気持ではなく、ジロは予《か》ねてひどくケンカの強いイヌである。強いばかりでなく第一上手だ。街の行きずりにどこかのイヌとケンカをする時など、きびきびと実に胸のすうーっとするようなケンカをする。これを知っているから、万一、このアカに向って来やしないかとそれを心配したからである。

五

ジロはつかつかとアカへ近づいて来た。

ぴーんと耳を立て、鬣《たてがみ》を逆立て、いざという構えをはらんでいるようである。

「ジロ！　こらッ」

私は怖い顔で精一ぱいに怒鳴りつけた。

「アカにかかったらひどいぞ」

途端にジロは耳を左右に伏せるようにして、鬣をしずめ、腰を落して小さくなりながら、はうような恰好で、私の傍からはなれて行った。

今にして考えれば、ジロはこの時どんなに忌《い》やな思いがした事だろうと思います。アカが来たと聞くや、たちまち今まで遊んでいた自分をほったらかして、主人はさっさとその新米ものの方へ行って終った。それればかりか、その新米ものにかかってはならぬと、あんな怖い顔をして自分を睨《にら》みつけた。それればかりか、自分が、どんなに主人を慕っているか、それはわかっているだろうとばかり思っていたのに――こんな悲しい気持がしたであろう。

ジロがしょんぼりと私を離れて行ったあの時の姿が、今もはっきり眼の中に残っていて痛ましくて堪らない。みぞれのあの夜にびしゃびしゃと私について歩るいていたジロの姿と共に、私は思い出すと、本当に胸がこみ上げて来る。

それにしても、アカはジロとはおよそ反対にひどく愛嬌もので、私を見ると、もうどうしていいか堪らないというように、からだをすりつけて、人間のような声でくうーんくうーんと鳴くし、よく吠えもし、番もする。誰かが訪ねて来ると、ベルが鳴る前に必らずアカの一声吠えるのが、家の中へ響いて来る。からだが大きいから声も太い。

子供達のいい遊び対手にもなるし、家人の顔を見ると、すぐ尾をふって飛びついて来る。よく人の言葉もわかるようである。

六

それに第一、風貌が飽迄《あくまで》も立派である。しかも門外へは一歩も出ず、家の誰かが裏へ出れば何処からか裏へ飛んでくるし、表へ出ればまたそこへ飛んで来て頻《しき》りに愛嬌をする。

「利巧ですねえ」

こんな話がいつも出た。

こんな訳だから、愛嬌の点でも、風貌の点でも、ジロはひどく貧弱に見えるのです。自然いつの間にか、知らず知らず家内中の愛撫《あいぶ》がアカに集まって行く。せめて主人一人だけでも自分への愛情をかえないでいて呉れるのを、ジロはどんなにか心の中で祈った事であろう。

しかし、考えて見ると私の愛情もまた知らぬ間に無愛想なジロよりは、愛嬌のいい堂々たる風貌のアカへ移っていた。ジロはとかく疎外されるようになった。

ジロはふとしたはずみに、アカに対立して今にもケンカをはじめそうになる。ぷうーっと唸《うな》って牙《きば》をむき出すところまでは時々行くが、そんな時には、定って自分が叱られ、またはなぐられたりするのである。口惜《くや》しかったろう。

でも、ジロはやがてアカに対して、少しの敵意も示さなくなった。それにどういうものか、与えられた食事も半分も食べなくなったし、私の傍へも、家内の者の傍へも余り近寄らなくなって終った。

桜が咲いていたが、ある日その木の下にいて、まるで自分などを無視して勝誇ったようなアカに送られて、外出する私を、じっと見ていた淋しそうなジロの姿が、今も私の忘れられないものの一つである。

　それからものの一と月と経たない中に、ふと、近頃ちっともジロの姿の見えないのに私は気がついた。

「ジロはどうした」

「三日ばかり、ちっとも御飯をたべた様子がないんですけど」

「何処か遠くへでも遊びに行っているのかな」

　女中さんとこんな話をして、また三、四日、忘れていた。

七

「ジロはまだ帰って来ないか」

「その中には帰って参りましょう」

　こんな話を三、四度も繰返したが、ジロはやっぱり帰っては来なかった。それっきりジロは何処へ行ったか、私の家族の誰一人にも姿を見せなくなった。

　夏になった。

　私の一家は、子供達のために、いつもの年のように鵠沼《くげぬま》の海岸の小屋へ移った。僅《わず》かな荷物と一緒に、アカがオート三輪車へのっていた。鵠沼と東京は十三里の距離だ。

　汽車で三輪車よりは先きに、この海岸の駅へ着いた私達は、小屋まで行く町の往来で、思わず声をあげて棒立ちになった。

ジロが私の夏の小屋の一町も手前の通りに、あっ、あの時のように、耳を左右に開らき、腰を落して、私達を迎えたからである。

ジロは前年、ここで私達と二た夏を過ごして、元より知っている。

「ジロ――」

私は抱きかかえてやった。ひどく痩《や》せて、はっきりと骨を感じ、眼が落ちくぼんでいるのがわかる。

誰もいない、雨戸を釘《くぎ》づけにした私の夏小屋で、ジロはただ一人で、幾日かを過ごしていたのである。

近くの人達にいろいろきいて見ると、懇意な農家へ行っては食物をもらったり、夏の取りつけの肉屋さんへ行っては骨や屑肉《くずにく》を貰《もら》ったりしていたことがすぐわかった。

農家では、犬が来ているから、誰方《どなた》かが見えているのだろうと、何度も行って見たが雨戸が閉ったきりだし、おかしいなあと思いながら、とにかく、時々、御飯をやっていたという。

肉屋でも、皆さんが見えていられるのだと思って、行って見たがいない。これはどなたか見えたのだが、何にか用事が起きて、犬だけ残してまた東京へ帰られたのだろうと思って居りましたという。

八

庭へ出て、芝生で胡坐の中にジロを抱き込んで、いつ迄も頭を撫でてやった。

「お前は、どうして、誰もいないこんな遠くまで、来ていたのだよ、心配するではないか」

私はひやりとする鼻へ手をやったり、口の中へ指先きを入れてやったりしながら、こんな言葉を繰返していながら、何にかしら涙がこぼれて来て終った。家内も脇《わき》から涙ぐんで頭を撫でて、

「ほんとにお前、淋しかったろうねえ」

という。私は思った。そして家内へ、

「おい、ジロはなあ、アカが嫌いで嫌いで堪らないんだよ。こんなところへ、二つ一緒に置いては、きっとケンカをするだろうし、可哀そうだから、おれはジロをつれて、また東京の家へかえるよ。ジロをあっちへ置いて、また二、三日して帰って来る」

そう云って、やがて肉を買ってジロにだけそれを充分に喰べさせて、三輪車の着くのを待って、アカは家内へ渡し、私はジロと一緒にその三輪車へのって東京へ帰って来た。この三輪車の上で、ジロは私の胡坐の中へ首を突込んで、鼻先きでぐんぐん股を押したり動かしながら、うれしくてうれしくて堪らないというような様子をしていた。

それから、私はジロと唯二人で東京で暮らしていた。寝そべっていると、座敷へ上って来て、私の傍に並んで、同じように長々と寝そべっていた。

九

子供達が嘻々《きき》として海へ入っている有様を思い、それに第一、暑くて堪らないし、私も海岸へ行きたくもあるが、このジロの様子を見てはどうしても一人これを残して行く事は出来ない。

こんなに、こうした生活をよろこんでいるジロが、また私の姿を失ったならば、どんなにか悲しみ、淋しがるだろう。そうかと云ってアカのいる鵠沼へ、再び私の後を追う気にもなれないだろうと思うと、可哀そうでならない。まだアカのいない頃の夏の海岸の生活がジロにとってどんなにうれしかったろう。それを思い出して十三里の道をただ一人しょんぼりと歩るきつづけて行った姿を思い出すと、どんなにジロを可愛がっても、可愛がり足りないような気持がする。

子供達が待っているから早く来てくれと家内から電話が来た。

「でもジロがなあ、またこっちで一人ぼっちになるからなあ」

こんな事をいったが、それから七日ばかりもして、ジロの事を気にしながら——それあ本当に気にしながらも、私はやっぱり鵠沼へ出かけて行って終った。ジロの食物の事や何にかは、留守をしていてくれる者へよくよく頼んで……。

鵠沼から私は毎日東京へ電話をかけた。

「ジロはいるか」

「今日は朝の内はいましたが、今はいません」

こんな日が幾日かあった。

夏休みが終って、私達は再びアカと共に東京の大森の家へ帰って見ると、ジロの姿がない。五、六日前から、何処かへ出かけて、それっきり、ちっとも帰って来ませんというのである。

十

出入りのいろいろな人にきいて見た。蒲田の肉屋の前の通りすがりに見たという人。六郷の橋のところにいた白い犬が、どうもお宅のジロらしかったという人。いや大井の万福寺の前を尾を下げてまるで病み犬のようにとぼとぼと歩るいていたという人。

私も方々出歩るいて探した。が、見当らない。しかし、それから幾日も経たない中に、私はジロを大森の駅前で発見したのである。改札口の前にいて、誰を迎えるでもなく誰を送るでもなく、毎日毎日をすごしていたという事を駅の人からきいた。

「おい、ジロ」

私が声をかけると、ジロはいきなりぱっと飛上って、泥足を私の胸へかけてなかなか離れようとはしないのである。丁度ぴしゃぴしゃと初秋の糠雨《ぬかあめ》の降る夕方であった。

「さ、家へかえろう」

ジロは私のうしろについてぴしゃぴしゃと家へ戻る。

ややもすれば遅れ勝ちになるジロに気がついて私は時々立停っては、

「ジロ、ジロ」

と呼びながら、もうすぐで家だという街の角の蕎麦《そば》屋の前まで来たが、ここでジロは出しぬけに私の側へ駈け寄ると、うしろから、脛《すね》のふくらはぎの辺りを、いつもよりは余っ程強い力でわっと咬んだ。

「こら、何にをする。さ、来いよ来いよ」

私は歩るき出したが、ジロは糠雨の中にじっと立ったままで、もう私については来ないばかりか、踵《きびす》をかえして、そこから、しょぼしょぼと駅の方へ引返して行くのである。

「ジロ、ジロ」

私は追いかけながら幾度もよんだ。それあもう叱るような声で呼んだ。が、ジロはやがて足を速やめて振向きもせずに、とっとと行って終った。

十一

それっきり、ジロは二度と私の家へは帰って来なかった。しかし何処へ行って終ったというのではない。大抵は駅の付近にうろうろしているという事が直ぐにわかった。

私は幾度となく綱を持って、これを首輪につないで、つれ戻しに行ったが、そういう時はジロは実にうれしそうに、私により添ってとっとと歩るき、途中で時々、思い出したように飛びついたり、股の間へ無理に入り込んで来て、しきりに鼻をすりつけたりするが、曲り角の例の、蕎麦屋の前まで来ると、ここで定ったように、ぴたりと停って終うのである。

「どうしたんだ。さ、歩るけ歩るけ」

しかしジロは私の引く綱とは反対に、精一ぱいの力で、また駅の方へ引返そうと、ずるずるずるずる後ずさりをして、こっちがどんなに力を入れても、引戻す事は出来なくなる。はじめの中はジロの望むままに、ここからまた駅の方へ帰してやっていたが、幾十遍繰返しても、同じ事なので、遂には私ばかりでなく、家中の者もあきらめて、もう綱を持って駅へ引張りに行く事は、やめるようになって終った。

私は何にか仕事をしていても、ふとジロを思い出す事がある。そういう時は、すぐに駅の近くへ出て行く。よく家内と一緒に行ったが、あの辺へ行って、一、二度口笛を吹くと、ジロは思いもしない辺りから、真一文字に飛び出して来たものである。

一と月、二た月と過ぎる。

子供達は、学校の行きかえりに、駅の辺りでジロと遊んで、それから蕎麦屋の、角まで送られて帰る。ジロは実によく子供達を発見しては、飛んで来たという。

私は時に食物を持っては駅の辺へ行った。しかしジロはいつもそんなにお腹をへらしている様子はなかった。

だんだん近所の肉屋さんや中華料理屋さんなんかとも馴染《なじみ》になったようだし、私も時々そこへお礼に行ったりしたので、いい塩梅《あんばい》にひもじい思いはしなかったようである。

一年すぎた。

十二

放浪しているジロに衰えらしいものが見えはじめた。

それに往来の向い側を歩るいていて、こっち側の人道を通る私を発見出来なかったり、口笛を吹いて呼んでも少しきょろきょろして四辺《あたり》を探すというようになって来た。ひどい時などはすぐ横を私が通って、

「ジロッ」

と言葉をかけるまで気がつかぬことなどがある。

「ジロはどうも病気らしいね」

そんなことが家の中の話題になった。本当にそうかも知れない。

それから間もなく、私は親しい獣医さんと一緒にジロのところへ行って、早速往来の片隅で診察をはじめたが、獣医さんのいうには、

「今別にこれといって悪るいところもないが、やっぱり年だからヒラリヤがわいているようだ」

とのこと。心臓の中に、あの素麺《そうめん》のような細い白い虫の一ぱい湧く病気で、そういえば診察中にも時々妙な咳をした。大体があの病気につかれたとすればジロの運命も、そんなに長くはないのである。

この上は、せめて何んとかして家へ連れ戻して来て、出来るだけの療養をさせてやりたい。

そうは考えるのだが、それからいろいろやっては見ても、このイヌを再び家へつれて来る事はほとんど不可能と諦めるより外に方法はなかった。

その年、暮に迫ってからである。二、三日冷たい雨の降りつづいた後で、きびしい寒むさの夜であった。お負けに少し風立って、もう九時を過ぎていたろう。みんな寝かかっていた。

十三

台所口を出た外井戸の流し場で何にか残りの仕事をしていたらしい女中さんが、

「あら、ジロが帰ってきました」

と余っ程驚ろいた調子で大きな声で叫ぶのが聞こえた。私達は、子供達と一緒に着物を解きかけていたが、声と一緒に私はもう立ち上っていた。家内も子供もうしろについてどかどかと台所へ出て行く。

「ジロか、ジロか」

驚ろきと、非常なよろこびに少し興奮した私達の出て来た事を眼の前にしながら、ジロは何故かこうみんなの視線を避けるように、はうような恰好をして、その井戸の前にある物置の暗いところへ、こそこそと入って行くのである。本当なら飛びついて来て、私のそこら中を嘗《な》め回すか、足などへ軽ろくかみつくかする筈《はず》だ。

この時アカは表玄関の方にいる。雨が降れば絶対に一歩もイヌ小屋の外へは出ない。足をぬらす事の何よりもきらいなイヌである。元より裏にはいなかった。

「おう、ジロ、お前よく帰って来たな、よく帰って来た」

私は、その辺にあった履物を突っかけて、ジロの後を追って物置へ入った。

何んだか、妙にくさい臭いがぷーんと鼻をついた。

「妙だな」

私はひとりごとをいって、

「ジロ、ジロ」

と呼びながら、

「おうい、誰か懐中電燈を持って来いよ。ジロは真っ暗なところへ潜り込んで終ったよ」

「どうしたんでしょう」

家内が入って来て、

「おや、変にくさい臭いがしてますね」

「そうだよ」

私は、子供が電燈を持って来るのを待ちかねて、そっと手さぐりでジロのいる方へ寄って行った。

十四

ジロは自分のからだへさわる私の手を嘗めた。ジロの毛は何んとなくめためたして、さわった手がそのまま毛の一本一本に粘りつくような感じがした。

昼も夜も、駅の周囲の雑踏の中にうろうろして、塵芥《じんかい》を浴び、時には雨にも打たれ、敷わらもない寝床に全く野良犬と同じような寝起をしていたためであろう。

「おい、ジロ、どうしたんだ」

私の手は、突然、ひどく不気味なものに触った。思わず、ぎょっとして、

「おうい、早く電燈を持って来い、早く、早く持って来い」

私の声の調子が余程どうかしていたのだろう。子供がそれを持ち女中さんもあわてて物置へ入って来た。

ジロは懐中電燈の光の内にはっきりした。

「あっ！　こ、こ、これあどうしたんだろう」

私は息が止まりそうであった。私ばかりではない、みんなも、息をのんで言葉は出なかった。

「おい、これあ大変だ。みんな手伝え、台所の中へ抱き入れるんだ——誰か、莚《むしろ》でも茣蓙《ござ》でもいい、持って行って敷いて置くんだ」

やがて、私や子供達に抱きかかえられて台所へ運び込まれたジロの姿——何んという悲惨であろう。ジロのこんな姿などはかつて一度も夢にも考えた事はなく、他のどんな犬にもこんな惨酷な姿は見たことがない。

きりりと巻いた尾は、その附け根からずばりと斬《き》られて、青い骨が僅かに顔を見せ、尾そのものは、皮一枚で巻いたままの恰好でまるでそこへ置き捨ててでもあるように危うく繋がっているのである。左の脚は、これも殆んどその附け根から斬落されて、へし落され

たような骨が、一寸ばかり露出し、肉は白く縮んでぐしょぐしょと水のようなものがにじみ出している。

しかし血だけはもう止まっていた。

十五

眼は落ちくぼみ、青く濁って、もう、半ばうつろである。

「まあ、ジロ」

家内が真っ先きに泣き出した。私は尾へさわって少しばかり引いて見た。しかしジロは少しも感じないようである。生涯の間、主人にさえこれをふってその愛情をあらわす事の出来なかったジロの尾は、遂にそのまま、ジロのからだから切りはなされて終ったのである。

ジロはそのうつろな眼で、私を見、家内を見、子供達を順々に見回している。その眼の鈍さは、もう何にもかもあきらめて、私達に静かに最後の別れを告げているようでさえあった。

もう遅いので、獣医さんに来て貰うということも出来ない。また来て貰ったところでどうにもならないことである。余りにも不遇に生れついた痛ましいこのイヌを、私はどうしていいかわからない。一体まあ、どんな奴が、こんなひどい事をしたのであろう。そしてまた何処で、どんな場合にこんな事をされたものだろう。如何《いか》に、浅ましい鬼のような人間の多い世の中とはいい乍《なが》ら、よくも斯程《これほど》までに、おのれ自身を恥しめるような行いが出来たものである。ひたすらに人を慕い、人に従っている純情な動物に、こんな残虐を敢《あえ》て して、こころよしとしている人間がいるのである。

素人の私が見ても、正に日本刀のようなもので、不意に斬りつけたに違いはない。よく眼も見えず、耳も遠くなったと思われるジロが、自分の過失で自動車や電車にやられたのでない事は太股《ふともも》から上に少しの異状もなく、骨の切口から見てもわかるのである。

「どうしたらいいか」

その夜は更ける迄、家の中でそんな言葉が繰返された。

私は床へ入ったが、いつ迄も眠むられない。

十六

ジロはこんなからだになっては、もう到底、永く生きては行かれない。若し生き得たとしても、太股から片脚のない、尾のない、みじめなジロの老いさらばえて行く姿を考えて、私たちは毎日毎日、とてもこれを見ているに忍びないであろう。

もしまたその姿で、ひょろひょろと再び駅の方へでも行ったら、無情な人達に如何にさげすまれ、汚ながられ、卑しめられ、石などを投げつけられたり、打たれたり、蹴《け》られたりするであろう。

私は決心をした。

これは明朝獣医さんに来てもらって、何にか安らかに死ねる注射をしてもらうより外はないとね。

しかし考えてみると、こんな大怪我をした自分を助けてくれるのは、あの主人より外には誰もない。醜い姿を主人に見せることは、身を切られるよりも辛いが、やっぱりあの人のところへ行こう、ジロはその惨害を受けた瞬間に、一番先きに私の顔がその眼の中に浮んだに違いないのだ。

助かりたい、助けて貰いたい——そう思ってこれ迄帰りたくて帰りたくて、それでいて帰る事の出来なかった自分の家へ、アカという忌やな奴のいる事も、何にもかも忘れて、あの不自由なからだで、何処からか、あのぶら下った尾をずるずる引っ張って来た気持を考えてやると、私の決心は果して正しいかどうか。

ひょっとして、私の気持は氷より冷酷で無慚《むざん》なのではなかろうか。

十七

私はジロを殺そうと思っている。私にさえ取りすがれば、必らず助けて貰えると思っているであろうに、私がこんな事を考えていいか——私は些《いささ》か慄然《りつぜん》とした。

みんなも恐らく反対するだろうと思って、切出すと、一番先きに最も強く反対するだろうと思っていた家内が、

「わたしもさっきから、それを考えていました。ジロは苦しいからだを引きずってこの家へかえって来たのでしょう。でもなまじこれを生かしておいてもジロのこれからは決して幸福ではないと思うんですよ。可哀そうですが、そう致しましょう」

といった。

「どうだ、お前は殺す事に賛成か反対か」

私は子供達へきいた。

「お母さんのいう通り、生かして置いても却って可哀そうかも知れない。殺しましょう」

とみんないう。

「よし、それで話は定った。では明朝獣医さんとも相談してやる事にするが、今夜はこのまま家の中へ置こう」

それから食事をやった。ジロはずいぶん腹が減っていたようである。そんなからだで、驚ろく程食べた。

私は十二時近くまで、ジロの傍に起きていた。

さっきまで鼻へついていた臭さもだんだんわからなくなって、頭の先きに胡坐をかいている私の膝へ、ジロは時々手をかけたりした。

やがて寝床へ入ったが眠むれない。未練がましいが、一体何んの目的でジロを斬ったのか、そしてまたジロがどうしてそれを逃げる事が出来なかったのか。いろいろな場合を想像し、とても眠むれない。

私はとうとう起きて行った。

十八

ジロの莚を私の寝床の前へ敷き、抱いて来てそこへねせた。

しかし、私はとろとろっと眠ったと思うと眼が覚め、また覚めたと思うと眠るが、その度にジロを見ると、いつも、私の方を見詰めている。しかし本当に見えているのかどうか。まるで眼が瞬きもしないのである。

次の朝は雨であった。寒むかった。

馳せつけて来てくれた獣医さんの診断では、やっぱり日本刀でやったに違いなく、血がすでにとまって肉の盛り上って来ている様子から、斬られたのは恐らく十二、三日も前であったろうという。

「そういえば、ここんところ二週間も駅の界隈《かいわい》でジロを見なかったですよ」

そうして見ると、ジロは斬られてから、その苦痛に堪え堪えて、何処かの縁の下にでも潜って血の止まるのを待った。

食わず飲まずで、自分の血をすすり、疵口《きずぐち》を嘗めつづけて、どうにかして家へ帰る程になりたい、それに一生懸命になって、やっと動けるようになったのを待って、家へ帰って来たのであろう。

その疵口を嘗めながらジロは何にを考えていたろう。そのじっとしていた日の如何に長く感じられた事か。恐らくは待ち切れずに幾度も家へ帰ろう、主人のところへ帰ろう、主人のところへ帰りさえすれば、あの主人は必らずこの苦痛をなおしてくれるに違いない。そんな気持だったろうと思う。

「治療をしたら、助かるでしょうかなあ」

私は獣医さんへきく。

「もう自力でここまで癒《なお》っているんですから、それは助かる事は助かりますよ。しかし助けて見たところでねえ」

「殺した方がいいかねえ」

十九

「その方が慈悲でしょう。脚も尾もない姿なんて、朝に夕にとても可哀そうで見ていられるものではないでしょう。奥様なんかきっと病気になる。イヌにしても決して幸福ではないですよ」

「では、あきらめて殺《や》ろう」

そういって、私は今更のように肌が冷たくなった。

すでに決っていたのだが、私は未練だ。

「もう一と晩生かして置いてやろう。うんと最後の御馳走をして、夜、お寺の坊さんに来て貰ってお経を上げていただいて、明日の朝にしよう」

「それもいいでしょう」

獣医さんとそういう話になって、再び物置に運んだジロのところに、私はその一日附ききりでいた。

肉も挽肉《ひきにく》にして貰って喰べさせた。ジロは今日もよく喰べた。私の手をなめたり、足をなめたり、ジロは殺される事を知らない。それとも早くも覚悟をして、私に最後の別れを惜しんでいるのか。

その夕方、子供達が学校からかえる頃に坊さんが来てくれた。物置へ行って、ジロの前でずいぶん長いお経を誦《しょう》してくれた。

家内は顔をくもらせて、

「少しでも置けば置く程未練が出ますから、今夜の中に始末をしたらどうでしょうか」

そういうし、私もまた気が変って、妙にその方がいいような気になって、まだ坊さんがいる中に獣医さんに来て貰った。

坊さんが、も一度、何にかお経を上げてくれて、母屋へ戻った後で、獣医さんと私は物置へ残った。

「ジロ、すぐにお前の苦しみは無くなる。迷わずに行くんだぞ」

私は胸が一ぱいだったから、あるいは泣声だったかも知れない。

獣医さんは、

「あなたは御覧にならぬ方がいいでしょう。私一人でやりますから」

「そうですか」

二十

「私がちゃんと始末をして置きますから、明日葬い屋が運びに来るまでは、もう、どなたもここへは来られん方がいいでしょう」

「そうしよう」

「では、どうぞ、あっちへ行って下さい」

その夜、私は獣医さんとの約束を破って、たった一人で、物置へやって行った。懐中電燈の光の下にジロは荒莚を掛けられ、その端の方に片足だけが少し見えていた。私は立ったまま、

「ジロ、迷わずに行ってろよ。冥土で私がまたお前を飼ってやる。今度はお前ただ一匹だ

けなあ」

そんな事を口の中で繰返した。

この夜もやっぱり眠むれない。家内もやっぱり同じであったろう。次の朝はどんよりと曇っていたが、葬い屋さんが早くやって来てジロを無造作に箱へ入れた。

私はその前にジロの首へ古い数珠を懸けてやった。

子供達は学校へ行ってもういなかったが、家内や女中さん達がみな合掌して最後の別れを告げた。葬い屋さんは、ジロの入った荒板作りの箱を自転車の尻にのせる。裏口から出ようとした。

「おい、表の門を開けろよ」

そういいつけて、正月三ヵ日の外ほとんど開けた事のない門の扉を左右に開らかせて、みんな内側に一列に並んで合掌していた。

その前をジロの箱は出て行く。私は数珠の手を唇へ当てて、心の中で、

「迷わずに行くんだぞ」

そう思うのが泣声になってはならぬとじっと押さえていた。

チコのはなし

一

雨がしょぼしょぼ降っていてひどく寒むい日暮れであった。おときさんは買物に出た籠《かご》へびしょびしょにぬれた死にかかったような痩《や》せた小イヌを一匹入れて戻って来た。イヌはまだ目もあいていなかった。おときさんは、私の国の人で若い時分、私のおやじのところで働いてもいたし、遠縁にも当っている。主人に早く死なれて、やっと育てた一人息子を戦争でとられた。

身よりも頼りもないので困っているから助けては貰《もら》えまいかと、国の親類から云って来たので碌《ろく》なお世話も出来ないけれどというので私のところへ来て貰った。台所の事は一切一人でやってくれるし、私や家内がちょっと風邪をひいても、ねずに介抱して呉れるという人である。

「それどうしたの」

「はアい。すぐそこの空地に捨ててありましてね。余り可哀そうだから拾って来てやりましたよ。すみません」

おときさんは頭を下げて如何《いか》にも悪るい事でもしたような恰好《かっこう》をしているのである。

「すまない事はないが忙しいお前さんが当分厄介だろうね」

「はアい。でも、国にいる時によくイヌを育てましたから大丈夫です。すみません」

こうしてこのイヌは、その夜からおときさんの部屋の隅に、藁《わら》の入った蜜柑《みかん》箱でおときさんと一緒にくらす事になった。おときさんが、自分の手拭《てぬぐい》で、雨が腹の中迄《まで》とおっているように見えるこの捨イヌを一生懸命にふいてやっていたその時の姿がまざまざと眼に浮んで来る。しかし私は内心このイヌはとても三日とは持つまいと思って一応獣医をよんだらといっておいた。

畳を引っかいたり、柱をかんだり、その辺を無茶苦茶にしたけれども、多分助かるまいと思ったこのイヌはだんだん大きくなって、おときさんはこれを「チコちゃん」と呼ぶ。御膳へ坐ると御飯と魚を一旦自分の口へ頰張《ほおば》る程入れてすっかりこれを咬《か》んでから、またお皿へ吐き出して食べさせる。肉でも魚でも自分では碌に食べないのではないかと、私達は、よくそういった。

二

夜は一緒に床に入れて抱いて寝ている。朝台所へ出ると、一日中足の周りにうろうろして、おときさんを離れない。ところがこのイヌがいつ迄経っても左の方の目があかない。

「片目だね」

「はアい。でも大きいけれども耳も立ちそうですから日本犬でございますよ」

「そうらしいな」

「利巧でございましてね。こんなに大きくなってもまだ夜は、わたしのおっぱいをしゃぶり乍《なが》らねます。おっぱいの出る筈《はず》もなし、それがわたしへの愛嬌なのでございますよ」

「そうかね」

「これがおっぱいへくっついていますと、わたしは、あの新太郎の子供の頃を思い出しましてね。あの子は十になる迄もそんな風でした。このイヌ、仏様があの子の代りにわたしへ授けて下さったのではないでしょうか」

死んだおときさんの倅《せがれ》の新太郎も少し左の目がすが目だったと覚えている。私は何んだか、ほろりとして、それっきり黙っていた。

おときさんもよく働くがチコもよく番をする。台所へ来る御用聞きさんなどは、門をくぐるとチコがこれを知らせるのである。おかしな事に、玄関の訪問客の場合は知らぬ顔をしている。

「おかしなイヌだね、不思議だね」

よくそういったが、もっと不思議な事は、台所から座敷へ通ずる廊下に硝子《ガラス》戸が立っている、夏はこれが網戸になる。がチコはどんな事があっても自分だけではそこから一歩もこっちの廊下へは踏込まないのである。網戸の向こうまで来て頻《しき》りに私達へ尾をふっている。戸を開けて、

「来いよ、来いよ」

といっても、どうしてもこっちへは来ない。

ただおときさんが来る時だけは耳をかんざしをさしたように両方へ開らいて「相すみません」というような表情で背中を丸めて一緒について来るが、律儀なおときさんが、私共に対すると同じような、遠慮深い態度を、このチコもどんな場合でも忘れなかった。座敷へ入っても入口近くに坐って、決して真ん中などへは出て来ない。

三

二年経った。この年は殊に寒むい冬で、丁度チコが拾われて来たような氷雨《ひさめ》の降る日だった。ふだんは丈夫なおときさんだが、ふと風邪の気味だといって枕《まくら》についた。

「すみません、こんな我儘《わがまま》をしまして」

という。

「何を云ってるの、そんな遠慮する事ないでしょう」

と家内はちょいちょい、その枕辺へ行き、医者も、朝夕二度ずつ往診して貰った。

「風邪ですから大した事はないでしょう」

医者もそういうし、私達もそう思っていたら、長い間の働きつづけの疲れが急に出たと見えて、年も年だしおときさんは、急に肺炎らしい徴候が見えて来た。

私達も驚ろいたし、医者も驚ろいた。それよりもチコの姿を見て何にかこう、これあ唯事でないというような気がしたのである。

チコはおときさんの枕元で、その枕へ鼻先きをくっつけるようにして、じっと見守っているし、時々、座敷の方の廊下まで出て来て、ワンワンと低い小さな声で悲しそうに叫ぶ。その度にこっちがびっくりしたが、何度も何度もそれをやられている中に「ちょいと来て見て下さい」というようなことだと、自然にこっちもわかるようになった。

行って見ると、定って熱がひどく上がっている時だ。医者が来て、ペニシリンや何かあらゆる手を尽くすが、どうもうまく行かない。

「やっぱりお宅では充分に出来ないから入院させましょう」

という。おときさんは入院した、その日はいい塩梅《あんばい》にいいお天気の割に暖い日であった。

四

寝台車で運ばれて行くおときさんをどう思ったのか、チコはじいーっとして自分の箱の中に入っている。

おときさんはみんなに抱かれて、車まで行こうという時に、ふとこのチコを見返って、

「チコ、達者でいなさいよ」

といった。涙声であった。

おときさんの入院したその室《へや》は南向きの暖い広い窓のあるところだったが、傾斜地のためか地面から窓までは相当に高く、窓の下にはまだ冬草が枯れずにある。

その日からチコの世話は外の女中さんの担当になったが、

「チコがゆうべも今朝も御飯を食べないのでございますよ」

という。私が行って頭を撫《な》で乍ら、

「おときさんは直ぐかえるんだから、さ、飯《めし》を食え」

といって、その御飯を手でしゃくって口の前まで持って行ってやっても、立ち上って頻りに尾はふるが食べようともしなかった。イヌが余程食慾がすすまない時でも、こうしてやればきっと食べるものである。

そんな事が何度もある。

おときさんは入院してから一進一退の病状だったが、丁度七日目に、夜中に医者から、電話がかかって来た。かねてこんな事もあろうかと思っていたが、びっくりした。

「車を迎えにやるから来て下さいよ」

「よし、すぐ頼む」

私と家内が病室へ駈込んだ時は、おときさんは、まだしっかりしていた。

五

「今時肺炎がなおらんなんて法はないだろう」

日頃兄弟交際《づきあい》をしている医者だから、度々こんな勝手をいって困らせたが、その度に医者は首をふって、困ったなあという。

次の日だったと思う。

「駄目かも知れない。若し知らせなくてはならぬようなところがあったら」

と、医者は私と家内へ、小さな声でいった。が当のおときさんは、その日はまるで人が違ったように元気で、前日まで少し瞼《まぶた》が腫《は》れたようにむくんでいたのが、この日は大きな目がぱっちりとして、若い時分は美しいという村中の評判だった、あれが生き返って来たようであった。頬も少し紅をさしている。

私達が枕辺へ腰を下ろすと出しぬけに、

「わたしはもう駄目なように思います」

「永い間お世話様になりました。御恩返しの出来ないのが心残りでございますが、わたしはもう駄目なように思います」


「何を云ってるんです」

「いいえ、死んでもいいので御座います。こういう立派な病室で充分にお手当を受けて死ぬなんて夢にも思いませんでした。わたしの一生はそんなに幸福《しあわせ》ではありませんが、本当に幸福に死なせていただいて有難いことです」

「お前、そんな気の弱い――」

「はアい。この上のお願いはチコの事でございます。どうぞよろしくお願いいたします。あれは片目があんな風で――可哀そうなイヌですから」

私は横から、

「もうそんな情ない話は止しなさい。おときさんも別に死急ぎをする事はないだろうが」

とわざと大きな声で笑った。

六

が、医者のいう事は本当だった。間もなくおときさんの病状の悪化している事が素人の

私達の目にも見えて来た。おときさんは、何度も何度も、

「奥様ア」

と呼ぶ。そして、その度毎に、外の事は一切云わず、今日迄世話になった礼と、

「チコをどうぞ頼みます。あれは片目で」

と繰返した。私はその度に胸を刺された。死んだこの人の一人息子のすが目の新太郎の幼な顔が眼の前へちらついてならないのである。

おときさんはそれから、次の日も次の日も他の事は一切いわない。医者は、

「気だけで持っているんだよ」

という。家内が私へささやいた。

「チコを連れて来てやりましょうか」

「ああ、そうだった」

私ははじめて気がついた。

「うっかりしてた。連れて来なくてはいけなかったな」

あわてて医者の自動車でチコを迎えに戻ったものである。

チコは箱の中にぐったりとしてねむっていた。女中にきいて見ると、

「やっぱり御飯を食べません」

という。

七

私はチコを抱いて病院へ戻った。

「おい、おときさん、チコをつれて来たよ」

「えッ！　チコですか」

「ほら、チコだ」

私はおときさんの胸の中へ入れてやった。おときさんはそれから暫《しばら》くの間じっとしていた。

見ると、眼尻《めじり》から、涙がすうーすうーっと枕へ流れている。

「お前、いいねえ、こんなところへ迄連れて来ていただいて」

消入るような声だった。

チコは、頻りにおときさんの顔をなめ乍ら、くんくん、くんくん、これも泣くようなよろこぶような不思議な声を立てていた。

「奥様ア」

おときさんは、眼をつぶったままでまたよんだ。しっかりとチコの首を押さえている。

「ここにいますよ」

「チコをどうぞお頼みいたします」

「わかりましたよ」

「旦那様ア」

「何んだ」

「チコを、チコをどうぞ」

「ああ、可愛がるよ」

「お頼み申します」

おときさんの死んだのは、その次の日の朝であった。私達は夜っぴて枕元にいたが、おときさんは、うつらうつらとして時々、はっと気がつくと、

「奥様ア、チコをどうぞ」

と、まったく同じ事を、同じ調子で繰返し繰返した。外の事は何一ついわなかった。

こういう場合には馴《な》れている私の医者も、とうとう涙を落して終った。いいよといっても、引受けましたよといっても、それでもなお頼みます頼みますというおときさんへ、私達はどういったらいいのか、お終《しま》いには、唯「はいよ、はいよ」といっているより外はなかった。

おときさんの遺骸《いがい》は、医者の意見で、病院で納棺して、そこから火葬場へ運んで、私の家へ再び戻った時は、すでに人の果敢《はか》なさをまざまざ語るような白い布に包まれた小さな骨箱《こつばこ》に変っていた。

チコは、再び自分の寝箱の中で、その縁《ふち》に顎をかけて、眠むっているような覚めているような——おときさんがすでに死んだのだということをわかっているのかどうか。

八

大急ぎで引延ばしたおときさんの写真の前で七日目の供養の夜だった。医者も来てくれていたし、おときさんは誰にでも親しくしたし、親切だったから、そうした近所のいろいろ顔知りの人達や、おばさんだの、殊《こと》によく相談にのってやっていた外の家で働いているねえやさんだのも見えて、私はお骨箱の前で、鮨屋《すしや》さんに来て貰って、ここで握って、みんなに食べてもらった。

おときさんは鮨が何よりの好物でよく食物の話が出ると、

「東京のマグロ鮨のあのマグロのようにマスを大きく切ってのせて握ったのを食べとうございますねえ旦那様ア」

といつもいう。

その中に一度みんなで揃《そろ》って富山へでも行って、神通川のマスの季節に、その上等な物で東京風の握りを特別に頼んで拵《こしら》えて貰って食べよう、おれもそれを食べて見たい、といっていたことが実行出来なかったせめてもの埋合せのつもりだった。

私は田舎ものだ。国では少年の頃よくこのマスの握り鮨を食べた。富山辺の押しずしやなれ鮨と違って、もっともっとうまかったと思い込んでいるのである。

その賑《にぎ》やかさの中で、ふと、チコの事を思い出した。

「チコもここへつれて来いよ」

女中がおときさんの部屋へ行った。少し経った。首をふりふり戻って来た。

「チコは居りません」

「おしっこにでも出ているのか」

「さあ」

「も一度その辺探して御覧よ」

女中は引返してそれからまた暫く戸を開けて外へ行ったり何かして頻りにその辺を探している。

「チコチコ」

と呼んだり。口笛を吹いたり——。

九

だがチコはやっぱり居ない。

「淋しいんだなあ、人間だってイヌだって同じことだ、暗いのに何処かその辺を当もなくぼんやりと歩るき廻っているのだろう」

私の言葉にみんな頷《うなず》いた。少しの間、誰も物を云わない。黙ってはいるが、やっぱりチコの事を考えていることは顔つきでわかる。更けて、誰からとなく帰り出した。医者も一番お終いに帰った。私達夫婦だけが、写真を飾った仏前へ取残されたようになって坐っていると、早くも医者から電話がかかって来た。

「チコはね、病院へ来ていたんだそうだよ。うろうろしていてお終いには看護婦の話だと病室の方まで入って来て、くんくんくんくん泣声を出して嗅《か》ぎ廻っては戻って行く。また暫くすると入って来てまた出て行く。そんな事を何遍も繰返していたが、もう少し先きから来ないそうだ」

ああ、やっぱりそうか。

「おい、裏の戸を開けて置け。すぐ戻って来るから」

家内と女中さんが外へ出て、

「チーコ、チーコ」

と呼んだ。呼んだと思ったら、

「おう、帰ったの、帰ったの」

すぐに家内の声がした。チコは帰って来た。

私はチコの側《そば》へ行って頭を撫でながら、

「可哀そうになあ。だけどもうお前のおかあちゃんは何処にもいないよ。探したっていないんだから、おとなしくしているんだ」

云っていて何んだか私は胸が一ぱいになった。チコは耳を双方に開らき、尾をたれ、片眼の顔がいっそう淋しくしょんぼりと私を見るだけなのである。

十

若い女中さんはふだんから余りイヌが好きではないし、私達の見てないところで邪慳《じゃけん》にされるのも可哀そうだと思うから、その夜からチコの箱を私達の居間の縁側へ移そうという話になった。

私がチコを抱いて、その箱へ入れてやって、

「今夜から、ここがお前の寝場所だぞ」

そういって手をはなすと、チコは恐縮したように、首を垂れて、すぐにそこからすうーっと出て来るのである。

「これチコ、何処へ行く、何処へ」

チコは、台所との仕切りの硝子障子のところ迄行くと、立ち上って、その硝子障子の桟に手をかけて、くんくんくんくん如何にも悲しそうに泣き出した。

「おかしな奴だ。チコ、こっちに居れ、こっちに」

「やっぱり居馴れたところがいいのですね。変ったところでは落着けないのでしょう」

「そうかねえ。じゃあ仕方がない。女中さんに頼むことだ」

女中さんも極く人の好い子である。私達の気持を察して、

「わたしが面倒を見ますから」

といって、自分でチコの箱を運び、おときさん在世の頃からの場所へおいた。

見ているとチコは大よろこびでここへ飛込み、はじめて私達の方を真正面に見て烈しく尾をふった。

次の朝、起きるとすぐ女中さんがこぼす。

「夜中に何度となく起きては、お障子や雨戸を引っかいて外へ出してくれというのでございますよ。くんくんくんくん泣いていてとてもねられませんでした」

「そうか、それあ困ったなあ」

十一

これまでは絶対にこんな事はなかったが時々、勝手の戸の開いた隙《すき》を見ては脱兎《だっと》の如く外へ飛出して行く。そういう時に電話をかけて見ると、必らず病院へ行っている。お終いには看護婦さんの方から、

「チコが来て居りますよ御心配なく」

と知らせてくれるようになった。

私がどんなに機嫌をとっても、家内がどんなに機嫌をとっても、おときさんの在世の時分と同じく決して廊下のこっちへはやって来ない。たまには手を引っ張ったり、抱いたりして居間の方へ連れて来るが、すぐに自分の方へ戻って行って終う。

しかし女中さんは私達の前ではともかく、どうも内心はチコの世話は忌《い》やがっているらしい。私はふと考えた。

「おい、おときさんのぼろの肌着か何んか残ってないか」

お骨も荷物も同じ行李《こうり》に入れて、国の方へ送ったので、残ってはいまいと思ったが、念のためにきいたら、いい塩梅に余りつぎはぎなので捨てようとして荷物から除いた物があるという。

「そ奴《いつ》を出せよ。そ奴をな、チコの箱へ入れて縁側へ持って来い」

これは正に図に当った。あのおときさんの事だ、まるで透きとおるように綺麗に洗ってはあるが、殆んど二寸四方、三寸四方というような白い木綿の布を集めて縫い綴ったような肌着を、箱の中でその間に鼻を突っこむようにしていてチコはもう女中部屋には行かなくなった。

しかし、まるで物を喰べない事は前の通り。よくもまあ、こんなで生きていられるものである。申すまでもなくぐんぐんぐんぐん痩せて行くのが目につく。腰骨の辺りが、ぴょこんと飛出して、背中を撫でてやっても実に痛々しい。第一、まるで窪《くぼ》んだ一つの眼の光が鈍色《にびいろ》になって行った。

十二

「おい、このままだとチコは死ぬよ」

「どうしたらいいでしょう」

「獣医さんをよんで葡萄《ぶどう》糖の注射でもやって貰わなくてはな」

「そうしましょう」

　獣医さんが来た。別に何処も悪くはないのにずいぶん痩せたもんですねえといって驚ろく。

「あなたこのイヌ知ってるの」

「ええ、こちらのおときさんが抱いて来て、テンパーの予防の注射をしました」

「そうか。チコをお医者にかけた事なんかちっとも知らなかった」

「いくら可愛いからといってイヌに迄そんな贅沢をしては、旦那様や奥様にすまないから内密にしておいてと頼まれましたよ」

「そう――」

　葡萄糖がそれから十日ばかりもつづいたろう。ひどく寒むい夜であった。例によって勝手から飛出したが、便にでも行ったのだろうと思っていたらなかなか帰らない。病院の看

護婦さんに電話をかけたが、

「来ていません」

という。

寒むい寒むいといっていたら夜中にとうとう雪になった様子。不浄に起きた家内が、

「ひどい雪ですよ、真っ白です」

という。

「チコはまだ戻らないか」

家内がややしばらくチーコチコチコチコと呼びつづけた。が帰っては来なかった。

夜が明けた。

病院から電話だった。

「チコが死んでいますよ」

「え？　何処でッ」

「病室の窓の直ぐ下です」

「そうか。直ぐに行くから」

私と家内がろくに顔も洗わず行って見たらチコは眼の見えない左の顔半分を雪にかくして、おときさんの死んだ病室の、南に向いた傾斜のところで眠ったように死んでいた。

雪の次の朝できらきらまぶしい陽が輝やいて、遠く真っ正面に富士が見えている。何と

まあチコの痩せている事か――。

犬と人との物語

一

いい紀州犬があるから買え、と舎弟に当る獣医の矢島が来ていう。出しぬけにどうしたのだというと、実は伊勢の四日市《よっかいち》の犬屋がつれて来て大崎のところに泊っている。云わば犬を売りに来た旅人《たびにん》で、やくざと同じに犬屋同士は同じようなつき合いがある。連れて来たものはみんな何んとか金にしてやらなくては大崎の顔がつぶれるのだが、あ奴《いつ》はお神さんに病気をされてこの間もあなたへ奉加帳《ほうがちょう》を持って来たような、飛んだ世話場でどうにもならない。も一度助けてやってくれという話である。仕方がない、じゃあつれてお出で。

こぶしの花が思い出したように、はらはらと散ったが、風のないいい青空の春であった。肥《ふと》った伊勢の犬屋は、こっちが何んにも云わない中に、へえへえと物を云いながら頭を下げるような男で、小柄な大崎と矢島と三人で犬を引っぱってやって来た。いい犬だ。紀州にしては少し逞《たく》ましすぎる位で、脚のふんばりのぐいと利いた雪のように真っ白い犬。それで眼つきが何んとも云われぬいい恰好《かっこう》だ。

私は黙って側《そば》へ寄って、

「よしよし」

と頭から鼻の辺《あた》りを撫《な》で乍《なが》ら前へしゃがんだ。犬ばかりではなく総じて動物は相手が自分に好意を持っているか悪意を持っているかを直ぐに見わけるものである。忽《たちま》ち頻《しき》りに尾をふって、私へ頭をすりつけるようにする。

「おや」

伊勢の犬屋は、

「実を云いやすと、こ奴は不愛想もンで、それが故にひょっとして駄目《ペケ》になりやしねえかと心配してたんでがすが」

「いや、いい犬だ、いただきましょう」

私が云うか云わないに、

「へえ、有難うございます。すみません」

横から大崎までがぺこりとお辞儀をした。自分では気がつかなかったが丁度その時は私の手は犬の口の辺りを撫でていたのであったろう。犬は出しぬけに私の手をわッと咬《か》んだ。しかし、本当に唯咬んだというだけで、ほんの僅か、対手《あいて》にその行いを感じさせる程度の力より入れていない。

「こらッ！」

伊勢の犬屋は余っ程びっくりしたらしく、大袈裟《おおげさ》に云えば顔色をかえて犬の横腹を蹴《け》飛ばした。犬はそれに対してまるで無表情で、再び私の手へ咬みついて、今度はごろりとそこへ寝ころんで終《しま》った。

私は手を咬ませたまま、

「何んでもない、何んでもない。おう、そうか、そうか」

と犬の方へ愛想をいった。のちになって、はっきりとそれはわかった事だが、もう、うれしくてうれしくて堪《たま》らないというような時、また何にか突然お愛嬌をしたいと思いついた時、この犬はよくこんな真似をした。いつ迄もじっと口にくわえている、それからころりと横になる。

「名は？」

「フクってつけてやしたが」

「そう」

フクは三歳。私以外の他の人達がよんでも振り向きもしない犬であった。

「本当に愛嬌のない犬だね」

連れて来た矢島までがそんな事をいって笑った。

それから十日ばかり経ってやっぱりいいお天気の日であった。私はまだ綱をつけたままのフクと庭へ出て遊んでいた。フクはやっぱり頻りに私の手をかむ。

こぶしがもう殆《ほと》んど散ったが、その時も、ひらひらというよりは、すうーっと空から流れるように私達の眼の前へ落ちて来ていた。

庭の切戸から矢島と大崎が並んで入って来た。

「実はね、伊勢から来たんでね」

と矢島が振返ると、そこにこの間の犬屋が、また白い犬を一頭曳《ひ》いて、ぺこぺこお辞儀をして立っている。

「やあ」

「先日はまことに」

「やあ」

矢島は私と犬屋を等分に見乍ら、

「この間は御無理をお願いしたり御馳走になったりして申訳ないというんでね。丁度フクと似合いの紀州の牝《めす》を一つつれて来たんだよ。だが、これはお金はいらない。心ばかりのお礼で、飼ってやっていただけばそれで結構だというんでね」

「ふーむ」

伊勢の犬屋は、何処へ行っても断られるあの不愛想なフクが初対面からあんなに愛嬌をふりまいたのを見て、実はわたしも心うれしくなって終いましてな、似合いの牝が一頭家にいたもんですから、連れて参りやしたわけ、決して買っていただこうというんじゃありません、差上げますからどうか貰《もら》ってやって下さいやし、と繰返していう。

二

考えようによってはどうにでも取れるが、私はみんなの云う通りに素直に受取ってとにかくその犬を貰う事にした。

「名は？」

「トチコとつけやした」

「妙な名だね」

私は俄《にわ》かに紀州犬の夫婦を飼う事になった。しかし対手は犬屋である。只呉れるといってもああそうかといって貰っている訳にも行かない。

やがて一時間ばかりも雑談をして帰りかけた時に矢島に僅かばかりの金を、ほんの煙草銭という事で渡してやるようにしたのだが、犬屋はどうしてどうしてとても受取らない。

「飛んでもない事ですよ。それではわたしは押売になりますがな。フクがあれ程になついたお方だから、わたしは唯それがうれしくて、お礼に参じた。ずいぶんと考えはしたのですがな、外の人ならともかく、あなたにはこの気持がわかって貰えると思うて来ましたんやがな。どうしてもお金を下さるというなら、わたしはトチコを連れて戻りますわ」

如何《いか》にも真剣な顔をする。

「と云って君」

「ええ何、このトチコ、お気に召さんというなら止むを得ない。御覧のように毛色も悪るし、骨《こつ》も弱し、尾の巻きも余りようない。それで忌やとおっしゃるなら――でも紀州の牝では、先ずこんなもんでござりますよ」

矢島が仲へ入った。

「この人も」

と伊勢の犬屋を見て、

「何にか斯《こ》う感激しッちまっているんだよ。黙って貰ってやりなさいよ」

「そうか」

と私は、

「それではとにかく有難く頂戴《ちょうだい》しましょう。いずれ埋合せをする事にして」

その夜、ほんの十分ばかりも、ぱらぱらと春らしい雨が降ってすぐ晴れた。その雨の間、私はフクとトチコの二頭を台所の板の間へ上げて、真ん中に自分が胡坐《あぐら》をかいて遊んでやった。犬は似合いの、いい夫婦である。が細《こま》かに観察するとフクは自分の気持を小出しに表現する術《すべ》を知らないだけだが、トチコはなにかこういつもおずおずと気遣いをして、自分から卑屈に対手に近づかないというよりもむしろ離れて行くというような性質だ。しかしそれもまた内気な女らしくていいところがあるんじゃあないかとその時は思って、二頭の犬の顎《あご》を左右の膝《ひざ》の上へかけさせ両手で頭を撫でながら、

「フク、おう、お前がフクか――トチコ、おう、お前がトチコか」

そんな事を繰返し繰返しいって、ずいぶん長い時間を無駄にした。

二頭の犬は、自分が左へ行こうとしても私が右へと云えば必らず右へ行ったたし、坐れと云えば坐り、臥《ね》ろと云えば臥る。しかもフクは、無遠慮にいつでも座敷へ上って来る。廊下で妙な足音がするなと思うと、障子が開いていれば、ぬうーと入って来て、そのまま私の横へ坐って終うし、障子が閉まってでもいれば、廊下へねそべって入る機会を待っているし、時にはがりがりと障子の腰板を引っかき、腰板どころか障子へ大きな穴を開けて終う。しかしトチコは決してそんな事をしなかった。

やがて夏になり秋になった。が、この間にフクとの夫婦の生活で残念ながらトチコの石女《うまずめ》であることがわかった。それにしてもフクは少し変ったところの多い犬である。

ある日、私は少しはなれたところでこのフクの唯ならぬ声をきいたのである。その頃は今のように昼も夜も犬を繋《つな》いで置けなどという可哀そうな規則はなかったので犬は野放しである。丁度仕事をしていたが、気になるのですぐに飛出して行って見た。

私の家を出て突当って右へ曲って石の段々坂を下りる道があるが、この突当りから石の段々の下まで続いている大山という大きな屋敷がある。段々の近くが英国風の宏大な洋館

でそこ迄行く間の左側に日本館の建物が幾つもある。勝手もこっちに向いている。その前を少し高い竹の四つ目で結って、犬や猫のくぐれぬように木を植えて、これが洋館の玄関迄続いているのである。

行って見ると驚ろいた。フクが、わンわンわンわン物凄《すご》く吠《ほ》えて、道へ敷いた砂利を蹴って竹垣のこっちを石段の方へ向って駈けている。行ったと思うとまた吠えつづけて引返して来る。

三

「フク、何にをしているッ」

と叱りつけはしたが、竹垣の内を見ると、同じような犬が一つ、これも同じように駈けているのである。詰り四ツ目垣を境において内と外で吠え合い駈け合っているのだ。対手は屋敷の内にいる、こっちは道路だ。悪るいと云えば正にフクの方が悪るいに相違ない。しかしどっちが喧嘩《けんか》を吹っかけたか、それが此の際の問題だと、まあ私はこう考えた。

だが、状態が状態だからいつ迄こんな事をさせて置いても仕方がない。私ははァはァ呼吸をはずませているフクを引立てて家へ戻って来た。

「馬鹿な事をするな」

口ではそんな事をいって、実は頻りに頭を撫で乍ら、女中にタオルを持って来て貰って、背中から下腹の方をふいてやっていると、ふと、横腹から血が出ているのを発見したのである。

静かに毛をわけて、その疵《きず》を探して行くと、あったあった。左右の横腹にしかも七つ、小さくぽちりと抉《えぐ》ったようになっている。紛《まぎ》れもなく、空気銃か何んかの疵口だ。

「怪我をしたな」

「ひどい事をしやがる」

想像はつく。大山家の誰かが屋敷の中から構えていては射ったものだろう。わンわン云ってやかましいし、自分の家《うち》の犬がやられる恐れもある。一回や二回、垣の内外を行ったり来たりした位ならいいが、長い間ああ引っきりなしにやられては叶《かな》わない。一発喰らわせたら対手は逃げて終うだろう。こう思ったに違いない。しかし私のフクは殆んど不死身で痛いという事を知らない犬だという事は、ずっと後ちまで私さえ知らなかった。一発や二発の空気銃に驚ろくものではなかったのである。

だが私は腹が立った。

すぐに最初に矢島を呼びにやった。矢島は私の家には毎日のようにやって来ているが、界隈《かいわい》では利いた顔なのである。一々フクの疵を改めた。

「やっぱり空気銃だ。あなた黙っていなさい。野郎、目に物見せてやる。とにかく大崎をよんで来る」

自転車で、間もなく大崎がやって来た。いつも眼をしょぼしょぼさせているが、これがまたきかぬ気の男。すっかり面白がって終って、

「交番へ行って来ますよ」

「交番？　交番へ行ったって仕様がねえ」

と矢島がいう。

「あすこのお巡りで仲好しがいるんですよ。一つ相談して見る」

「相談したってどうなるもんかよ」

「まあ任せて置きなさいよ。あなたがね、余りちっぽけなぐれた真似をしては貫禄にかかわるが、わたしは多寡《たか》が犬屋だ、大山なら対手にとって不足はなし、一蹴りしてやる」

「はっはっ、馬見てえな事をいってやがる」

だんだんきくと、大崎は本当に交番のお巡りとは妙に気の合った仲らしい。そこでやがてこのお巡りが戸口調査という事で大山家へやって行った。

「お宅に空気銃ありますね」

「いいえ、子供がいませんからそんなものありませんよ」

夫人が応対に出たんだそうだ。

「さっき犬を射っているのを見たというものがいますよ」

「存じませんね」

結局要領を得ずに引揚げたが、夫人の動揺は唯事ではなかったから、あすこに空気銃があるに相違なしと、こういう事になった。

次の日は朝から今にも降って来そうな雨催いで薄ら寒むい。

矢島がにやにやしながらやって来て、

「大崎が今日は何かやるらしいが、あなたは知らぬ顔をしていれあいいんですよ。万事わたしがやる」

「余り妙な事をやんなさんなよ」

「はっはっ。しかし大崎も案外面白い奴だね」

その大崎が何をやるのか、こっちは本当に知らぬ顔をしていたら、家内が門の外へ出て見て驚ろいた。空気銃を担いだ男を二人つれて、ぶらぶらぶらぶら大山家の辺りを歩いているというのである。家内を見てもそっぽを向いていたそうだ。

矢島は留めるが、何んだか話が少し面白そうだから私が出て行った。如何にも大山家の前を行ったり来たり、時々、電線へ向ってカーンと射ったり、

「猫よりも大きな物が射ちてえな」

なんかと響き渡るような大声でいっている。大山家では戸をぴったりしめてしーんとしている。

「あれはひどい。止めさせろよ」

「往来を空気銃を担いで歩るいたからといって別に大山で文句の云いようもねえだろう。とにかくこっちの犬が七発喰っている。向うだってそれ位の覚悟はしてるでしょう」

四

「乱暴だ、止せ」

「いや、ああなると、フクは自分の義理で買って貰っただけに、大崎はちっとやそっとの事では承知をしませんよ」

「困るじゃないか」

「とか何んとかいったって、あなたも満更ではないでしょう。はっはっ」

それでも三時頃までやっていたが、いい塩梅《あんばい》にぽつりぽつりと雨になったので、大崎達はその日はそれで引揚げて行った。

これは戦時中の話である。それにしても余りひどいから、私はとうとう大崎に来て貰って固くこれを断わった。大崎は、

「ようがす。それでは止めます。がこのままは止めない。対手の犬に唯一発だけ喰わせてやめますから――それだけは、あなたに何んと云われても駄目です。この土地で将来御飯がいただけなくなってもわたしはやります」

こういってどうしてもきかない。

「とにかく、あんな風に銃などを担いでぶらぶらしていては問題になるよ」

「あれは止めますが、わたしは外の方法でやる」

「困った人だね」

次の日から空気銃は姿を消したが、大崎は依然として、大山家の前をぶらぶらしている。

次の日も次の日も。

矢島がやって来て、

「大崎もしつこい奴だ。とうとうあの犬を一発やれると喜んでたよ」

「困ったなあ。それにしても、フクのその後の容体はどうだね」

「さぐって見たが弾丸が一発も入ってない。はねッ反って終っているようですよ。大丈夫」

フクはあれ以来この矢島の獣医院に入院していた。

確かフクがやられてから四日目だったと思う。

矢島が如何にも愉快だというようなにこにこ顔でやって来た。

「確かに真っ正面から一発喰らわせたそうだ。もう止めますといって、今、奴、挨拶《あいさつ》に来て行った」

という。だんだんきいて見ると、大山家の、確かこれがフクをやったのだろうと思う倅《せがれ》が東京へ出て行くのを、その犬が必らず駅まで送る、送った後は全く同じコースを急いで家へ戻って来るという事を大崎が確かめたのだそうだ。そしてその犬が町の角から角を曲って、真正面を向くところにちゃーんと銃を構えていて、ぱっとやる。この策戦が見事に図に当って、今朝は正しく手ごたえあり、犬がきりきり舞いをしたのを見届けたというはなし。

驚ろいた人達、勿論私もその中へ入るだろうが、こうしてフクの仇討《あだうち》をしたという訳だ。びっくりしたのは大山家の人達である。早速、出入りの獣医さんに来て貰ったら、眼の上へ一発命中、も少し下れば片目がつぶれるという危機一髪のところであったとわかった。

かねてこっちを警戒していた事だからこの辺の事情が知れると共に、さあ怖くて堪らない、ああいう柄の悪るい連中がやる事だからまごまごしてると自分の愛犬が射殺されるかも知れない。獣医さん、何んとかして下さいというので、その犬は警察へ保護をされると同じ意味で大山家出入りの獣医さんの病院へ入院させて終った。

獣医としては私の矢島の方がずっと顔が上でもあり、また一方《ひとかた》ならぬうるさ方でもある。その獣医さんは一両日後に矢島のところへ泣込みをして来た。

「何しろ慄《ふる》え上って終っているんですから勘弁してやって下さいよ。私としてもいいお得意だし――ね、助けて下さいよ」

斯う云われると、それでもと云えないのが昔も今も顔を売る者の常である。それ以上にやっては弱い者苛《いじ》めになる。

「どうしましょう」

「わたしは知らないよ」

「ああ、そうだった、あなたに係り合のない事だった」

斯くして、今度あんな事をしたら犬を生かしては置かねえんだとか何とかいう然《しか》るべき凄い科白《せりふ》があってこの事件はあっさり消え去って終った。

そんな小さな人間同士のいきさつなどは一切知らぬフクは、相変らず例のふわっと咬みつくあの愛情を示しながらトチコとの穏やかな生活を送っている。

その中に私は牝のトチコについて不思議な事に気がついたのである。純粋の日本犬でありながら、大きな声をかけられても、尾を下げて終う気弱く臆病なこの犬が、どういう訳か、雨が降り出して来ると、じっとして家にいる事が出来なくなるという事である。何処からか潜り出してふらふらと出て行って終う。

だんだん冬が近くなって、雨の冷たさがはっきり感じられるようになって、このトチコの妙な習性がますますひどく目立って来た。私はまだ大森に住んでいて、子供達がみんな学校へ通っていたが、近くに原っぱの分譲地があって、お天気の日はここはいい遊び場所だった。

五

子供が学校の帰りに、

「トチコが原っぱをうろうろしてるから呼んだけど、来ないよ。この寒むいのにびしょぬれだよ」

などといって来たり、ずっと遠くの暗闇《くらやみ》坂の辺にいましたなどと知らせてくれる御用聞などもあったし、東と云わず西と云わず、雨になると、ふらふらと出て行く。それでいてお天気の日などは大抵犬小屋でねむっているのである。

「どうもおかしな犬だ。放浪癖とでもいうのかな」

「でも雨の時だけですからおかしゅうございますね。それに、何んだかこう妙に気持のぴったり来ない犬でございますよ」

「小犬の時の育ちが変則で、こう、ひねくれているのかも知れないな」

「犬は泥足ででも何んでも飛びついたり、家の中へ駈込んで来たり、我儘《わがまま》な方が可愛いですね。このトチコは、おとなしくしてこう離れていて、内心ではじろじろとこっちを見ているようで忌やですよ。この犬の明るくぱっとした顔を見た事ありませんね。何んだか憂《ゆう》鬱《うつ》になって、こっち迄じりじりして来ますよ」

「はっはっ。犬の顔の表情はよくわからないが、縁あっておれのところへ来たものだ、諦めて飼殺しにしてやるさ」

家内とのこんな話の時もじめじめした糠雨《ぬかあめ》のような霧のような細かい雨で、勿論トチコはいなかった。

子供が学校から帰って来て、またあすこの原っぱにいたという。

「よし、行って見てやる」

私はすぐに立ち上った。こういう時は、家内も大抵は一緒に来るのだが立とうともしない。トチコはこの頃殆んど一家中から見捨てられ、大袈裟《おおげさ》にいうと、憎しみさえ持たれて愛情を注いでくれるものは誰もなくなっていた。

私は傘をさして原っぱへ行った。西側に杉の林があって、東から南の方へずーっとひらけている。杉林の中にいるならまだしも、その東側の赤土で少しぬかるみだしている辺りを、トチコは背中を丸くして尾を下げてなにか嗅ぎ乍ら、ふらふらふらふら歩るいているのを、私は暫くの間じっと見ていた。

雨にぬれて、しょんぼりとして、そうでなくても云わば銀のように真っ白いと云われない小柄な痩せ形の犬がこそこそと歩るいている姿を見て、私は何んだか胸がこみ上げて来た。

「トチコ、トチコどうしたのだ、これ」

思わずこう大きな声で呼んだ。トチコは頭を上げ、首をねじるようにしてこっちを見た。

そしてほんの申訳にぱたぱたと二度尾をふり、耳をかんざしをさしたようにひらいたが、そのままもう私の方を見ずに、とことこと行って終った。

「トチコ、トチコ」

私は追うようにして何度もよんだ。が、トチコは立留るどころか、本当にもう振向かない。やがて雨の彼方へ坂道を下りて行った。

私は悲しい気持と、腹の立つ気持で家へ戻って来た。

「おい、トチコは駄目だ」

「妙にひがんで不気味でなりませんよ。どうでしょう、大崎さんに話して伊勢へかえしては」

家内もいう。

「そうしようかなあ。あれはともかく買ったのではない貰ったのだから、伊勢へかえすのが本当だな」

「そうしましょうよ。でも、トチコはあなたを見つけませんでしたか」

「よんだらちらりと見て二度尾をふったよ」

「側へは来なかったんですか」

「ああ、来るどころかそのますうーっと向うへ行った」

「本当に忌やな犬ですよ」

六

その頃、私のところへ出入りをはじめた「逼出《はいだ》しの福さん」という、至極の好人物がいる。これは矢島が面倒を見てやっている男で、元はある警察で刑事をやっていた。これが突然鳥目《とりめ》になった。昔の話ではないが暮六つと共にぼうと目の先きへ幕が下りて来る。いろいろ医者にもかかったが癒らない、その中に警察の勤めは出来なくなるし、浪人をしてだんだん貧乏の揚句がいつの間にかとうとう逼出し屋に成下って終った。

会社の総会へ出かけて行ったり、そこの社長や重役の祝儀不祝儀を逸早く嗅《か》ぎつけて、出かけて行っていくらか貰ったりする。刑事時代の知合先をやっていたのがだんだん広がって、私のところへ来た頃はもう何処へでもやって行っていた。そう大きな声を出して脅したり、暴れたりはしない。大抵は下手から出て、へえへえ云っていくらか貰って来る。時には芝居の蝙蝠安《こうもりやす》のような真似もするから定めし悪党だろう、忌やな奴だろうと思うとこれが案外で、女房共々思いやりはあるし、義理は堅いし、世話になった人の為めには、決死の場へも飛んで行くというところがあった。

私が、

「逼出しやさんか」

というものだから、

「勘弁して下さいよ、唯、福《ふく》といって下さいよ」

といつも手を合せる。それでもこの人が戦災で不幸に死ぬ迄とうとう「逼出しやさん」の名は改められなかった。

のちには私の家が夏の間海へでも行くと女房共々留守に来てくれたりしたものだが、この人の出入りをはじめたのがこのトチコ一件間もなくで、矢島が、

「どうです、そんなにトチコが気にいらないなら逼出し福にやりましょうよ」

という。

「逼出しはあれをどうするのだえ」

「あれがね、この暮近くなるとまた逼出しをやりやがる。唯、お金を貰って来るのは悪いから、あのトチコをその人に買って貰えばいいんだ。あれで福に暮を越す金を稼がせてやりましょう」

「伊勢へ帰そうかと思ってるんだが」

「そんな斟酌《しんしゃく》はいりませんよ。犬は貰ったがその代り何んだかんだって犬以上の金をやってある。それにあれだって本当に元《もと》が出てるんだかどうか」

「え？」

「かねて手頃な奴に目をつけて置いて、さっとかッぱらって、その夜の汽車へ積んで終うって手もありますからさ」

「まさか」

「わたしもまさかと思うが、無きにしもあらずですよ。だから、あなた見たいに、そう真剣にばかり考える事はないと思う」

「はッはッはッはッ」

私は思わず噴出して、

「じゃあ、逼出しやへやろう」

「あ奴喜びますよ」

それから福さんがちょいちょいやって来ては、頻りにトチコの面倒を見ている中に年の瀬が近づいて来た。

「頂戴して参りますよ」

冬には珍らしく暖い日だったが、福さんが夕方突然やって来てこんな事をいった。

「もう日がくれるというにか」

「目の方もこの頃はお蔭で大変いいもんですからね、まだ大丈夫です」

「それあ結構だね。でも気をつけたがいいよ。ああ、そうそう、家内が云ってたが、一両日に君ンところの細君をよこしてくれろッて」

「へえ、承知いたしました」

丁度家内は留守であったが、トチコは私と子供達に見送られて、福さんに曳かれて行く。

「何処の人が買ってくれたえ」

「品川の人です」

「それじゃあ、割に近いからしっかり縛って置いて貰わなくてはいけないよ」

「ヘッヘッ、何あに大丈夫ですよ」

妙にこう大きく口を開いて笑い乍ら振返った。その意味深い笑い方の訳が五日目にやっと私にも呑込《のみこ》めた。

七

というのは、三日目の夕方思いもかけず、トチコはそうーっと忍ぶような例の恰好で、尾をたれて帰って来たのである。

「おやッ、トチコだ。繋ぎ方が拙《まず》かったんだな。その中に福さんが来るだろう」

一日間《ま》をおいて果して逼出しやさんがにやにやしながらやって来て、犬小屋を覗《のぞ》いてよろこんでいる。

「おお利巧だな、トチコ」

頭を撫でて、

「早速連れて帰ります」

「そうおし、先方では心配してるだろう」

「へえ、なあにさっきお使が見えましてね、トチコが逃げたってね」

「半年や一年は放しちゃあいけないとよく云って置くがいいな。品川じゃあ近いんだからさ」

「へえ、なあにかまいやしませんよ」

福さんはまたつれて行く。家内も子供達も誰一人、つれられて行くトチコに名残惜しそうにもしない。家の者ばかりではない。私までも――トチコもよくよくみんなに嫌われて終ったものである。

斯ういう事を年の暮までにトチコは三回繰返した。戻って来ては連れて行かれ、連れて行かれては戻って来る。私もとうとう少し腹が立って、

「半年放してはいけないと堅く云って置かなくては駄目だよ逼出し屋。今度戻って来たら、もうお前さんにはやらないよ。伊勢へかえして終う」

こういうと、

「へえへえ。どうも素人《しろと》という奴は困ったもんで、すぐ放すんですから」

「その品川の人という方もわからん人だな」

「全くですよ」

この晩矢島がやって来てけらけら笑い乍ら、

「逼出しが叱られたんですってね、ちッちゃくなってやって来てね。困った困ったたって云

ってましたよ」

「逼出しが悪い訳じゃあないだろうが」

「はっは、実はね。あの犬は紀州から汽車で来たばかりですから、すぐ放したって何処へも逃げやしませんって逼出しが対手《あいて》へ売るんですよ」

「え？」

「その人が安心して、一日二日で放して見る。すぐにこっちへ飛んで来る。ちゃんとそれがわかってるから逼出しがここへ来て、また連れてって、今度は別の人へ実は斯う斯ういう次第でいくらでもいいんですから買って下さいと頼み込むんだ。あ奴、唯、暮のお小遣を下さいといって逼出しをかけるよりは余っ程話が早くていいってよろこんでますよ」

「態《てい》のいい詐欺だな、それじゃあ」

「対手の旦那あどっちにしたってあ奴に喰いつかれるんだ。妙にからまれたり強請《ゆす》られたりするよりは、あの方がいいでしょう」

「何んだかおれあ詐欺の片棒を担いでるようで忌やだ。逼出《はいだ》すなら逼出すで、はっきりそれで行けあいいじゃあねえか――トチコが今度帰って来たら、もう金輪際《こんりんざい》彼奴には渡さない」

八

それっきりトチコは戻って来なくなった。逼出し屋もやって来ない。お神さんがお歳暮に来た姿を見ると、襟垢《えりあか》もなく小ざっぱりしていたから、こっちまで何にかうれしいような気持がして、福さんも元気かねときいたら、

「はい、近頃は千葉へ働らきに行って居ります」

という。

「いよいよ堅気になったね」

「当人もそのつもりになっていますけど、いつ迄続きますか、それが心配でございます」

「いや、福さんは、芯《しん》から逼出しなんぞをやっていれる人間ではないんだから、はっと気がついたら――お神さん。もうこっちのもんだよ」

「そうでございましょうか」

その夜矢島がやって来たから、

「逼出しやが堅気になったって本当か」

ときいたら、

「そうなんですよ。千葉に昔の仲間のでかい丸――ほらいつかあなたの鵠沼《くげぬま》海岸の家へ行った事がある」

「ああ、あの六尺余もある大きな男か」

「丸屋新吉、あ奴がね、一寸、いかれているようで案外目先きの明るい奴だったんだね。千葉で電信柱か何んか拵える工場の下請みたようなものをはじめたのが当って、この頃では三人や五人、人を使える身分になった。たよりはちょいちょいよこしていたが、当てになるもんかと思ってたら、それが本当で、福のところにも手紙が来たので、行ってみたらそんな有様。どうだ、お前ももう足を洗え。元よりだという事で福の奴、それからそこに働らいている」

「何故、おれにも知らせてくれなかった」

「何あにあ奴、トチコの一件であなたがすっかりお冠《かんむり》だと思込んでいるもんだから、もう少し落着く迄、あっちへは内緒にしておいてくれッと云うもんだから」

「でか丸にしても同じだよ。そうじゃあないか、喜び事は一刻も早く知りたいじゃないかね」

「そうなんだ。だがあ奴もほらいつか五反田で喧嘩をして対手の左の手首をずばっとやったといったら、あなたがそれあ偉い、今日から剣術の道場でもはじめたらどうだねと皮肉をいった。あれが、あ奴の胸にぐいっとこたえたらしくてね。何んとかなって新しい着物をぴんしゃんと着られるようになる迄は、わたしの事は、あっちへは知らせないでおくんなさい、しゃんとして何にかお土産でも持って行って、その時によろこんで下さるお顔を見たいからって、可愛い事を云うもんですから、わたしも、あなたへ知らせなかったんですよ」

「よしわかった。でか丸はとにかく逼出しやはああして、お神さんがちょいちょいやって来たんだし、私も人生再出発を祝ってやりたいから、今度、家へ戻って来たら是非こっちへ連れて来てくれ」

「そうしてやってくれますか」

「夜になると目が見えないんだから、お神さんにも手をひいて一緒に来て貰うんだね」

それから一と月も経って終ったが、逼出しやは姿を見せない。矢島にいっても、何んとかかんとか、言訳をいっている。二月になって寒い最中、星が一ぱいで何にもかも凍って終いそうな夜。逼出しやがお神さんに手をひかれ、矢島と犬屋の大崎と四人づれで、出し抜けにやって来た。

九

「逼出しさん、どうしたよ」

「へえ」

「堅気になったんで、こっちはお見限りか」

「と、と、飛んでもありません」

「じゃあどうしておれんところへ、顔も見せず、たよりもしないのだね」

矢島が割って入るようにした。

「今日《こんにち》迄申訳ない事ばかりで、顔向けが出来ないなんて、そんな事ばかり云っててね」

「ふーむ」

「福はね、今夜やって来てこういうんですよ。今迄あんな事をしていた頃は、別にあれがそんな悪るい事だとも思わなかった。それがこうして堅気の生活をして見ると一日一日自分のやった事に自分の胸がせめられて、世の中が恐ろしくなって何処へも顔を持って行けなかった。それが今夜どうしてやって来たかと云いますとね、今日工場ででか丸が給料を渡したっていうんです。働らいている者みんなへ一人一人袋へ入れましてね」

といった時に逼出し屋は黒い洋服のポケットから、急いで封筒をつかみ出して、

「これです。あなたにお目にかけたいと思ってまだ封を切ってはありません」

「ほーう。目出たい事だ」

実は私は、——逼出しやが月給を貰うなんて——と附け足そうとしたんだが、何にかこう切羽詰ったような顔つきを見ると、そんな冗談は云えなくなった。

「わたしは御承知の通り若い時分警察に勤めていました。その時はこうして毎月袋を貰いました。それでも別にそんなにうれしいとは思わなかったもんです。それがこうして十何年ぶりで、月給袋を貰いました。貰った時にわたしは、からだ中が熱くなって、思わず、

泣き出して終ったんですよ」

「うむ」

「でか丸が肩を叩いて、福さん、わかるよわかるよって云ってくれました」

「そうか、――そうだろうねえ」

「本当に」

といって、逼出しやは、私の前でまた涙を拭った。

「警察を罷《や》めさせられてぐれてからは、それあうまく行って、警察の月給よりぐんと多い金をたかれた事も度々あります。うれしい筈です。だがその金が多ければ多い程、それがちっともうれしくはない。からだ中、ぞうーっとして、家へ帰る迄、何百遍うしろを振返って見るか知れやしないんですよ。怖い、何にもかも怖い。誰かつけて来ちゃあいねえか、家へ帰る足がまるで地につかない。その晩は怖くて落着いては眠れない。次の日も次の日もそうだが、いつの間にか忘れて終う頃には、また何処かへ逼出しをかけなくては喰って行けなくなるんです。年がら年中、悪るい事をして、それでいて怖がって、びくびくびくびくしている。それが、自分で働らいて、何処から何にがやって来ても、びくともしないお金を貰って――ね、考えて見ると当り前に貰うお金です。これがこんなにうれしい。あああ、同じ金でもこんなに値打ちが違うものか、有難いッ、そう思ったらどうにも涙が出て来やがってね。貰う金が少なくても堅気ッてのは、こんなに気持のいいもんだった――

はっはっはっ、はじめて堅気ッてものにぶッつかったような気がしました」

「いい事だった。お神さん、逼出しやさんが汗水たらして持って来たお金だ、大切にしなくちゃあいけませんね」

私のいうのへ、お神さんは、

「はい」

といったきり、やっぱりうつ向いたままだった。

矢島は大声で笑って、

「おれ達あ、何んだか、あてこすられているようなもんだな、おう、大崎」

「全くですよ」

と犬屋の大崎は頭をかいて、

「でも、わたしは畜犬商という ちゃんと税金を納める商売がありますから、堅気の中に入りますよ」

「はっはっ。うまく逃げやがったな」

と矢島は額を叩いてのけ反《ぞ》るような恰好をした。

それからみんな揃って、御飯を喰べに行った。すぐ庭の前に波が静かに寄せている海岸べりの料理屋で、障子を開けると寒い潮風の中に、海上遥かにちらちらと色々な灯が見えている。

お神さんが、海が綺麗ですよと逼出しやへいう。逼出しやは黙ってうなずいて、ちょいと淋しそうな顔をする。

十

矢島も大崎も直ぐに酔う。ふと気がつくと逼出しやは、さっき祝盃を一杯飲んだきりでちっとも飲まない。

「どうしたんだ、福」

と矢島が見咎《みとが》めた。

「うれしゅうござんしてね」

「うれしくて酒が飲めないてえ事はねえだろう。今夜あ、おやじさんがお前を祝って御馳走してくれたんだぜ。お前、飲まねえって法はねえぞ」

「それなんですよ、それがうれしくてさ、もうもう胸ン中も何処も此処も一ぺえなんですよ」

「うれしいのあ、お前ばかりじゃあねえや、おれだって、大崎だって同じ事だ。逼出しやの福が今頃堅気になって呉れるたあ夢にも思わなかったんだ」

「へえ」

「皮肉じゃあねえよ、本当にうれしいんだぜ」

「有難う存じます」

「人をだましてトチコを売っちゃあ逃げさせ、また引っ張って行っては別な人へ売る。つい先頃までそんな事をやっていたお前が、堅気になって、月給袋を封も切らずに持って帰る人間になろうたあ、気がつかねえのが当り前だ」

酔って来て矢島も少し涙声。私はふと思い出した。

「しかしトチコはあれからどうなった」

「へえ、蒲田の島村さんてえ会社の重役さんに売りましたッきりで、その後はわかりません」

「そうか。今度は犬の事がいくらか解る人と見えて放さずにあるんだな」

「犬小屋がありましたからそうでしょう」

「幸福《しあわせ》はお前さんばかりじゃあない。トチコにも来て呉れなくてはなあ」

「そうです」

大崎は酔倒《よいたお》れたが、逼出しやはとうとう酒を飲まず、やがて大崎一人を残して帰って来た。逼出しやが家へ曲る露路の角で、車を降りて、送って来た私と矢島へふり返りふり返りお辞儀をしてお神さんに手をひかれてとぼとぼと寒むい闇の中に消えて行くうしろ姿は、淋しいけれど何にかこう幸福そうであった。

その後、お神さんは、ちょいちょい私のところへ来たが、福は滅多に顔を出さない。主として千葉の工場に泊っているからである。七日に一度十日に一度というように時たま東京へかえる日は、でか丸がまだ陽のある中に工場を早帰りさせてくれるが、家へ着く頃には福にしてはもう足下が少し危なくなってからである。お神さんが途中まで迎えに行ったり、なんかする程だから、なかなか私のところへ来る暇もないのだ。

それでも矢島は時々でか丸のところへも顔を出してやって、福の様子などもきいて来ては私へ話してくれるので、心から堅気になって働らいている福の姿がまざまざと目に見えた。

月日は流れてもこの人達には別に変った事もなかったが、私の家の犬はいつの間にかだんだん頭数がふえて行った。北海道からアイヌ犬が来たり、樺太犬が来たり、甲州の虎ゴマが来たり――しかし余り気に入った性質のものはなかった。真っ黒な樺太犬は家族のものを誰彼の差別なしに噛《か》みついたし、アイヌ犬は妙にこうこすっからいところがあって、すぐに大崎にくれて終った。

あ、そうそう。その後に伊勢の犬屋がフクよりは一まわり大きなやっぱり立派な紀州犬を持って来て、また大崎を通じて話があったのでこれを買った。

上野で何々畜犬共進会というものがあった。犬の展覧会だの共進会だのというものの中にもいろいろあって、本当に犬を展覧しようという会もあれば、また犬屋さん達が商売でやる会もある。大崎が、

「実あ、わたしのところで出品する犬がねえんですよ。つき合いで何んとかして一頭でも出したい、と云って、出したからには、賞にも何にもへえらねえものでも困りますから、この間伊勢から来た奴を一日貸しておくんなさい」

という。

「フクは駄目なのか」

「いや、犬はフクの方がいいんですが、素人目にはこの間の奴の方がようござんすから——あ奴ならカップを取ってもお客さんから文句は出ません」

「じゃあまあ連れて行ってもいいよ」

それはシロという名をつけてあった。極く薄い茶で体格はいいが、鼻も赤くどうも少し混っているような大した犬ではなかった。

しかし当日はいいお天気だったので、私は矢島と二人で、この共進会を見に行った。共進会とはいっても、犬の即売会のような塩梅で、旗や何んかで飾り立てて大勢人が集まって景気だけは大変だ。一箇月もしたらどんな風に化けて終うかわからない小犬をいろいろ能書をいって売ろうとしている立派な奥さん風の女の人がいたり（これを俗にお客犬屋又は旦那犬屋などという）、そうかと思うと、一坪位の低い桟敷のような場所へ紅い毛布を敷いてそこへ、犬と並んで綺麗な服装をした良家のお嬢さんが何んにも知らずに坐っていたり、なかなかどうして夫々《それぞれ》に面白い。

会場の四方はこの桟敷風でその一枡《ひとます》ずつを買って犬を見せているのは、多くは犬屋さんの上得意で、自分の犬は日本一だとその犬屋さんから吹込まれて来ているものが大体だ。中にはいろいろのそうした会の優勝旗を傍らに押立て、大小のカップを並べていたりしている。

その間を、革のジャンパーを着たり何んかした一見犬屋さん風の人があっちへ行ったりこっちへ来たり、互に耳打ちをしたり、中には声高に喧嘩のようにしゃべり合っていたり——。

その革ジャンパーが一人横からつかつかと私の前へ出て来た。

「いらっしゃりませ」

「やあ」

思いもかけぬ例の伊勢の犬屋さんである。

「出て来ていたのかね」

「へえ。殆んど全国から集まって来てやすんで」

「そう」

「お宅にお願い申しましたシロはあすこに出てます。今日の一等は先ず間違いないと思いますが」

伊勢の犬屋さんの指さす方を見ると、如何にもシロが、その一枡桟敷の正面右寄りのところに、毛布を敷いておとなしく坐っている。

美しい年頃の娘さんが附添っている。

十一

「驚ろいたな」

私はそう云い乍らシロの前へ行くと、飛上って、頻りに尾をふった。娘さんが丁寧にお辞儀をした。

「あんな娘《こ》を犬と並べて見世物は可哀そうだ」

と、そっと矢島にいったら、横で大崎はへらへら頭をかき乍ら、

「へえ、何あにあれはわたしの娘でして、あれも売物なんですから」

と笑った。

「売物か？　じゃあおやじさんに買って貰え」

矢島がいうと、大崎はまじめな顔で少し声をひそめ乍ら、

「先生ほんとに頼みますよ」

といったのが、私の耳にも入った。

それはさておき、私と矢島がものの三十分もこの共進会場にいる間に、大崎と伊勢の犬屋はちょいとといって獣医さんである矢島を横へつれて行って、何にか頻りに話していた

が、やがて矢島がいくらかの紙幣《さつ》を彼等に渡しているのがこっちに見えた。

外へ出て、

「あ奴《いつ》ら何にをこそこそやっているんだ」

ときいた。

「何あにね、あ奴らのいう通りシロが一等に定ったというんですよ」

「何んでお金をやったの」

「はっはっ、見られたか——帰ってからお話しするつもりだったが、一等でもカップは小さな奴が一つで優勝旗はくれないんだそうでね。仲間の審査員ってものに金をやると、カップもあすこにある一番大きな奴になるし、優勝旗もつくから、あ奴ら、そうしたいというんですよ」

「ふーん、大カップと優勝旗を買う訳だね」

「そう云えば、味も素っ気もなくなりますよ。ここのところは馬鹿ンなっていて下さいよ」

「そうかねえ」

「大崎の奴も下拵えにいくらか銭《ぜに》を使っているし——といってもほんの僅かだろうが、こっちで見てるようなもんじゃあない、奴ら一所懸命なんですよ。こういう機会に頭をよくして置かなくちゃあ、全国を股《また》にかけた商売は出来ないらしいんですね。表面にはああして上得意のお客さんに雛壇《ひなだん》に出ていただいて置いて、楽屋裏では犬屋同士のいろんな取引や顔つなぎがある。云って見ればばくち打ちの花会《はなかい》見たいなものですよ」

「花会ねえ」

「あなたも、わたしらに繋《つな》がる縁だ。そう諦めて、まあ黙って馬鹿になってて下さい」

「はいはい。承知しました」

その日、暮れてから私の家へ帰って来たシロは大崎と伊勢の犬屋と大崎の娘さんと三人で、カップや優勝旗を誇らしげに持っていた。

「シロ、お前一等かね」

笑いながらシロの頭を撫でているのを、横合からフクが例の無愛想な態度で、じっと見ている。

それにしても大崎の娘さんは別嬪《べっぴん》だ。少し肥り肉《じし》の二つ顎で、ぱっちりとした目を伏せて小さく笑う様子などはどうしてなかなかいい。十九だというが一つ二つ老《ふ》けて見える。

「お前さんに、こんないい娘さんがいるなんて知らなかった」

「おふくろが病人なもんですから、いやもう、おしゃれどころか、煤《すす》ぼけてますんで、余り外へも出しませんのです」

「若い娘さんだ、それじゃあ可哀そうだよ」

「へえ」

そんな事でやがて矢島も三人も帰る。

それ迄は無事だったんだが、その夜、庭の内に自由に放されているフクとシロとの間に大変な事変が起きて終った。他の犬達は、体格に於て格段にこの二つに劣るので、今日まで別に何んのいざこざもなかったのだが、フクとシロはほぼ同じような大きさなので、何にかにつけていがみ合いをするような事はこれ迄にも度々あった。しかし私が出て行って、

「こらッ！」

と大声で叱ると、そのまま何事もなく済んだのだが、この夜はそう簡単には行かなかった。

悲壮な犬の咬合いの声に、私がびっくりして寝床を飛出して行ったのは、もう夜というよりは夜明けに近かったかも知れない。庭の有様が微かながらすべて見えたから。

十二

フクとシロの喧嘩であることは一声きいただけでわかっていたが、飛出して行って思わず息を呑む程に驚ろいた事は、そこにかつて思いもしなかった、そしてかつて一度も見た事のない光景があったからである。

私の小さな庭は、犬達が外へ出られないようになっていたが、東側の垣根の入口、そこを入るとすぐ私の部屋の前になるが、僅かばかり砂利を敷いた向い側に大きなかめが埋め

てあって、これへいつも満々と水をたたえ、その周囲にぼく石などを積んだり、何にか木賊《とくさ》のような草などを植えて、まあちょっとした池という事に拵えてある。

この池の中にシロが抛《ほう》り込まれたように入って、顔を水に浸している。フクは少しこっちへはなれ、なお牙をむいて吼《ほ》えつづけているのである。

「あッ！　シロが」

そういった私の声が余り大きかったのだろう。いつの間にか家中の者がみんな起き出して来て、同じにこれを見て、ぎょっとしたらしかった。

「フクッ、フクッ」

叱り乍ら、シロに近づいてそのかめから抱き上げようとして、私は再びおどろいた。

「もう死んでいる」

「えッ？　死んでいるんですか」

家内も子供達もみんな飛びつくように傍へ駈け込んだ。

「死んでいるよ」

哀れなるシロ。今日は上野で紅い毛布の上へ坐り、みんなの目に晴れがましく見られて、カップを貰い、優勝旗を貰って帰って来たばかりなのに、今や間違いなく死んでいる。それにしても、フクは毛がぬれていないようだからかめの中で格闘をしたのではないだろう。

こんなに早く矢島へ電話をかけるのも気の毒だ。とにかく水から引上げなくてはならない。

「フクはあっちへつれて行け」

とみんなに云い乍ら私はシロを抱いて力を入れた。まだからだに温まりはある。

「誰か莚《むしろ》を持って来いよ」

女中が物置から莚を運んで来る間に、私はやっとシロをかめから上げて、莚の上へ置いてまたびっくりした。シロの片方の横腹がバスケットのボール程にも大きく膨れて、今にも破れそうにさえ見えるのである。

「どうしたんだろう、これは」

「喧嘩のはずみで腸《はらわた》がどうにかなったんではありませんでしょうかねえ」

「どっちにしてももう呼吸はない」

それからさんざんフクを叱りつけたり、殴りつけたりしていたが、シロを抱いたために寝巻がぬれたので寒むくなって、家へ引込んで着替をしている間に、すっかり朝になった。

矢島が如何にもひとかどの獣医さんらしく、鞄《かばん》を下げて自転車でやって来たのはそれから間もなくで、直ぐに哀れな姿のシロを診た。

「これはね、喧嘩の時に、フクに銜《くわ》えられてふり廻されたんだね。そのはずみで、ぼく石へ脾臓《ひばら》をぶっつけられたんですよ。別に腸《はらわた》が破裂してる訳じゃあないが、はずみの力というものは怖ろしいものだから。云わば一撃でノックダウンでさあ。かめへはダウンの時に落っこちたんで、フクに投込まれたって訳じゃあない」

「そうかねえ」

「それにしても今日はカップをとって来たんだからシロも死花を咲かせたようなもんだ。しかしフクは強いなあ。この間も近所にいる歯医者がセパードを飼っていて、ふだん余り高慢ちきな顔をしてるもんだから癪《しゃく》にさわりましてね。あなたの居ない留守に奥さんにも内緒でフクをつれ出してけしかけてやったんですよ。ところがどうです。鼻高々の歯医者のセパード、ひとたまりもありませんや。いい気味だの何んのってね。胸がすうーっとした。何しろ鉄砲玉を七つもくらって平気という不死身だから」

「驚ろいた人だな」

死んだシロは赤い鼻先の色も真《ま》っ蒼《さお》にさめて、目玉をぎょろんとむいている姿が如何にも悲惨だった。私は未だに忘れない。

「両雄並びたたずという、もう同じような犬は一緒に置かぬ事だな。シロも人間共の一寸した不注意のためにこんな死方をしたようなものだ」

「ぶつけどころが悪るかった。云わば持って生れて来た不運ですよ。まさかフクだって殺す気はなかったでしょう」

その中に、大崎が来る。娘が来る。

「よくわたしに懐《なつ》きましたんですよ」

犬屋の娘に似合わず、眼をうるませておろおろいう。大崎も死体を撫でて、

「いいやな、いいやな」

どういう意味か、私にはわからぬそんな事を繰返し繰返し何遍もいってから、

「南無妙法蓮華経」

と大きな手を合せたものである。

十三

その年明けて春。春ももう四月をすぎていた。私は前日いつもより少し長い時間仕事をしつづけたためか、いつも斯うであるように、疲れているのに、朝五時にはもう眼がさめて終っていた。眼がさめると、からだがほてり出してどうしても床の中にはいられない性分《しょうぶん》。

そっと起きて庭木戸から門の方へ行こうとした。犬達がみんな一斉に飛びついて、私について外へ出ようとするが、私は素早く木戸を閉めてこれを遮った。まだ朝露があって朝の新緑は眼がさめるように美しく、庭の楓《かえで》の枝が門へ行く細い道に掩《おお》いかぶさっていた。粗末な門の小さな潜戸《くぐりど》を出て、ちょっと驚ろいて思わず足が留った。門の扉にからだをくっつけるようにして、白い小柄な痩せた犬が一つ臥《ね》ているのである。

「おや紀州だな」

思った途端にその犬は、すうーっと私の足下に腹を地へつけてはい寄って来た。日本犬の対手に恐縮した時の表情で、耳を両方に開いてかんざしをさしたような恰好。如何にもか弱く、おじおじと人を恐れる態度だ。その態度が、からだの立派さにかかわらず、妙に気弱かったあのシロに似た調子があるので、忘れかけていた哀れなシロをちらりと想い出したが――。

「おい、こら、日本犬というものは、他人の家の側《そば》へ来てねてたりなんかするもんじゃあないぞ。おや、牝だな」

犬はなおすり寄って来る。しかし、こっちの出方によっては、さっと逃げ出そうとしているような用心深いものを感じさせられた。それにこ奴、何にか非常に疲れている。からだの毛の艶《つや》もまるでなく、眼も少ししょぼしょぼしているようだ。

「病気かな」

そうも思ったが、如何にも毛並も汚れている、手足も汚なそうだ。そうなると薄情なものである。犬好きな筈の私がこ奴に触られでもしては大変だと思って、そう力は入れなかったが、とにかくぱっと蹴飛ばしたものである。

「日本犬は主人以外の人の側へは寄るもんじゃあないッ」

犬は一声きゃンと、それも小さく弱く鳴いて尾を後脚の間に挟むようにすると、ちょこちょこと、原ッぱの方へ逃げて行って終った。

勿論四辺《あたり》には人の影もない。私は新緑のあの道この道、家並の間をものの一時間ばかりも散歩して、家へ帰って来て、石垣の曲り角から門の前を見てまた首をかしげざるを得なかった。

さっきの白い痩犬がまたそこにうずくまっているのである。

「おや、こ奴は妙だ」

十四

見直したが、元より見も知らぬ犬だ。小さくて弱々しくて、汚なくて、如何にもしょんぼりとしている。その頃次から次と逞ましい大型の犬などを飼い出していた私には、ほんの捨犬のようにより見えなかった。

「こら、日本犬は他の家の門前などに寝ているもんじゃあない」

そんな事を早口に、いくらか憎しみをも持って云い乍ら、全く以て冷酷な話で、再びしかし今度はいくらか軽ろく足蹴にした。犬は背中を丸く尾をたれて、まるで縮むような恰好で、こそこそと逃げて行った。

家へ入って、

「門の前に小さな汚ない犬がいたよ。何処の犬だろう」

そんな事をいっている中に、やがてせがれ達が学校の時刻になって、長男が一番先きに

出て行ったが、すぐ引返して来て、

「まだいるよ」

といった。

「たった今追払ったばかりなのに、また来たか」

「僕を見て尾をふってたよ」

「馬鹿犬だな」

暫くして三男坊主が出て行く時に見て、

「トチコじゃあないかな」

という声がした。

「何、トチコですって？」

家内が出て行く。私も出て行った。

「これあトチコじゃあないよ、トチコはもっと大きいし第一毛色がこんなに薄茶見たいな色ではないよ」

その犬は、時々、盗むように私の方を見乍ら——恐らくはまた蹴飛ばされはしまいかと警戒しているのだろう——それでいて、家内の足許へ顔をすりつけるようにして、尾をふったり、ころりと転がって、お腹を出したりしている。

「変な犬だ。だが、トチコはこんなにちっぽけじゃあなかったなあ」

私は家内へそういうが、家内はすぐに賛成しない。首をかしげている。

次男坊主が出て来た。これは兄弟中では一番の犬好きだ。転がっている犬を撫でて見ていたが、

「これトチコだよ」

「違う。何んだか似てるような気もするが、トチコはこんなに小さくなかった」

「だってね、トチコは出臍《でべそ》だったよ。この犬、出臍だもの」

「出臍？　そうだ、出臍だな。トチコは出臍だったか」

「そうだよ出臍だよ。これトチコに間違いないよ」

家内は、

「トチコ」

とよんだ。その小犬は俄かに活気づき、からだを大きく左右にゆすぶって頻りに尾をふる。くんくんくんくん鼻を鳴らして、家内の脚へまつわりつき、立ち上って、突然、

「わン」

と一声吠えた。

「あっ、やっぱりトチコですよ」

そうかも知れない。私も瞬間そう思って、

「お前トチコか」

犬はこの時はじめて私の足許へまつわりついて、またそこへころりと仰向けに横になった。

私は腹を撫でてやった。

「トチコか。勘弁しろよ、お前とはわからなかった」

私は何んだか、胸がこみ上げて、人間などというものはずいぶん薄情なものだ、折角慕いに慕ってやって来た主人が、叱りつけて足蹴にした、しかも今の今までも自分をトチコとはわかってくれなかった。きっと心の中でそう思った事だろうと思うと堪らなく可哀そうになる。

トチコはくんくんなきながら、今度は本当に安心したようにみんなの足許へ一人ずつ一人ずつまつわりついて廻る。心の中ではうれし泣きをしていたかもしれない。

幸いに次男坊主の出臍の記憶によって救われたが、よく見ると痩せて肉が落ちて小さくなっている上に、足から腹の辺りまでこちこちに漆をぬったように泥やら何にかで固くなり、爪の間にも小さな石ころのようなものが挟まったりしている。

「トチコか、トチコか」

そんな事を何百遍も繰返しながら、やがてせがれ達が学校へ行って終って、私と家内は、大急ぎで風呂をわかし、台所にあったいろんな食べものをトチコの前へ並べた。トチコはまるで夢中でがつがつとそれを食べた。

私はトチコを連れて湯殿へ入り大だらいに湯をくんで石鹼《せっけん》ですっかり洗ってやりながら、獣医の矢島のところへ電話をかけさせた。

私が風呂を出ない中に矢島は来たが、やっぱり、この犬を見て、

「トチコじゃあねえようだね」

という。次男の出臍説で、

「あっ、そう云えばトチコは出臍だったな」

とはじめて納得したが、それから三日目にトチコの様子のどうもおかしいのに先ず家内が気がついた。

「病気ですね」

十五

電話でやって来た矢島は、トチコを診る前に首をふって、

「驚ろいたねどうも――トチコはね、逼出しやが蒲田の島村さんという鉄工場の重役さんへ売ったら、あれから間もなく、その鉄工場が千葉の木更津の先きの富浦というところへ移転してね。島村さんもそこへ移った。もう飼ってからずいぶん日も経つし、東京をはなれて此処まで来たら大丈夫だろうというんで一と月ばかり前にトチコを放したんだそうですよ。トチコは方々遊び歩るいてもすぐ家へ戻るし、安心してその日そのまま犬小舎へし

ばらずに置いたが、夜中は確かに家のまわりにいたというんだ。それが夜が明けたら姿がない。半月以上も方々さがしたがとうとう見当らないものだから、遂に逼出し屋ンところへ使の人が来てね——そう、島村さんとことでか丸の工場と何んか引っかかりがあって、逼出し屋があすこにいる事を知っていて、時々、逼出し屋も島村さんところへ顔を出したりしていたらしいんだ——そこで行って見たら、勿論トチコはいないさ。島村さんも今ではあきらめているそうだが、逼出し屋までがトチコはどうしているんだろうと心配しているという事を、でか丸からききましたよ」

「そうか」

「何にしろ、西も東も知らない千葉も突《と》っ先き近く迄連れて行かれて、そこからただただこの家恋しさで東京へかえって来た。一と月もかかったんだねえ」

「うむ」

「日本犬の事だから、途中で拾い喰いや貰い喰いなんかしないから、絶食の日が多かった訳だもの。食わずに歩るきつづけて来た、野に伏し山にねるというのはこういう事だろう」

「それがやっと家へ着いたが、敷居が高いというのか遠慮して門の内へも入らずにああして丸くなってねていた。精根を費《つか》い果してね。それをおれに蹴飛ばされた時はトチコはどんなに悲しかったろうなあ」

「恋しいなつかしい主人を唯一筋に思い詰めてたどりついたんだからね、悲しかったろう」

「可哀そうな事をしたな」

家内はもう泣いていた。矢島と三人で犬小舎へ行った。

「一と月の間にトチコは寿命をすり減らして終ったのだねえ――おう、トチコ、どうした」

私達三人がすぐ頭の前にしゃがんでいるのも気づかないようにぐったりとして眠っていたトチコが私の声をきいて、ぱっと眼を開いたが、その眼はいつもと違ってもうどんよりと薄白くくもっている。頭を少しも持ち上げない。ただ微かに尾をふった。

「いいよ、いいよ」

私は頭を軽ろく叩いてやった。

「病気はどうなんだ」

「さあ」

と矢島は、

「病気といっても、何んという事もない。云って見れば疲労困憊《こんぱい》の果てとでも云うかな」

「大丈夫なのか」

「体温がひどく下っているし脈搏だっていけない。可哀そうだが、このまま枯木の倒れるように死ぬかも知れやせんよ」

「死ぬ？　何んとかならないのか。今、打った注射はカンフルかね」

「そうなんです。でも流石《さすが》の名医も斯くなっては手の打ちようがない」

「そうか」

家内が立って、

「玉子を持って来てやりましょう」

といった。トチコが生の玉子が何より好きな事を想い出したのだ。

すぐにお皿へ割って、

「さ、トチコ、おあがり」

トチコはそれでも、その玉子をちょっと見たようであった。が、嘗めようともしなかった。

「もう駄目ですね」

とひとり言。

「口を割ってのませてやったらどうだ」

私がいうのを無言でうなずいて、口へ入れてやったが、飲み下す力もないか、口の両脇からたらたらと流れ出して終うだけであった。

「いけないな」

私はがっくりした。千葉の端から、逢《あ》いたい一心で来たものを足蹴にした口惜《くや》しさが改めて胸に針を刺す。

十六

「ここではなく家の中へ上げよう」

私が抱いて、座敷の小蒲団《ぶとん》の上へ運んで、

「お前さんも獣医で飯をくってるんだ、何んとかならんか。せめてもう十日でもいいが」

私が何にかいう度にトチコは尾をふる。断末魔に一所懸命の愛嬌だ。

「いいんだよいいんだよ。尾をふらなくても」

矢島はありとあらゆる手段は尽くしているらしい。ずっと夕方迄つきっきりで介抱しているが、素人《しろうと》眼にも刻々刻々弱って行くのがわかる。

子供達が学校から帰って来たが、次男坊だけは、柔道の試合があるといって日がくれても戻って来ない。

「もう、殆んど死んでいるんだが――おやじさん抱いてやんなさいよ」

矢島がいう。

「そうして下さい」

と家内もいう。

「蹴飛ばした罪亡ぼしにな」

冗談にいったが、本気でもある。トチコは私に抱かれたがやっぱり微かに呼吸をつづけ、何にか私が物を云うと尾をふる。しかしそれも段々力が無くなって行った。

「頑張れよ、死ぬなよ」

せがれ達がいったり、私が云ったり、でも、到底駄目だろう。

次男坊が帰って来て、この有様を見てびっくりしたのは、もう七時すぎであった。

「トチコ」

こう声をかけた。トチコは首を持上げるようにしてまた尾をふったが、抱いている私の胡坐をぬけ出して、そっちへ行きたそうな様子が私に感じられた。

「おい、お前に抱かれて死にたいらしいぞ」

「そうだねえ」

と矢島は、

「たった一人トチコの出臍を覚えていてくれたんだ。それが有難くてうれしくて――うむ、その人が帰って来るのを待って、死ねずにいたのかも知れない」

といった。

トチコは次男坊の胡坐へ移った。そしてそれから間もなく、本当に呼吸が無くなって終った。

「死んだ。やっぱりお前を待っていたんだな。ぐんぐん暗いところへ引込まれて行くのを、たった一声でもきいてと頑張っていたんだな。安心してそれっきり力が無くなった」

みんな黙ってうなずくだけである。

「犬なんてこんなに解るもんかね。これでは全く人間と同じだ」

「トチコは利巧だったんですね」

と矢島も柄にもなく少しほろりとしている。

「形は犬だったが心は人間なんだねえ。何んかこそこそしていて、真っ正面から人の顔を見れないような性質で、自然、みんなにも嫌われた。損な生れつきだったんだが、気持の中では何にもかもよくわかっていたんだ」

「そうですよ。一見したところ暗い感じで、雨が降るとしょぼしょぼとぬれて歩るいたり、嫌われるような性質も多分に持っていたが、ほんとの最後に涙の出るような正体を見せて死にましたね」

「うむ。おれもこの犬の見方は皮相だったな。こ奴を嫌って逼出し屋にやり、そのためにトチコはどれだけ、主人をかえたか知れない。あっちに三日、こっちに二日——思えば可哀そうな生涯だった。木更津の先きから、あっちこっちとさ迷いつづけておれのところ迄戻って来る程の熱情がわからないなんてなあ。人間にもきっと斯ういう人がある。おれ達はこれから先き、そういう事もしっかり腹へ入れて置かなくては、心にもない薄情な真似をして終うかも知れないなあ」

家内がうなずいた。

考えて見ると、この矢島にしても犬屋の大崎にしてもでか丸にしても、逼出し屋にしても、世間の人は唯皮相な見方だけをしているかも知れない。本当はこういう人達の胸の中に流れている正体を見てやらなくては、私がトチコに対したと同様、少し間違ってもいるし可哀そうでもあるようだ。

シロ死に、トチコ死に、私の多磨に買求めたささやかな獣類墓地には、小さな墓標が斯くしてだんだん殖えて行った。

それはさておき、その頃から東京は次第に空襲がはげしくなって行っていた。食物もだんだん不自由になって来たし、犬を飼うどころか、殺してその皮を供出しろというような事にさえなって来たし、従って飼主のない野良犬などがずいぶんそちこちをうろうろしていた。

逼出し屋のお神さんはその頃、千葉へ引越して、でか丸の心配で小さな家を一軒借り、ここで夫婦二人が無事に暮している。

十七

ある時、でか丸がひょっこりやって来た。大きなトランクを両手に下げている。

「お蔭さんで仕事もうまく行って私同様福さん夫婦もまあ何んとか暮して居ります。ところでこのトランクは米なんですがね」

「え、米？　そんなに」

米の取締りが厳しい最中、よくこんなに持って来たものだと驚ろくよりも、このトランクーぱいなら相当な重量である。如何に力持ちのでか丸でもと驚ろいていると、

「一つは米、こっちの方は福さん夫婦が丹精をしたかぼちゃや何んか野菜物なんですよ。まだまだ田舎は多少のゆとりもあるが東京は大変困っているというから、こちらもお困りだろうというんで、わたしにどうしても運べというんです。福は御存知のような眼なもんですから東京へ行って帰りに若《も》しもの事でもあったら、却ってあなたに忌やな思いをさせるからって申しましてね。お神さんが来ようと云いますが、とても女ではこの重い物を扱い切れない。それに都合によっちゃあ、わたしなら、これを両手へ下げても五里や八里は畑の道を通ったって歩るけるが、女じゃあ出来ないッて訳で、持って来ました」

「それあどうも」

「わたしも福もその節は御恩になりっ放しでまだ御恩返しもして居りません。こういう世の中で、しかも千葉の方がいっそう危ないという噂《うわさ》でしてね。いつ、どかんとやられて、左様ならをするかも知れません。せめて呼吸《いき》のある中に、心ばかりでも御恩を忘れては居りませんというわたし共の気持を差上げたいと思いましてね」

「何をいってるんだよ、御恩も何にもありゃしないが、よく危ない中を持って来てくれたね」

「それから、あなたはうどんが大好物だからと、福のお神さんが、田舎の方を廻り歩るいて、それも少し手に入れて、こっちの鞄に入っています」

「有難いねえ。みんなにそんなに親切にして貰って」

「そうそう、話は違いますが矢島の兄貴は、獣医をやめて、工場へ入ったという知らせがありましたが――これから一寸その工場へ寄って千葉へ帰ります」

「犬なんぞがこんな塩梅で商売にはならないし――なあ丸さん、人間はいい事をして置きたいもんだ。知ってるだろう、矢島が独逸人で貧乏していた奴をいろいろ世話を焼いてやった話」

「へえ、知ってます。あの独逸はあちらのやくざでしてね。元来が無茶な野郎だ。あたしがあ奴と喧嘩をした。それを矢島の兄貴が仲裁して下さいやしてね」

「それでその独逸と矢島も知合って、ずいぶん世話を焼いてやったようだったな。クリスマスの晩にその独逸の奥さんに自分のふところを叩いてケーキを買ってやった。あの話なんぞは下手な小説より余っ程面白い」

　というのは――。

　その夜は丁度みぞれ雪で、矢島が番傘に足駄、しかも古ぼけた唐桟《とうざん》の袷《あわせ》に黒八のかかった広口袢纏《ひろくちばんてん》という恰好。これで男ぶりがよくて豆絞《しぼ》りの手拭で頬かぶりでもしていれば差詰め羽左衛門入谷田《た》ン圃《ぼ》の直侍《なおざむらい》といういでたち。これから一ぱい飲みに行こうという。矢島が飲み屋へ行く時は、いつもこんな風采《なり》をするのが好きだった。

ひょいと見ると、通りの洋菓子屋の窓にとんがった鼻をくっつけるようにして、覗いている外国の女がいる。洋傘は持っているが如何にも貧相だ。横へ廻って顔を見るとこれが例の知合の独逸やくざの女房で、どうも窓の内に飾ってあるクリスマスケーキを見詰めている。家には子供が一人ある。如何にも泣き出しでもしそうな淋しい顔だったという。矢島は、こういう事には人一倍思いやりがあるし、よく気もつく人間だから、

「奥さん、何にを見ていらっしゃる」

といった。

「おお、ヤジマさん、あのケーキ大変美しい」

「じゃあ一つ、あたしにクリスマスのプレゼントをさせて下さい」

女がケーキはほしいがお金のない事を見てとった矢島は、すぐにこの菓子を買って、

「どうぞ」

といって女へ渡した。女のよろこびようったら無かった。確かに泣いていたと、後ちに矢島が私へ話していた。そのため、矢島は文無しになって、その雪の夜に一ぱい飲む事は出来なかったが、その独逸やくざという男は何にか飛行機についての特別な技術があった

ようだ。そのために戦争中にこれを利用して忽ち大きな会社を拵えた。

十八

その時に矢島の事を思い出したらしく、是非労務関係の重役として入社してくれというので、獣医の方は先きにも云った通りの状態だったから、いろいろないい条件でその会社へ入ったのである。

さて、でか丸はそれから暫く私の家で話をしていたが、人間ががらりと変っている。立居振舞の行儀もよくなったし、昔のようなやくざな根性は全然無くなっているようである。

「金は出来たか」

「へっへっへっ。金はまだ出来ませんが、昔のやくざな奴を片っぱしから呼びましてね。あなたが見たら喜んで下さいやすよ。あのふうてんの虎吉ね、漁師だった、あれも真っ黒くなって働らいてますし、本門寺の坊という、何にかと云うとすぐにお題目を唱えて人をごまかしやがる奴がいたでしょう、あ奴もいる。それから水神《すいじん》の弥助も桜通りの昌太郎も来てますよ」

「ほう、そうか。それあ何よりだね。いい事をしてくれてるね」

「わたしがこんな気になったのも元はと云えばみんなあなたのお蔭ですよ」

「そんな事あない、私なんざあ何んの役にも立たない。それより、もう二度と再び、逼出し屋をやったり、喧嘩をしたり、あんな事をしないようにね。お前さん、お神さんは取替えまいね」

「へえ、替えません、あのでっぷりお若ですよ」

「ひと頃くだらないバーの女か何んかに引っかかっていたようだから心配してたが、あの時だってお若さんはずいぶん苦労をした。余り苦労をさせるな」

「へえ、もう大丈夫です」

「お互に戦争がこうなって今日あって明日無いかも知れない時だ。爆弾にやられて死ぬにしても夫婦一緒に死ぬ事だ。福にも何度もそ奴をいったが」

「へえ、そうします」

でか丸は矢島の工場の終らない中にといって少し急《せ》いて帰って行った。それと入れ違うように、犬屋の大崎の娘が、何にか小さな箱をかかえてやって来た。福のお神さんが千葉へ行ってからは、この娘が毎日のように私の家へやって来ては、何にかと世話を焼いてくれる。

「今日会社でいいわしの天ぷらが配給になったんですよ。おとっさんが、おれはいいから先生ンところへ持って行けって」

真っ黄色に揚げた云わば食物にはならないようないわしの天ぷら。話しおくれたが、大崎も犬屋を閉めて、矢島の会社に出ているし、娘もここの女工さんに出ているのである。

「いやあ、私の方はいいよ。今日でか丸がお米を沢山持って来てくれたし、野菜もあるから。それよりお前さん達は毎日はげしい働らきをしている。栄養が少なくてはからだが弱る。お前さんおあがり。丁度お米があるし、あれを炊いて、ここで御飯を食べてお行き」

「いいえ、もう御飯は済みましてございます――犬たちはまだで御座いましょうね」

「もう帰って来るだろうが、今日は家内は用達《ようたし》に行ってね。女中は鵠沼の家へこれも用があって行ったから、私はおなかを減らしている訳さ」

「おや、さようですか。それでは直ぐにお仕度を致しましょう」

「では頼む。それからいつ空襲警報が鳴って消さなくてはならないかも知れないが、風呂も焚《た》きつけて行ってくれないか」

「はい」

　この娘はおみさちゃんという。会社の用事で他の女工さん達と一緒に横浜へ出張仕事に行って、ここで大空襲に逢って死んだのは、それから僅かに十日とは経たなかった。大崎は泣き乍ら私のところへ飛込んで来た。それでも泣いていても口前だけはのんきそうに、

「あれでも蕾《つぼみ》の花でしたに、咲かせず終いで死なせたのが口惜しゅうございます。矢島さんにも、実あ、内緒な事を頼んであったんですがねえ」

「へーえ、それあまた何んだ」

「ヘッヘッヘ。何んでもありゃせんよ」

しかも、こうした悲報はおみさちゃんばかりではなく、逼出し屋夫婦が、爆死したとの知らせを、でか丸が持って来たのもそれから僅かな日数の後だった。

「でも、あなたのおっしゃる通り、夫婦一緒に死にました。おかみさんが、福さんと手をしっかり紐で結びつけて爆弾に追われて逃げて行く頭のてっぺんへ落ちて来やがったんですよ」

私は言葉が出なかった。

「あたしの工場も滅茶滅茶で、もう駄目です。今、矢島の兄貴の会社へ行って頼んで来ましたが、女房と一緒に東京へ引揚げて来ます」

「困ったなあ。それにしても福夫婦の死骸はどうした」

「へえ、御心配はいりません、ちゃーんと葬りました。もう少し、何んとか納まったら、あなたも一つ、拝みに行ってやっておくんなさいまし」

「そうきいた上は明日にでも行きたいが」

「駄目です。千葉方面は艦砲射撃があって危ないし第一電車も汽車もいけません。わたしは歩るいて来たんですから」

「そうか。で、外のみんなは」

「みんな東京へ来ます。兄貴の工場で何んとかしてくれると云いますから」

「矢島にも、福さん夫婦の死んだのを今日知らせたのだな」

「へえ、そうです」

「矢島は何んといっていた」

「今夜こちらへ伺うと申して居りました」

私はそれからずいぶん長い時間黙っていたようであった。家内の泣声だけが私の耳へ入ったのを覚えている。

思えば逼出し屋と別れたのは、あの堅気になった祝をした月のある夜が最後であった。おみさちゃんと逢ったのは、あのいわしの天ぷらの日から二度程あったが、その二度目の夜おそく迄私のところにいた。家内は鵠沼の家へ行っていなかった。

十九

私が風呂へ入ってぬるいといったら、それを燃やし乍ら、

「先生、あたしね」

と低い声でいった。

「え？」

「おとっさんに云われている事があるんですよ」

「何にをさ」

「ほほほほ」

た。


「何んだ気味の悪い奴だな。何んだよ」

「駄目なんです、あたし――」

それから先きは、とうとう何んにも云わなかった。それがおみさちゃんとの最後であった。

若い人や、いい人達がこうしてまるで嘘のように他愛なく死んで行った。

昨夜丁度矢島と大崎とでかい丸がやって来て、その頃の思い出が尽きるところのない程に出て来た。

もう十年の余もすぎて、忘るべきは忘れ去った頃ではあるが、あの人達の事は、未だに、言葉つきから、眼の使い方、身のこなし、そんな事まで忘れない。おみさちゃんの笑い声も、福さん夫婦のいつもこうしょんぼりとしているような肩の恰好も――。

今、矢島は土建会社をやっていて、箱根にいい土地が見つかったら私に別荘を拵えてくれるといっている。当てにしないで待っている訳だ。

大崎は終戦後、逸早くまた犬屋に逆戻りしたのが、なかなか当って、今では店も立派だし金も出来たし、いいおやじになったが、片眼が少し不自由になったといっている。

唯、ああしてすっかり堅気になって大勢の仲間に足を洗わせたでかい丸丸屋新吉だけは、どういうものか再びぐれ出したような様子だったが、矢島と大崎が心配して余り大きくはないがパチンコ屋を出してやった。ひと頃これで息をついたときいていますといって来た事があったけれども、この頃のパチンコ屋の様子では、恐らくまた元の杢阿弥《もくあみ》になったかも知れない。

近々にみんな揃ってあれの死んだ土地へ建ててやった逼出し屋夫婦の墓詣《まい》りに行くから、その時にでもゆっくり相談して見ようと思っている。

それにしても、わが家の不死身のフクはその後どうなったか、これはまたの機会を得てゆっくりと話させていただき度いと思う。

カラスのクロ

一

きのうから家のまわりを一羽のカラスがはなれずにいる。居間の前の近い木の枝にとまっていたり、台所の格子の外の石垣の上にいて首をかしげてじっとこっちを見ていたり、どうもおかしい。よく見るとまだ子ガラスのようだ。

何処《どこ》か怪我でもしているのか、それとも遠くへは飛んで行けないような病気ででもあるのか、可哀そうに——と、そんな話をしていた次の日、青い空の広々と澄んだいいお天気だったが、そのカラスはとうとう朝の食事をしていた私達の居間へ飛込んで来て終《しま》った。

びっくりしたがカラスはじっと動かない。二十年も前に私は友人からもらって一度カラスを飼った事がある。狭い庭に丸太をたて、その上へ家のように箱をのせ、長い木綿の紐《ひも》で脚を丸太の方へ結びつけておいて、御飯を少しずつやっていたが、まだ私に馴《な》れるというところまで行かない中に、庭の前の往来を通る小学校の悪るい子供が、もち竿の先きに鳥もちを丸くくっつけて垣根の間からそうーっとカラスへやったらしく、後で死んだのを見ると、黒い血のようなものを嘔《は》いて、口を開けたらその鳥もちが喉《のど》をふさいでいた。こういうことをする子供はきっと後ちに泥棒などになるのだろう。

とにかく一寸したこの経験があるので、私はとっさに飼って見る気になった。素早くお皿へ御飯をのせて、それをそうーっとカラスの方へ出しながら、

「お上り」

といった。カラスはすぐに寄って来て、これをつつき出した。

「不思議だな」

「可愛いものですねえ」

家内も漬物を少し出してやったが、これはつつきもしなかった。お皿の御飯はすぐに無くなる。もう一度盛ってやった。そしてそのお皿をすぐ私の膝《ひざ》の前へおいたが、カラスはちょこちょことぜんまい仕掛けのおもちゃでも歩るくような恰好《かっこう》でそこへやって来て、すぐにまたこれも食べた。

様子を見ているがいつ迄《まで》も飛び去ろうとしない。茶碗へ一ぱい位のご飯を食べると一度外へ出たが、また戻って来た。

流石《さすが》にはじめの中は少し警戒していたようだが、だんだん、安心したと見えて、私が手を出すと、ちょこんと手首へのったり、その手を膝へひいて来ると、ぱっと膝へ飛び移ったりする。

二

これから私はこのカラスを「クロちゃん」と愛称して飼い出した。カラスが身辺にいる時は、つとめて動作を静かに、ゆるやかにして、対手《あいて》が驚ろかないように気をつける。クロちゃんの寝るところは、対手のその時の気持に任せる方がいいだろうというので、寝る前には座敷の戸を開けて、

「さあ、外へ行け」

という。クロちゃんは声に応じて飛出して行ってそのまま何処へ行ったか、わからなくなる事もあり、近くの木にとまったままでいる事もあるが、次の朝は、必らず何処からか姿を現わして、朝の食事にはきっと私の居間へ来た。

その中にある夜、外へ出て、三十分もした頃に、締め切った雨戸をしきりにこつこつとくちばしで突《つ》つくような音がする。

「クロちゃんですよ」

と家内がいう。

「そうらしいが、も少しほっておいて見ろ」

いくら突ついても雨戸を開けないでいると、今度はばさっと、翼をひろげてまるで体当りでもしているような激しい音を立て出した。様子は大抵わかる。

「クロか、よし、開けてやる、待ってろ」

私は声をかけて雨戸を開けると大急ぎで飛込んできた。

「もう、こ奴《いつ》は大丈夫だ、何処へも行きはしないな」

「そうでしょうか」

こんな話をして、十分か十五分も経ったと思うと、ぽつりッ、ぽつりッと大粒の雨が軒を叩き出した。それが次第に激しくなって沛然《はいぜん》たる大雨《おおあめ》になり、風も加わって来た。

「これじゃあ、クロ、その辺の木の間にはいられないや」

私達は思わず顔を見合せて笑った。

クロは私の掛夜具の襟《えり》へ留って夜を明かす事もあり、戸棚の上の事もあり、タンスの上の事もあり、実に寝場所は一定しない。そしてそこには一夜の内に相当に糞《ふん》をする。その中には何にか漂白剤と同じようなものを含んでいると見えて、本箱の塗ったところが真っ白になり、さんざんだった。

日中は、私の側《そば》へ来て、顔を見上げては、引っきりなしにカアカアとやる。何にか訴えているらしいがどうもわからない上に、それが大きな声だから、こっちはじりじりして来るし、時には甚だうるさい事があって困った。

三

仕事をはじめると、ちょこなんと机の前へのっかってじっとしている事もあり、その辺のものを一つ一つ、これは何んだというように一、二度ずつ突ついて見たりする。

食事の知らせが来て、私が立つと、ちゃんとその立って行く用事を知っていて私の頭の上を先きに飛んで行く。その頃にはもうすっかり馴れて、お膳の端にのって、その辺の物を何んでもつつく。カラスの大食というものは驚ろく程で、御飯の茶碗に二ぜん位も食べる事があるし、おさしみでも肉でも実によくたべる。

ある時、応接間へ入ってこのクロと遊んでいた事がある。言葉も覚えるし、人間のいう事もちゃんとわかると何にかの本で見た事があるので、何にか教えようという訳で、先ず「オハヨウ」をはじめた。

クロは、いくらこっちがむきになっても、そっぽを向いている。

「駄目ですね」

家内がそういって、ラジオをかけると、どうです。クロはじいーっとその音楽に小首をかしげ出した。お終いにはラジオの上へ飛び上って、不思議そうに覗《のぞ》き込んだ。

「これあ人間の言葉は覚えなくとも、音楽に合せて羽ばたき位は出来るようになるかも知れないぞ。一つ、やって見るかな」

私は、クロの様子を見ながら、そんな事を考えた。

四

が、ふと、そこの窓から見える山の上の椎《しい》の木に、三羽、カラスの来ているのを発見した。

「おかしいな」

家内も首をかしげて、気をつけていると、その中の一番大ぶりな逞《たく》ましそうな肥《ふと》ったカラスが、ぱァーっと矢のような早さで、窓へ飛びついて来たものである。一度、ガラスへぶつかりそうになって、びっくりして斜めに身をかわしてそれて行った。これが遠回りをしてまた椎の木へ戻るのが見える。

「おい、クロ、お前のお仲間が来てるんじゃあないのか」

クロも私達人間の中でどんなに可愛がられるよりは、やっぱり自分達の仲間と一緒に、野や山を飛廻る方が幸福なはずだ。私はそう思って、

「お腹がすいたり、お前を苛《いじ》める奴があったら、またいつでも来いよ」

窓を開けて、

「ほら、行け」

クロの背中を軽く叩いたが、これあおかしい、クロは出て行くどころか飛ぼうともしない。

「行かないのか」

椎の木を見ると、窓を開けたのに驚ろいたのであろう、さっきの三羽は逃げるように飛去って終った。

クロはやっぱり行かない。

五

クロはそのまま私達と一緒に暮らしている。私は毎朝、水浴をさせてからお天気のいい日はまるでお鷹匠《たかじょう》でもあるように、左の手首へクロを留らせて、庭へ出る。さんさんと陽の降る芝生の真ん中で、クロをはなして、私が側に胡坐《あぐら》をかいていると、クロは羽ばたきをして、水浴の水をきり、陽のさして来る方へ、片方ずつ翼をひろげて、脇《わき》の下へ光を当てる。これを双方代り番にやりながら、こう口を一ぱいに開いて、時々、私の方を見たりする。

ふだんの瞳《ひとみ》の動かし方は少し疑《うたぐ》り深くて云わばまあ狡猾《こうかつ》の匂《にお》いもいくらかはある。これは、他の小鳥などに比べて多少の智慧《ちえ》らしいものを持っているためかも知れない。同じカラス科で日本特有のオナガという鳥もよく人に馴れて、応接間などに幾羽も放し飼にしていて客の肩に糞をされたりして困る人があるが、あれの瞳にも時々やっぱり、そんな物が感じられる。しかし水浴の後ちの、クロの、

「ああいい気持だ」

というような表情にはそんなものは微塵《みじん》もなく本当に無邪気だ。

私はある時、酢の物のタコをやった事がある。こんなものはとても食べないだろうと思ったら平気で一思いに、呑込《のみこ》んだ。またやったら同じに一呑み。笑って見ていると、今度は自分の方から、その容器へちょこんちょこんと寄って来てタコを食べた。妙な物が好きだ。第一、カラスがこんな物を食べるなどという事があるとは私はその時まで知らなかった。

維新の時に仙台藩に鴉組《からすぐみ》というのがあった。細谷十太夫というのが、やくざ博徒だけを集めて大いに力戦して官軍をなやまし、殿様から武一郎という名を貰《もら》った程だが、この陣中に一羽のカラスがいた。いつも十太夫と行動を共にする。

六

進む時も一緒だし、退く時も一緒だ。これがどうして十太夫に飼われるようになったかというと、十太夫が道中、菅生村の休茶屋でひる飯《めし》をくってると、そこへ飛込んで来て、平気で膳の上の肴《さかな》を喰う。面白くなって「何処のカラスだ」というと、近所の子供が飼っ

ているのだというからそれへ銭《ぜに》をやってその後連れ歩るいたのだという。附近の人に、この時にカラスが膳のタコの煮つけを喰った、これあ奇妙だといった話が残っているから、カラスは本来どうもタコが好きなものらしい。

この鴉組の旗印が三本脚のカラス。十太夫の陣羽織が立浪の上に太陽の出ている図で、その陽の中にも三本脚が描いてある。十太夫の縁辺の人達も、また仙台に残った話にも、研究家の間にも、十太夫の連れ歩るいたカラスは不思議な三本脚だったからだという事に説が定っている。

私もそのつもりでこれを書いたりしたが、ところが驚ろきました。三本脚のカラスは支那の遠い時代から伝説になっている。物識りにきいたら史記の「亀策伝」というものの中に「三足之烏」というのがあり「五経通義」にもこの三足のカラスが出ている。月にウサギがいるように日の中に三本脚のカラスが住んでいるという事は、学問的には太陽の中に黒点があるという事を、世界中で中国が一番早く発見発表しているという事になるのだそうである。「和漢三才図会」には絵までのっている。

そうして見ると十太夫が連れ歩るいて十太夫が捕えられた夜に一声高く叫んでそのまま死んだという物語のカラスが、三本脚であったという事の真偽よりも、無学文盲の一隊視されている鴉組の本質を少し考え直して見なくてはならなくなる。

七

クロの大食は書いた通り。ところが物識りが「鳥類の中でカラスが一番食いしん坊なんだ。『沙石集』にこういう話がある」という。山中でカラスとハトとヘビとシカとが逢《あ》って、君ら、どんな時が一番苦しいかという話になった。この時にカラスが、第一におれは腹が減った時程苦しい事はない。目がくらみ、心が迷って網にかかって命のなくなることも忘れるといった。ハトは淫慾《いんよく》の心起れる時という。ヘビは腹が立った時という。シカはおれは苦しい事なんか何にもない、人の音、弓の影でもあれば、身の砕けるのも忘れて谷でも峰でも走るよといったという。

私は食いしん坊のクロを一度驚ろかせてやった事がある。クロはさしみは人間の一人前平気で平らげる。ある時、このさしみに、人間と同じにわさびをつけて口へ入れてやった事がある。途端にクロの驚ろきようったらなかった。くるくるくるくる廻って、くちばしを畳へすりつけて、眼を白黒させたが、やがて平気になったので、またさしみをやったらすぐに鵜《う》呑《の》みにしたものだ。

このクロの私の家へ来たのは夏の終る頃だったが、そうこうしている中に、寒むくなって来た。

「クロちゃん、どうしたらいいでしょう」と家内が心配する。

「不自由に繋《つな》いであるのではないのだから、好きなようにしておいても大丈夫だ」

炉へ火が入った。クロはいつもこの炉の側へ来ては、時々、眼をつぶって丁度人間が居ねむりでもしているような様子の事がある。時には向い合って坐っている私と家内との間を炉のふちを伝ってあっちへ行ったり、こっちへ来たりする。よちよちした実に危ない足取りである。

「こ奴、今にきっと火へ落ちるぞ」

私がそんな事をいった次の日である。家内から私の方へ来ようとして果して、炉の中へ落ちた。ばたばたっとやる。灰が四辺《あたり》へ煙のように立った。

八

びっくりして取押さえて見ると、右の片足がひどい火傷《やけど》をして終っていた。さあ大騒ぎで、いろんな薬を塗って、繃帯《ほうたい》をしてやったら、頻《しき》りにこの繃帯を邪魔にして、自分の足を休みなくつつくのだ。実に根気よくつつく。

「馬鹿奴《め》、そうして置かなくてはいかん」

細谷十太夫の三本脚どころか、まごまごすると一本脚になりでもしては可哀そうだと、暫《しばら》くの間は大変心配したが、ぼろぼろぼろぼろ皮が三、四度もむけはしたが、どうやら、元通りになって終った。それからはひどく火に恐れをなして、絶対に炉の側へは寄らなくなった。

寒むい間は多く家の中にいる。しかし糞には実に閉口した。

春になった。一番先きに裏の畑でヒバリが鳴き出して、いろいろな小鳥が私の家の周囲へ集まって来る。カラスも来てカアカアとやかましく鳴く。クロは家を出て行ってなかなか帰らない事がある。二日位帰らないのは珍らしくなくなった。

ある時、私は近くにある尼寺の横の電車道を散歩していた。見ると前の方の電信柱から電線に四、五羽のカラスが留っている。おお沢山いやがるなと思って見ていると、その中から一羽すうーっと私の前へ降りて来たのがある。私ははっとした。

「おお、クロちゃんか」

手を延ばすとつかまった。やっぱりクロだ。脚の火傷ですぐわかる。暫く頭だの背中だのを撫でている中に、電信柱の上の奴が丁度叱りつけるような声で、

「かア」

と強く鳴いた。

九

クロは出しぬけに強い力で羽ばたきをして私の手から飛立った。と同時に電信柱の上の奴らが、まだクロがそこまで行かぬ中に一斉に飛去っていた。クロは少し遅れてこれにつ

いて行って、やがて遥かに見えなくなる。

「もう帰らないかも知れない」

私はそんな事を思って家へ帰ったが、この日の暮れ方にクロは何処からかまた姿を居間の前の木の枝に現わして、ちょこちょこと座敷へ入って来た。

電燈がついて食卓が出たが、今宵に限って、どうしてかクロはいつものように不思議にこの食卓へ上らない。ちゃんとクロの分も別に出ていたので、家内は少し首をかしげた。

「何あに仲間とあんなに遊び歩るいて来たのだから拾い食いでもしておなかが一ぱいなのさ」

「そうでしょうかねえ。それにしても少し元気がありませんよ、病気ではないんでしょうか」

「うむ。そういえば少し元気がないようだな」

クロは私達のそんなはなしがわかるのかどうか。今度は俄《にわ》かに私の膝へのったり、家内の膝へのったりして、くいくい、くちばしをすりつけたり、こくっこくっとまるで何にかの発作のように首を反りかえらせる。これを繰返してやるカラスの動作を私はこの時にはじめて見た。丁度人間が大きなしゃっくりをする時と似ている。

御飯をやっても食べない。煮魚を細かくしてやっても食べない。野菜も食べない。

「おかしいな」

私がそういった時に家内が、

「何んでしょう、変なものが口から出てますよ」

十

「どれだ」

「ほらご覧なさい。こっちの口の脇の方に」

云われて私がクロを押さえつけて、よくこれを見ると、透明な細い糸のようなものが、五分程くちばしの横の方から垂れている。

「これあテグスだね」

「え？　釣りのですか」

「そうだ。こ奴、あわてて魚の頭か何んか食べてうっかり一緒に釣鉤《つりばり》をのんだのだな。鉤にくっついているテグスが下っているんだ」

さあ家内が驚ろきましてね。それではそのテグスについて鉤が喉《のど》の何処かに引っかかっているのでしょう、可哀そうに、どうしたらとってやれましょうかという。そう云われてもこんな事は私にもはじめてだ。黒ダイなどに行って魚が鉤をあごなどに引っかけてテグスを一尺も長くたれているのを釣る事はある、それが一本どころか一番多いので五本下げていた。自然それだけ、喉か腹の中かに鉤が引っかかっている訳だ。テグスは切れたにしても一度鉤に引っかかったのに、五回も六回も同じ事をやるのは一体、魚はこんなものが引っかかっても痛くないのだろうかという話をいつか佐藤垢石《こうせき》老人とした事がある。

老人の説によると、鉤が胃まで行くと痛いらしいが、口の中に引っかかっているのは平気らしい、魚の口の中には痛いという神経が無いようじゃあないかという。老人の説俄《にわ》かに信じ難い節もあるが、さてカラスはどんなものか。

私は無理にクロの口を開けてテグスをたよりに内を覗《のぞ》くが、鉤は余程深い奥にあるらしくて見えない。

「とっておやりなさいよ」

と家内ははらはらする。

「とれったって見えやしないよ。第一、こ奴、余り食いしん坊だからこういう目に逢うのだ。鉤のついているのを夢中で食べる奴もないもんだ」

「何んとかとる方法ありませんか」

「カラスの医者というのは聞いた事無いから先ず駄目だろうな」

十一

私はほんの力を入れるか入れない位にしてちょいちょいテグスを引いて見る。クロは魚と違って余っ程痛いらしくばたばたばたばたばた羽ばたきをして苦しそうに大騒ぎをする。これには正に神経はある。しかし何んとも法はないのだ。とにかく家内と二人がかりで口を開けさせるにいいだけ開けて鋏《はさみ》を喉の方へ突込みそこで外へたれているテグスを切ってやっただけであった。

この時だけはクロは俄かにまるで死んだもののようにおとなしく私の為すがままに任せていた。

「助けて貰えると思っているんですよ、可哀そうに」

「そうだなあ、クロ、勘弁しろよ、おれにはお前の喉に引っかかった鉤をとる魔法は出来ないよ」

そう云っていて何んだか、悲しくなった。

其夜はいつもと別に変った事もなかったが、次の朝、起きるとクロはいない。女中さんにきいて見ると、

「利巧なものですね。毎朝一番先きに開ける窓をちゃんと知っていまして、わたしが参りましたら、もう、そこに来ていました。そして開けた途端に飛び出して」

という。

「そうか。クロその窓を知ってたかねえ」

「はい、一度飛出して、すぐ前の木へとまって、かアかアと二度ないて、それから飛んで行きました」

「そうか。それにしてもあの喉の奥の鉤はどうするだろう。カラス仲間には医者はいないかなあ」

「まさか」

「田舎へ行くとよくおまじないをしたり、変な事で病気をなおすという婆《ばば》アなんか居るではないか。せめてもの気やすめでもいいさ。カラスの仲間にあんな者でも居ればいいが」

十二

それから何日も何日もクロは戻って来なかった。気候は次第によくなったし、鉤の事は気になったが、多分仲間と一緒に楽しく遊び廻っているのだろうと思っていた。

懇意な小鳥屋の老人が丁度やって来たのでこの話をしたら、

「何あにカラスというものは巣にいる間に捕まえて来て、餌を口へ入れてやった差し上げ物(赤ん坊から育てという術語)でも駄目ですよ。あれは恩というものを知らない鳥です。一度出て行ったら戻りませんよ」

という。いや、君はそういうがそうじゃあない。実はこれまでこれこれで何度も戻って来ているというと、

「それはその鉤をとって貰いたくて空ッとぼけて来てたんですよ。カラス程悪智慧《ぢえ》のある奴はない。その上、図々しくてめえの事より外には考えない勝手な奴で、あんなの外に

はありませんな。今時の女の子見たいなもんで流行のアプレとかいう奴ですよ」

「カラスのアプレはよかったたな。はっはっはっ」

「子供の時は可愛いが色気づく時、詰り発情期になるともういけませんや。仲間の声を一と声でもきくと、夢中になって出て行っちまいまして、どんな事をしたって二度と戻りゃしません」

という。この老人の説くところは少し惨酷だが、やがて三日も出ずにこの説はやや違っているという事実が私の眼の前に起きたのである。

まだ夜がすっかり明けないのに、沢山なカラスが私の居間の前でカアカアカアカア引っきりなしに妙な不吉な声で鳴いているのである。私は寝衣のまま起きて雨戸を開けた。空がくもって朝霧が立ちこめていた。

小さな庭の石の前にカラスが一羽死んでいるのである。火傷の足でわかる、正にクロであった。

「おいッ、クロが帰って来て死んでいるよ」

「まあ」

「やっぱりあの鉤で命を亡くしたのだ。さっきから鳴いているのは、みんな仲間だよ。私達にクロの死んだ事を知らせているのだ。クロは仲間へ戻ると、いつも私達の事を話してたんだなあ。最後の死場所を私のところに求めて帰って来たのだよ」

クロの口の中は真っ青で、見ても見ても、どんなに見ても鉤は私には見えなかった。

野鵐《のじこ》ばなし

一

夏の月明の夜に、涼しい軒先に籠《かご》を吊《つる》して置くと、このすがすがしい月の光を見て、実に何んとも云えない美しい変化の多い節廻しで鳴くノジコという小鳥がある。野路子とも書き野地子とも書くが本当は野鵐である。このノジコの話をするとさんざ聞いて終《しま》った上で、十人の中八人までは、どんな鳥ですかと云う。街の小鳥屋にもよく出ているし、数もそんなに少ない訳ではないんだが、余り目に留まらない。紅《あか》くもなければ青くもないほっそりとした極くじみな姿をしている為めだろう。

背中は灰緑色で黒い縞《しま》があり腹の方は黄色い。雌はこの黄色いところにほんのりと紅《べに》を浮かべたような色をして、これが割合にはっきりしたのは観《み》ただけでも如何《いか》にも日本の野鳥らしい渋みのあるいいもんだが、こんなのは滅多になく雄も雌も殆《ほと》んどわからない。

古い頃、東京の小鳥屋の古老で中島太郎右衛門という老人がいた。この人は徳川の事を決してトクガワとは云わない。よく「トクセン家盛んの頃おいは」という言葉が出る。筆者の知った頃はもう七十幾つ、八十に近い年で、この人いいノジコを三羽持っている。私はその三羽を無心したが、その中の一羽がこの薄桃色《うすももいろ》の腹をして美しい。ところが、これが待っても待っても鳴かない。「どうしたんだろう」「何、確かにあたしがこの耳できききゃんした、今にも鳴きやしょう」老人頑《がん》として然様《そう》云う。が、とうとう鳴かず終いでその夏は終った。「おかしいな」「不思議でござりますな」

二

しかしノジコに限らず、日本鳥はカナリヤや何んかと違ってなかなか気むずかし屋が多くて、ちょっと籠の置場所をかえただけで、きのう迄《まで》じゃんじゃん鳴いてたのが、ぴたりッと止まって終う事がままある。ノジコなどは声桶《こおけ》という四方又は三方を紙障子張りにした箱に入れておくので、周囲の変った事は中の鳥には見えないのだが、それがちゃんとわかる。

或はそんな事でもあろうかと、筆者は鳴かないノジコに「紅椿」と名をつけてひとかどの銘鳥扱いをしてそれでも三年飼った。「どうもこれは雌だよ老人」「いや確かにこの耳にききやんした、年はとっても、まだもうろく致していません。もう少々かんまず飼ってやって下さい」老人、頻《しき》りに頑張る。ノジコの本場は出雲としてある。米子、松江あの辺のものを珍重し、つい近年迄は山陽山陰の分水嶺附近の子でなければノジコの贋物《がんぶつ》のようにいっていたもので、その本場の小鳥屋が「出雲野路子《ノジコ》専門取扱人」という名刺をもって、ノジコの権威者松江の故有田寅十翁の紹介で筆者のところへやって来た。「紅椿」を一見。「これはあなた雌でございますよ。千年万年待ったとて鳴きませぬわ」と大笑いである。「やっぱりそうか」遂に三年ぶりで中島老人に返り、その後、どうなったか、悪るいから筆者もきかず、老人も語らぬ中に、トクセン時代生残りの翁は他界した。恐らく何処かの野っ原へ放されて終ったろう。といってもこれは子飼いの鳥だ、まだ羽毛も生えない中から人間の手によって、口へ餌を入れられて育った。自然の野山にある餌を知らない。五日か十日の中には、何処《どこ》かで餓死して終ったろうと思うと可哀そうだ。

三

さて中島老人に於て然《しか》りである。東京の人は小鳥屋さんでもノジコの事は余りよく知らない。江戸時代これは雲州藩の御留鳥《おとめどり》といって、領地外への持出しは堅く禁じられてあった。あ、そうそう、ここで申上げて置かなくてはならぬ事がある。それは一と口にノジコといっても、二様のものがある。一つは自然の中に親のふところで育ち、成鳥となって、親からきき覚えた鳴き方をしてその辺を自由に飛廻っている全くの野育ちのもの、一つはまだ巣の中にいる中に人間に発見されて、そのまま運び去られ、はじめから人間の拵《こしら》えた餌で狭い籠の中で育つ、と同時にかねて人間がノジコとして一番美しくきけるように鳴き方を拵えてあるその先生の傍に置かれて、その節調文句を覚えさせられたもの。これを子飼いとか附け子とかいうが、云わば好むと好まざるとに拘《かかわ》らず、それだけより教えられない。野を飛び廻ってのびのびとやっている生みの親の声などは一言《こと》もきかないのである。この附け子をする親鳥。これが即ち大変で、むかし出雲の松平不昧《ふまい》公が、夏の茶席の軒端には必らずこれを吊《つ》って茶をたてた「おとづれ」という鳥は五段に鳴いた。鈴頭《すずがしら》、諸《もろ》鈴《すず》、鈴渡《すずわたり》、引捨《ひきすて》、結《むすび》。これを順ぐりに繰返して、乱れる事がなかったという云いつたえになっているが、さて、それはどういう鳴声だ、書いて見ろといっても書けないし、真似をしろと云われても複雑多端でそれが出来ない。これがノジコの珍重される所以《ゆえん》で、例えば鶯《うぐいす》ならば、藪《やぶ》ものならホウと出ればホケキョ。江戸文字口の附け子ならばホウと出てホケケーコ、これがちゃんと定っている。また定っていなければ駄目だ。

四

ノジコはそれが定っていない。京都大学の川村多実二博士が、米子の加藤善市という人の鳥から採録したといって書かれている中に、チッチー、ツーチョチョッツーと唄《うた》い出すが、時々頭にふるえ音《ね》を附けた歌も交ぜた。ピリーッピン、チョン、ツーチョという。だが、筆者は先生の「鳥の歌の科学」によってこう書きはしたが、それがどんな風に鳴いたのか、自分でもまるっきりわからないのだから、読んでいて下さる方にもおわかりにはならんでしょう。小鳥の話というものは、実際その鳥を飼って、鳥が鳴き出したらこうした本と首っぴきででもやらなくてはわからないものですから、元来書いては面白くない。

それはさておき、出雲では今でも夏の茶席にこのノジコの声がつきものになっているが、その御留鳥がどうして、江戸へ来たかというと、三百年程前の雲州侯が、城中の溜《たまり》でこの鳥のお国自慢をした。それがだんだん将軍の耳に入り「雲州お前のところにはノジコというものが居るそうではないか」「はい」「余もきいて遣わす持参せよ」

五

こんな事から早速小鳥飼がついて江戸へ来る。おきかせしたがわかったかわからないか、とにかく、そのままお手許へ留め置かれた。出雲にしては誠に光栄。大よろこびで引退ったが、その将軍はいっこうに不風流だったと見えて、間もなくお気に入りの旗本へ呉れて終った。雲州それと知ったところで「これはわたくしの藩の御留鳥で」とも云われない。

そのままになっていると、その旗本が閉口した。うっかり飼っていてころりと死なれでもしては大変だ、小鳥の命ではない、こっちの命にかかわる。その中に将軍へうまい事をいって、自分の親類のそれがし家へ渡して終った。死のうが生きようが、もう知った事ではない。鳥を殺して切腹しなくてはならないのはその親類である。

この親類のそれがしが、どうしてまたそんな冒険をするかと云うと、この人、役者がいささか上で、しかも小鳥を飼う事に妙を得ている。鶯をはじめ沢山の小鳥を飼って、従って附け子というのを知っている。

何んとかしてノジコの子を手に入れてこの親につければ、同じような鳴音のものが何羽でも出来る。実際にやると、なかなかどうして、親のような子は百羽に一羽も出来ないが、時にはまたひょいとして親よりも何層倍もいいものも出来る。持って生れて来るという奴である。

六

とにかく似てさえ居れば、将軍様なんて、甲も乙もわかるもんじゃあない。この親へ沢山子をつけて、一儲《ひともう》けしようという腹である。若し一羽がどうしてそんなに殖えたのかときかれたら、これも野で捕えました、これも山で捕えましたと云えばいい。

こんな訳で次第に出雲ノジコの系統が殖えて行った。ひと頃出雲地方ではこの地方にだけよりノジコは巣を作らないなどといっていたが、何あにそうじゃない、内田清之助博士は本州は何処にもいると書いている。

しかし何しろ雲州藩の御留鳥で、将軍家云々という物体《もったい》がついているものだから、なかなかどうして値が高い。近頃でも松江辺《あた》りで先ず一通りきけるというものは二万、いい物だと五万八万という値がしている。それ位だから江戸時代いくら小鳥好きでも庶民の手などにはなかなか入らない。「大百科事典」にも、鳴きの良いものは非常に高価に売買されたと出ている。

先きに申した通り、これは夏の鳥で盛りの時は夜真っ暗な時にも鳴くが、月光を見ると鈴をふるように鳴きつづけるので、この時代などは呑《の》ん気なものでこれを飼っている屋敷は誰からとなく知れ渡り、月の夜は夜通しで、その辺りを徘徊《はいかい》して聴きほれている者が何人も何人もある。

番町辺りの旗本屋敷では、わざわざ塀の近くにこれを持出して、往来のものに聞かせたので、武家町人入交り、互に好きな道とていろいろ世間話などをして、鳥の鳴くのを待っている。その為めに、麦湯を売る縁台が出たり、白玉売が荷を下ろしたりしたものだという。

七

よく「ノジコと鉄瓶は古き程よし」という事をいう。筆者もすでに十年になるのを飼っているが、二年三年のものとはやっぱり違う。どう違うかといっても説明は出来ないが、要するに次第に落着きが出て渋くなるとでも云ったらいいだろう。出雲地方に四十年飼い馴《な》らした人がいたという事が伝えられているが、これは嘘ではないだろう。

筆者はノジコと共に丈夫な小鳥となっている頬白《ほおじろ》の三十年生きているというのを箱根の強羅で実際に見た。眼は開いてはいるが、もう見えぬらしく、それでもちゃんと餌ちょこへ寄って来て餌をたべ、留木《とまりぎ》を一定の間《ま》をおいて、ちょんちょんと行ったり来たりしていた。足も太く毛の艶《つや》もなかったが、持主の話で「豪儀なもので鳴音はちっとも変りませんよ」といっていた。

強羅は夏が涼しい。ノジコもそうだが、冬の寒むさよりも夏の暑さが身にこたえるようである。だからノジコの声桶《こおけ》は、六月末になると張ってある紙障子をみんな破って蚊の通らぬ金網だけにして置く。

さてノジコを書いて、その乙音鈴《おつみ》の事に及ばなければこの道の通人《つうじん》に叱られる。これがノジコの身上《しんじょう》だからである。これをしゃれて養老鈴などともいうが、どんなに外のところをうまく鳴いてもこの乙音鈴が出なくてはノジコは問題にならない。この音を「出雲野《いずもの》鵐《じこ》の栞《しおり》」は「調子低くチーチー又はチーフォロフォロフォロと尻下りに口の内にて丸める如く聞ゆ。丸くふくらみありて吟艶匂《ぎんつやにお》ひ共に十分にあり」と書いている。

この乙音鈴がノジコの本来のもので、野にいるノジコも鳴くかというとそうじゃあない。むかし熊本に乙鈴虫《おつみむし》という蟋蟀《こおろぎ》に似た形の啼虫《なきむし》がいた。これを捕えて来てノジコにきかせて教え込んだものだという。いや違う、内海《うつみ》それがしの持っていたノジコがこれを長く長く引いて鳴いた。そのために「うつみ」が「おつみ」に訛《なま》ったのだともいう。どっちにしても、これもまたフォロフォロなんかと書かれて見たところで、読者にはおわかりになりませんでしょう。

解説

綱淵謙錠

1

わたくしがはじめて子母澤寛氏を藤沢市鵠沼松が岡の御自宅に訪れたのは、昭和三十四年（一九五九）の暮近くではなかったろうか。

当時、わたくしは中央公論社に勤め、出版部に在籍して、昭和三十二年十二月から開始された『谷崎潤一郎全集』（新書判、全30巻）の担当をし、それが三十四年七月で刊行を完結したあと、一方では『T・S・エリオット全集』（全5巻）の準備に取りかかりながら、他方では単行本で時代小説・歴史小説の領域を開発したいと念願していた。そこでまず柴田錬三郎氏の『美男城』を刊行し、次いで子母澤さんに幕末維新物の単行本をお願いにあがったのである。こうして出来たのが『蝦夷物語』という作品集で、刊行は昭和三十五年四月であった。

表題作の「蝦夷物語」は、子母澤さん（本名・梅谷《うめたに》松太郎）の祖父梅谷十次郎（通称斎藤鉄五郎または鉄太郎。子母澤さんの作品中には通称で出て来る）が、徳川家《とくせんけ》微禄の御家人として上野の彰義隊に参加し、明治元年(一八六八)五月十五日の上野の戦さに敗れたのち、駕籠屋に化けたり大工に化けたりといった、さまざまな苦労を嘗めながら蝦夷地(北海道)の箱館(函館)にのがれて榎本武揚軍に合流し、翌明治二年五月の榎本軍降服後、士籍を奉還し、蝦夷地の開拓に従事するという条件で釈放されるまでの経過をたどった小説である。

その後、祖父は彰義隊生残りの同志数名と石狩郡厚田村に定住するが、その同志たちもつぎつぎと櫛の歯を挽くように脱け落ち、また死んでゆくさまを描いたのが、「蝦夷物語」の続篇ともいうべき「厚田日記」や「南へ向いた丘」といった作品である。

北海道開拓史の陰に名もなく消えて行った旧幕臣たちの悲惨な末路がこれらの作品からしのばれるが、やがてこの祖父が厚田の漁場で網元の用心棒をして土地の顔役となり、さらにみずから網元となって漁場を経営するようになった。その祖父に愛育されたのが孫の松太郎、つまり子母澤さんである。

子母澤さんは明治二十五年(一八九二)二月一日、この厚田村に生まれたが、父(伊平)母(石《いし》)とは縁が薄く、生後間もなく網元の祖父母のもとに引き取られ、祖父の懐ろの中で石狩の荒海の音を聞きながら育った。

子母澤さんがその幼少期にこの祖父や祖父の同志だった一、二の老人から聞かされた江戸の風物や彰義隊の戦さの思い出話などが、後年の子母澤さんのバックボーン形成に大きな影響を与え、子母澤文学を支える太い軸となっていることは疑うべくもない。したがってこの「蝦夷物語」という作品が「新選組始末記」（昭3）・「勝海舟」（昭16〜21）・「からす組」（昭32〜33）と続いてきた子母澤さんの幕末維新物に新たに彰義隊物とでもいうべき領域を開拓したという意味で注目され、「玉瘤《たまこぶ》」（昭40）とともに彰義隊物の佳篇として高く評価されている。

2

『蝦夷物語』を刊行して一と月ほどたったころであろうか。ある日、谷崎潤一郎氏から「だれか彰義隊に詳しい人に頼んで、阿部弘臧という彰義隊士について調べてもらえないか」という依頼があった。

これはこの昭和三十五年から三十六年にかけて谷崎さんが「中央公論」に発表された「三つの場合」という、谷崎さんの知人三人の死に際について書いた連作があり、その第一回が「阿部さんの場合」であった。この〈阿部さん〉というのは、谷崎さんの文章を借りれば〈阿部徳臧（故人は艸冠《くさかんむり》のない臧の字を用ひてゐた）氏〉という、有名な奇術師である。そしてこの阿部徳臧のお父さんが〈阿部弘臧〉という幕臣で、彰義隊に参加して上野の山に立て籠った人物であり、この阿部弘臧が彰義隊ではどんな役職にあったかなどを知りたい、というのであった。

〈彰義隊〉といえば子母澤さんしかいない。わたくしは谷崎さんにその旨を述べて内諾を得、鵠沼海岸の子母澤邸を訪ねて来意を告げた。子母澤さんはいつものようにニコニコと眼尻に皺をみせた微笑を浮べながら、

「阿部弘臧のことはあまりよくわからんですが、とにかく彰義隊といえばこの本しかありませんから、どうぞお持ちになってください」

といって、書庫から山崎有信《ありのぶ》著『彰義隊戦史』（明43・4、隆文館）を持って来られた。わたくしはそれを拝借して帰り、さっそく谷崎邸に届けた。その結果が「阿部さんの場合」の次の文章となっている。

〈阿部さんは生粋の江戸ッ児で、お父さんは阿部弘臧と云ふ旗本の武士であつた。この人は漢学者で、日本奴隷史の著述がある。又開成所で英語を学び、英学の素養があつて、歩兵操典に類する兵書の飜訳などもしてゐる。又この人は維新の時彰義隊に投じ、記録組頭から後に第一白隊の幹部に任じ、文治派を代表して武断派の天野八郎と激論を闘はした。そして黒門口が破れるに及んで護国寺辺まで逃げ延びた。さう云ふ過去を持つお父さんであるから、その子の阿部さんは、手品や奇術は人の慰み物で士人のなすべからざるものである、そんなものを覚えて何になると云はれて、年中小言ばかり食つてゐたさうである〉——

文中、彰義隊に関する部分はほんの僅かだが、これだけの文章を書くにも調べるべきはきちんと調べて書くという谷崎さんの姿勢がしのばれて懐かしい。

やがて谷崎さんからもどってきた『彰義隊戦史』を子母澤さんにお届けに上がって謝意を述べると、

「谷崎さんからもたいへん鄭重なお礼状をいただきました」

と喜んでおられた。

同じ文壇とはいえそれぞれ別な畑で仕事をして来られ、それに谷崎さんも子母澤さんも文壇づきあいというものをあまり好んではおられなかった。わたくしはこのことがなければ生涯無縁で過ごされたはずのわたくしの尊敬する二人の作家が、こういう形ででもいささかの接触を持ちえたことを祝福し、ひそかに感動していた。

わたくしが続いて手掛けた子母澤さんの単行本は『逃げ水』であった。

この作品は昭和三十四年六月から翌三十五年七月まで「産経新聞」に連載されたもので、勝海舟・山岡鉄舟とともに〈幕末の三舟〉と呼ばれた槍の名人高橋泥舟《でいしゅう》（伊勢守、通称謙三郎）を主人公とした長編小説である。

維新後、時代のバスに乗り遅れまいとして多くの人々が顕官への道をあくせくと走り廻っている中で、高橋泥舟はそれに同ぜず、

　狸にはあらぬ我身もつちの舟

　　こぎいださぬがかちかちの山

と歌って新政府に仕えず（泥舟という号はこの〈つちの舟〉にちなむという）、徳川家《とくせんけ》

遺臣としての節を守った。

子母澤さんはその泥舟の姿勢におそらく〈幕臣〉としての美学の一つの極点を見たのであろう。深い共感をもって泥舟を描いている。

〈逃げ水〉とは草原などで遠くに水があると見えて追いかけると逃げてしまう幻の水をいう。古く武蔵野の名物と伝えられていた。その幻影を追って右往左往する新政府高官たちの姿（その中には勝海舟や榎本武揚のような旧幕臣の姿も見えていたかもしれない）を、「周粟《しゅうぞく》をはまず」といって首陽山に餓死した伯夷《はくい》・叔斉《しゅくせい》を思わせる透徹した眼で見据えていたのであろう。

子母澤さんの代表作を一つだけ選べ、といわれた場合、質量ともに堂々たる『勝海舟』を選ぶ人も多いであろうが（そしてそれに異議を唱えるつもりは全くないが）、わたくしはむしろこの『逃げ水』を採りたい。子母澤文学の集大成と思われるからである。わたくしは『蝦夷物語』と『逃げ水』という、子母澤さんの晩年を飾る重要な作品を担当しえたことを、いまも感謝している。

3

『逃げ水』は昭和三十五年十一月に刊行された。そしてわたくしは翌三十六年一月に「中央公論」編集部に異動となり、出版部から離れた。ちなみにこの二月一日に「風流夢譚」

事件が起きている。

昭和三十七年二月のある日、尾崎士郎氏から連絡があり、わたくしはその晩、指定された時刻に、銀座の指定された場所で、尾崎さんを待っていた。間もなく「ウーウー」と、いつもの微かな唸り声を洩らしながら尾崎さんが現れた。たいへん上機嫌であった。

「先生、きょうはどちらかへ？」

とうかがうと、

「ウン、きょうは菊池寛賞の授賞式があり、子母澤君が受賞したので、一と言お祝いが言いたくて会場に寄ってきたのだ」

と、わがことのように眼を細められた。

この日、子母澤さんは『逃げ水』『父子鷹』『おとこ鷹』など、幕末維新を背景とした一連の作品で第十回菊池寛賞を与えられたのである。

たしかそれまでに尾崎さんと子母澤さんは一度しか会っていないはずである。それなのに尾崎さんは子母澤さんの受賞を心から喜んでおられるのがわかった。

「わしは子母澤寛という人の、一陣の清風が通り過ぎるような潔《いさぎよ》さが好きでね」

と述懐された尾崎さんはちょっと声を低めてから、

「じつはむかし、われわれ貧乏文士が原稿が売れず、毎晩酒ばかり飲んでいたころ、わしの住んでいた大森の近くに子母澤君の家があり、これがまた豪勢な門構えの家でね。真夜中、酔っ払ったわれわれは口惜しまぎれに、よく三、四人で砲列を敷いて、その門に小便をひっかけたものだったよ」

といって、破顔一笑された。わたくしも思わず大声で笑った。まだ「人生劇場」を発表する以前の、稚気満々たる尾崎さんの行状である。その尾崎さんが子母澤さんの受賞を喜び、その喜びを伝えたいという気持だけで会場へ出かけて行ったわけで、お二人それぞれの人柄と魅力がしのばれて、印象に残る夜だった。

4

子母澤さんは座談の名人であった。その文章と同じく、語り口のうまさは聞く人を捉えて放さず、時のたつのを忘れさせた。

われわれは子母澤さんの話を聞きながら、いつしか〈幕末〉そのものと対面しているのであった。勝海舟や高橋泥舟に会い、清水次郎長や国定忠治の呼吸を感じ、近藤勇・土方歳三・沖田総司と語り合っている思いにさせられた。しかも子母澤さんの語り口には、どんな〈人間嫌い〉をも包みこむような温かみが溢れていた。

わたくしはかつて次のように書いたことがある。——

〈人間だれでも、どこかに「人間嫌い」の片鱗はあるものだ。まして作家のように、他から切り離された密室で仕事をする人間は、この傾向の強い人が多い。私が編集者時代に会った作家の多くは（大部分物故されたが）、どこかにミザントロープのおもかげをとどめていた。文豪とか老大家といわれる人ほどその性格を固く胸奥に秘めていた。

しかしその例外がないわけではなかった。そしてその例外の一人が子母澤寛先生であった。鵠沼海岸の近くにあった先生のお宅を訪ねて滋味あふれるお話をうかがっていると、むしろ私の胸の中に巣喰っている「人間嫌い」の虫が、袋の裏をひっぱり出されて虫干しに逢ったみたいにいつのまにか活力を失い、人間の愛情とか善意といった日なたくさいものがみょうに新鮮な喜びに思われて、心のどこかがほの温かみを帯びて帰るのが常であった。およそ「人間嫌い」という言葉ほど子母澤先生から遠いものはないように思われた〉

（「人間嫌い」）

菊池寛賞の夜から二た月ほどたった頃、子母澤さんが中央公論社を訪ねて来られた。『子母澤寛全集』（全10巻）がその秋から刊行されることになり、その挨拶に来られたらしかった。出版部からの連絡を受けたわたくしは、中央公論社ビルの最上階にあるレストランで、久し振りに子母澤さんにお目にかかった。全集を刊行させていただくことになったお礼を申し上げ、また子母澤さんの座談に聞き惚れていると、

「ところで、綱淵さんは猿を飼ったことがありますか」

と、思いがけない質問を受けた。あまりの唐突な内容なのでいささか戸惑いながら、「猿って、あの猿ですか（とわたくしは指で引っ掻く恰好をし）、いえいえ、考えたこと

もございません」

　と答えると、わたくしのあわてぶりにニッコリされ、

「猿を飼うコツは、まず最初に猿と向い合ったとき、相手の隙を見すまして、猿の首ねっこに咬みつくことなんです」

　と、わたくしには真面目か冗談かわからぬ口調で話された。

　子母澤さんがたいへんな愛猿家であることは聞いていたが、残念ながらわたくしは子母澤邸ではその猿に会ったことはなかった。

「あのう、先生がお猿さんの首ねっこに咬みつかれるのですか？」

「そうです。ガップリ咬みついて、きりきりと歯ぎしりし、ときにはこれを振り廻して、こちらが絶対に強いことを見せなければ、猿は人間のいうことを聞きません」

　わたくしは呆気にとられているうちに、丸刈り頭で温顔の子母澤さんが、眼鏡をはずしてお猿さんの首ねっこに咬みついている姿を想像し、笑いがこみあげてくるのを抑えきれなかった。しかし、あまり笑いすぎても失礼な気がして、なんとも複雑な気持であった。

　それから数日後にわたくしは「愛猿記」を読んだ。そして感動に顫えた。そこには人と猿の区別を超えた愛情の交流があった。それは感動に値するものであった。しかし同時にわたくしは、そこに人間には絶望したが猿にだけは背かれまいと必死になっている、一人の〈人間嫌い〉の姿を見る思いがした。わたくしはそれまで子母澤さんほど〈人間嫌い〉

から遠い人はいないと思っていたが、じつは最も孤独な〈人間嫌い〉だったのではあるまいか、と考えたのである。幼少期から家庭的愛情に恵まれずに育った子母澤さんは、人間の愛情の頼りなさに深く傷つき、〈人間嫌い〉になることによってかえって人間を愛するようになったのであろう。そう考えると、「愛猿記」の感動は一層深まる思いがした。

昭和四十三年（一九六八）七月十九日、子母澤さんは心筋梗塞で急逝された。翌日、お手伝いさんと横浜で「猿の惑星」という映画を観ることを楽しみにしていたという。

（つなぶち　けんじょう／作家）

＊文春文庫版『愛猿記』（一九八八年十二月）解説を再録しました。

偏執狂的な風景

愛猿記——子母澤寛氏

土門　拳

若き日の勝麟太郎を主人公とした小説「父子鷹」を読売新聞で読んで、ぼくは作者である子母澤寛さんのファンになった。その後、折にふれて子母澤さんの書かれる小説や随筆を読むようになったが、子母澤さんが猿を飼っていることは知らなかった。書かれるものにとくに猿の話が出てくるわけではなかったからである。それを知ったのは、ごく最近、週刊朝日のゴシップ欄の記事を読んでである。話はちがうが、先々月号の偏執狂的風景(4)石黒コレクションについて、ぼくの四枚の写真には、コレクションの主たる石黒敬七が出ていないとだれかが批評していた。出ていないと評者が思うことは勝手であるが、それは出ていることとは何の関係もない。ただ評者が出ていないと思っただけである。コレクションというものは、全体はもとより、一個一個でも、それはコレクターの全人間的なものの反映である。たとえ一〇〇円のものでも、それを選び、それを買ったという厳然たる事実は、そのひとの趣味、性癖、教養、経済の反映である。コレクションの全体が散漫であろうとも、一貫していようとも、それはそれなりにコレクターの全人間的なものの反映でしかない。コレクションというものは、いわばコレクターが己れ自身を賭けたものである。しかし、物というものは、コレクションから解き放して見れば、それ自体、一個の物で、物それ自体としての成因と由緒をもった独立の存在である。だからコレクションを構成する一個一個は、コレクターの全人間的なものを物語ると同時に、物それ自体の歴史をも物語るという二面性をもっている。ぼくがコレクションの一個一個にカメラを向けても、コレクターその人にあえてカメラを向けようとしないのは、そういう二面性に対する確信があるからである。石黒コレクションの場合にしても、コレクターその人が偏執狂的であるのはもちろんだが、コレクションの一個一個、その無心の物が、それを生んだ時代と人の偏執狂的な風景を物語っている場合もあるわけである。その場合、ぼくにとっては、一個の物があれば足りるのである。

しかし、一個のものから、そういう二つながらのものを見てとるのは、見る人の教養と感覚いかんにゆだねられる。いわば達眼の士でなくては、むずかしい。正解もあれば、誤解もある。評者は己れの批評によって、実は己れ自体の馬脚をあらわしているにすぎない。

さて子母澤さんは猿を飼っている。今いるのは「三ちゃん」と呼ばれている、子母澤家の飼猿としては、三代目か四代目に当る。猿の人形やお面もあるが、コレクションというにしては投げやりである。猿を飼っているというので、ひとがプレゼントしてくれたのが、自然にたまったというだけである。子母澤さんにとっては、生きた猿、三ちゃんだけが問題である。

なぜ、子母澤さんが猿を飼いだしたのか。最も飼いにくいといわれる猿を、一代目が死んで二代目を、二代目が死んで三代目をというように飼いつづけるのか。もっとも子母澤家では、猿のほかにも犬も小鳥も飼っている。動物好きにはちがいない。しかしとくに猿に熱情こめて飼っているというのは、一度も猿を飼ったことのないわれわれ門外漢にはうかがい知られないものがあろう。最も飼いにくい動物とされるだけに、そして子母澤さんを真似て飼いだした何人かが一月とたたないうちサジを投げるほど飼いにくい動物とされるだけに、それを飼い通している子母澤さんの得ているものは、一そうわれわれにはうかがい知られないものがあるであろう。老妻と女中さんだけの生活、子どものいない寂しい家庭だから、などという月並な忖度《そんたく》はつつしみたい。猿を飼いだしたキッカケにしても、子母澤さん自身で、偶然の機縁としかいうほかはないであろう。

しかし猿は、見ていても、並大抵の精神力では飼いきれない動物であることがわかる。見なれない客がきて、興奮すると、小便やウンコをたれ流しする。喜怒哀楽、すべてが小便やウンコのたれ流しである。夜、子母澤さんが抱いて寝ると、ひと晩じゅう動きまわって落ちつかないのは人間の子どもでも同じことだが、フトンの皮を食いきってボロボロにし、ボロボロにしただけではおさまらず、布を一本一本の繊維にまで還元してしまい、綿もむしりとって、ただむしりとっただけではおさまらず、綿の花にまで還元して、部屋じゅう雪が降ったみたいにまきちらすのだった。そして子母澤さんのフトンだけでなく、奥さんのフトンも同じ目にあわせた。我慢に我慢していた奥さんも、睡眠不足におちいって、ついに隣の部屋に逃げだしてしまった。子母澤さんは、猿がフトンを破るのにあきるまで、何枚ものフトンを犠牲にして、幾晩も我慢し通したのである。

猿にまつわるエピソードはたくさん聞いた。聞いていて涙が出るような話もあった。猿も哀れであるが、それを飼う人間も哀れである。それは子母澤さんのペンを待つべきであろう。

トヨビュー・デラックス　ジンマー360ミリ・エクタクローム　絞りF16　閃光電球ブルー1個　バルブ

（どもん　けん／写真家）

＊『アサヒカメラ』一九六二年六月号掲載

底本――『愛猿記』一九八八年十二月　文春文庫
※『愛猿記』（一九五六年四月、文藝春秋刊）、『悪猿行状』（一九六五年四月、文藝春秋新社刊）より再編集。

本文中に、今日の人権意識に照らして不適切な語句や表現が見られますが、著者が故人であること、執筆当時の社会的・時代的背景と作品の文化的価値に鑑みて、そのままとしました。

中公文庫

愛猿記《あいえんき》

2021年3月25日　初版発行

著　者　子《し》母《も》澤《ざわ》寛《かん》

発行者　松田陽三

発行所　中央公論新社
〒100-8152　東京都千代田区大手町1-7-1
電話　販売　03-5299-1730　編集　03-5299-1890
URL http://www.chuko.co.jp/

DTP　ハンズ・ミケ
印　刷　三晃印刷
製　本　小泉製本

Published by CHUOKORON-SHINSHA, INC.
Printed in Japan　ISBN978-4-12-207046-2 C1195
定価はカバーに表示してあります。落丁本・乱丁本はお手数ですが小社販売部宛お送り下さい。送料小社負担にてお取り替えいたします。

中公文庫既刊より

各書目の下段の数字はISBNコードです。978-4-12が省略してあります。

し-15-10
新選組始末記　新選組三部作
子母澤寛
史実と巷談を現地踏査によって再構成した不朽の実録。新選組研究の古典として定評のある、子母澤寛作品の原点となった記念作。〈解説〉尾崎秀樹
202758-9

し-15-11
新選組遺聞　新選組三部作
子母澤寛
新選組三部作の第二作。永倉新八・八木為三郎・近藤勇五郎など、ゆかりの古老たちの生々しい見聞や日記で綴った、新選組逸聞集。〈解説〉尾崎秀樹
202782-4

し-15-12
新選組物語　新選組三部作
子母澤寛
「人斬り鍬次郎」「隊中美男五人衆」など隊士の実相を綴った表題作の他、近藤の最期を描いた「流山の朝」を収載。新選組三部作完結。〈解説〉尾崎秀樹
202795-4

し-15-15
味覚極楽
子母澤寛
〝味に値無し〟——明治・大正のよき時代を生きた粋人たちが、さりげなく味覚に託して語る人生の深奥を聞書き名人でもあった著者が綴る。〈解説〉尾崎秀樹
204462-3

し-15-16
幕末奇談
子母澤寛
新選組が活躍する幕末期を研究した「幕末研究」と番町皿屋敷伝説の真実など古老の話を丹念に拾い集めた「露宿洞雑筆」の二部からなる随筆集。
205893-4

し-15-17
新選組挽歌　鴨川物語
子母澤寛
鴨川の三条河原で髪結床を構える三兄弟を中心に、動乱の京を血に染める勤王志士と新選組、そして彼らに関わる遊女や目明かしたちの生と死を描く幕末絵巻。
206408-9

う-9-4
御馳走帖
内田百閒《ひゃっけん》
朝はミルク、昼はもり蕎麦、夜は山海の珍味に舌鼓をうつ百閒先生の、窮乏時代から知友との会食まで食味の楽しみを綴った名随筆。〈解説〉平山三郎
202693-3

各書目の下段の数字はISBNコードです。978-4-12が省略してあります。

お-78-1　三浦老人昔話　岡本綺堂読物集一　岡本綺堂

死んでもいいから背中に刺青を入れてくれと懇願する若者、置いてけ堀の怪談——岡っ引き半七の友人、三浦老人が語る奇譚の数々。〈解題〉千葉俊二

205660-2

お-78-2　青《せい》蛙《あ》堂《どう》鬼《き》談《だん》　岡本綺堂読物集二　岡本綺堂

夜ごと人間の血を舐める一本足の美女、蝦蟇に祈禱をするうら若き妻、夜店で買った猿の面をめぐる怪異——暗闇に蠢く幽鬼と妖魔の物語。〈解題〉千葉俊二

205710-4

お-78-3　近代異妖篇　岡本綺堂読物集三　岡本綺堂

人をひとり殺してきたと告白する藝妓のはなし、影を踏まれるのを怖がる娘のはなしなど、江戸から大正期にかけてのふしぎな話を集めた。〈解題〉千葉俊二

205781-4

お-78-4　探偵夜話　岡本綺堂読物集四　岡本綺堂

死んだ筈の将校が生き返った話、山窩の娘の抱いた哀切な秘密、駆落ち相手を残して変死した男の話など、探偵趣味の横溢する奇譚集。〈解題〉千葉俊二

205856-9

お-78-5　今古探偵十話　岡本綺堂読物集五　岡本綺堂

中国を舞台にした義俠心あふれる美貌の女傑の話、新聞記事に心をさいなまれてゆく娘の悲劇「慈悲心鳥」など、好評「探偵夜話」の続篇。〈解題〉千葉俊二

205968-9

お-78-6　異妖新篇　岡本綺堂読物集六　岡本綺堂

貉《むじな》や河獺《かわうそ》など、近代化がすすむ日本の暗闇にとり残された生き物や道具を媒介に、異界と交わるものたちを描いた「近代異妖篇」の続篇。〈解題〉千葉俊二

206539-0

お-78-7　怪獣　岡本綺堂読物集七　岡本綺堂

自分の裸体の写し絵を取り戻してくれと泣く娘の話、美しい娘に化けた狐に取り憑かれる歌舞伎役者の話など、綺堂自身が編んだ短篇集最終巻。〈解題〉千葉俊二

206649-6

お-78-8　玉藻の前　岡本綺堂

「殺生石伝説」を下敷きにした長編伝奇小説。平安朝、金毛九尾の妖狐に憑かれた美少女と、幼なじみの陰陽師の悲恋。短篇「狐武者」を収載。〈解題〉千葉俊二

206733-2

た-30-24
盲目物語
谷崎潤一郎
長政・勝家二人の武将に嫁し、戦国の残酷な世を生きた小谷方と淀君ら三人の姫君の境涯を、盲いの法師が絶妙な語り口で物語る名作。〈解説〉佐伯彰一
202003-0

た-30-46
武州公秘話
谷崎潤一郎
敵の首級を洗い清める美女の様子にみせられた少年——戦国時代に題材をとり、奔放な着想をもりこんで描かれた伝奇ロマン。木村荘八挿画収載。〈解説〉佐伯彰一
204518-7

た-30-47
聞《きき》書《がき》抄《しょう》
谷崎潤一郎
落魄した石田三成の娘の前にあらわれた盲目の法師。彼が語りはじめたこの世の地獄絵巻とは。菅楯彦による連載時の挿画七十三葉を完全収載。〈解説〉千葉俊二
204577-4

た-30-50
少将滋幹《しげもと》の母
谷崎潤一郎
母を恋い慕う幼い滋幹は、宮中奥深く権力者に囲われた母の元に通う。平安文学に材をとった谷崎文学の傑作。小倉遊亀による挿画完全収載。〈解説〉千葉俊二
204664-1

た-30-55
猫と庄造と二人のをんな
谷崎潤一郎
猫に嫉妬する妻と元妻、そして女より猫がかわいくてたまらない男が繰り広げる軽妙な心理コメディの傑作。安井曾太郎の挿画収載。〈解説〉千葉俊二
205815-6

の-5-5
胡堂百話
野村胡堂
大衆文学を代表する作家の歩んだ道、啄木、鏡花、小剣ほかの多彩な登場人物、「銭形平次」あれこれ、レコード収集など掬すべき人生を綴る随筆集。
200840-3

ふ-12-4
夜の橋
藤沢周平
無頼の男の心中にふと芽生えた一掬の情愛——江戸深川の夜の橋を舞台に男女の心の葛藤を切々と刻む表題作ほか時代秀作自選八篇。〈解説〉尾崎秀樹
202266-9

ふ-12-5
義民が駆ける
藤沢周平
老中の指嗾による三方国替え。苛酷な運命に抗し、荘内領民は大挙江戸に上り強訴、遂に将軍裁可を覆す。天保期の義民一揆の顛末。〈解説〉武蔵野次郎
202337-6

各書目の下段の数字はISBNコードです。978－4－12が省略してあります。

ふ-12-6　周平独言　藤沢周平
歴史を生きる人間の風貌を見据える作家の眼差しで、身辺の風景にふれ、人生の機微を切々と綴る。情感豊かな藤沢文学の魅力溢れるエッセイ集。
202714-5

ふ-12-7　闇の歯車　藤沢周平
日くありげな赤提灯の常連客四人に押込強盗を持ちかける謎の男。決行は逢魔が刻……。深川を舞台にくり広げる長篇時代サスペンス。〈解説〉清原康正
203280-4

ふ-12-8　雲《くも》奔《はし》る　小説・雲井龍雄　藤沢周平
安井息軒の三計塾きっての俊才、米沢藩士・雲井龍雄。幕末の動乱期に、討薩ひとすじに生きた二十七歳の短く激しい悲劇の志士の生涯を描く力作長篇！
205643-5

く-20-1　猫　クラフト・エヴィング商會　井伏鱒二／谷崎潤一郎他
猫と暮らし、猫を愛した作家たちが思い思いに綴った珠玉の短篇集が、半世紀ぶりに生まれかわる。ゆったり流れる時間のなかで、人と動物のふれあいが浮かび上がる、贅沢な一冊。
205228-4

く-20-2　犬　クラフト・エヴィング商會　川端康成／幸田文他
ときに人に寄り添い、あるときは深い印象を残して通り過ぎていった名犬、番犬、野良犬たち。彼らと出会い、心動かされた作家たちの幻の随筆集。
205244-4

く-15-2　ドイツの犬はなぜ幸せか　犬の権利、人の義務　グレーフェ彧子《あやこ》
「犬と子供はドイツ人に育てさせろ」というほど、犬の飼い方に関して飼い主に厳しい義務が課せられている動物愛護先進国からのユニークなレポート。
203700-7

タ-8-1　虫とけものと家族たち　ジェラルド・ダレル　池澤夏樹訳
ギリシアのコルフ島に移住してきた変わり者のダレル一家がまきおこす珍事件の数々。溢れるユーモアと豊かな自然、虫や動物への愛情に彩られた楽園の物語。
205970-2

ト-6-1　犬の行動学　トルムラー　渡辺格訳
愛犬との生活で過ちをおかさないために——人類の最高のパートナーの知られざる本質を探り、自然の理にかなった真にすこやかな共存の形を提案する。
203932-2